] Stanisław Lem – Der Schnupfen [

] Stanisław Lem [

Kriminalroman

Autorisierte Übersetzung aus dem Polnischen von Klaus Staemmler

Mit schwarzweiß Illustrationen von Mandy Schlundt

Büchergilde Gutenberg

] Der Schnupfen [

] Neapel – Rom [

Der letzte Tag zog sich unheimlich in die Länge. Nicht weil ich Lampenfieber hatte oder Angst. Dafür gab es ja auch keinen Grund. Immer fühlte ich mich einsam in der vielsprachigen Menge. Niemand beachtete mich. Meine Beschützer hielten sich unauffällig in der Entfernung, ich kannte sie übrigens gar nicht. Und da ich nicht an einen Fluch glaubte, den ich auf mich ziehen könnte, nur weil ich in Adams' Pyjama schlief, mich mit seinem Apparat rasierte und auf seinen Spuren an der Bucht entlangging, hätte ich mich erleichtert fühlen müssen, weil ich am nächsten Tag die falsche Haut abstreifen würde. Auch für unterwegs rechnete ich mit keiner unangenehmen Überraschung. Ihm war ja auf der Autostrada kein Haar gekrümmt worden. Und die einzige Nacht in Rom sollte ich unter besonderem Schutz verbringen. Ich redete mir ein, das sei nur der Wunsch, die Aktion zu beenden, weil sie sich als verfehlt erwiesen hatte. Ich redete mir viele vernünftige Dinge ein und verletzte doch ständig die Tageseinteilung.

Nach dem Baden sollte ich um drei Uhr ins ›Vesuvio‹ zurückkehren, aber ich befand mich schon zwanzig Minuten nach zwei in der Nähe des Hotels, als hätte mich etwas dorthin getrieben. Im Zimmer konnte bestimmt nichts passiert sein, also lief ich die Straße auf und ab. Die Umgebung kannte ich auswendig. An der Ecke ein Friseurbetrieb, dann ein Tabakladen, ein Reisebüro, dort fing der Hotelparkplatz an, der sich in eine Häuserlücke schob. Ging man am Hotel vorbei bergan, kam man zu dem Sattler, bei dem sich Adams den abgerissenen Griff seines Koffers hatte annähen lassen, sowie zu einem kleinen Nonstop-Kino. Fast wäre ich dort am ersten Abend hineingegangen, weil ich die rosa Kugeln auf dem Plakat für Planeten gehalten hatte. Erst unmittelbar vor der Kasse bemerkte ich meinen Fehler. Es war ein riesengroßer

Hintern. Jetzt ging ich in der stehenden Hitze bis zur Ecke und kehrte bei dem Straßenhändler um, der gebrannte Mandeln feilbot. Die Kastanien vom vorigen Jahr waren schon aufgebraucht. Nachdem ich mir die Pfeifen angeschaut hatte, betrat ich den Tabaksladen und kaufte ein Päckchen Kool, obwohl ich gewöhnlich keine Mentholzigaretten rauche. Trotz des Straßenlärms klang vom Kinolautsprecher das Stöhnen und Röcheln wie aus einem Schlachthof zu mir herüber. Der Mandelverkäufer schob seinen Karren in den Schatten des überdachten Eingangs zum ›Vesuvio‹. Vielleicht war das einst ein vornehmes Hotel gewesen, doch die Nachbarschaft zeugte von seinem langsamen Verfall. Das Foyer stand fast leer. Der Fahrstuhl war kühler als mein Zimmer. In solcher Glut die Koffer zu packen bedeutete einen Schweißausbruch, und dann würden die Elektroden nicht mehr halten. Ich verlegte das Packen in das Badezimmer, das in diesem alten Hotel fast so groß war wie das Zimmer selbst. Auch dort war es stickig, aber es gab einen Marmorfußboden. Ich duschte mich in der mit Löwenfüßen verzierten Badewanne, trocknete mich absichtlich nicht ab und begann, die Sachen in den Koffer zu legen, barfuß, um wenigstens ein bißchen Kühle zu genießen. Im Necessaire stieß ich auf ein hartes Bündel. Der Revolver. Ich hatte ihn ganz vergessen. Am liebsten hätte ich ihn unter die Wanne geworfen. Ich legte ihn auf den Boden des größeren Koffers unter die Hemden, wischte mir sorgfältig die Brust und trat vor den Spiegel, um die Elektroden anzulegen. Früher hatte ich an diesen Stellen Male am Körper, doch sie waren verschwunden. Ich ertastete den Herzspitzenstoß zwischen den Rippen für die erste Elektrode. Die zweite, in der Schlüsselbeingrube, wollte nicht halten. Ich trocknete mich noch einmal ab und drückte das Pflaster von beiden Seiten an, damit die Elektrode nicht über dem Schlüsselbein hervortrat. Ich hatte keine Übung, weil ich das früher nicht selbst gemacht hatte. Nun das Hemd, die Hosen, die Hosenträger. Ich trug sie seit der Rückkehr auf die Erde. Das ist bequem. Man greift sich nicht ständig an die Hosen, weil man den Eindruck hat, sie fielen herunter. Im Weltraum hat der Anzug kein Gewicht, und wenn man zurückkommt, entsteht dieser ›Hosenreflex‹, deshalb die Hosenträger.

Ich war fertig. Den Plan hatte ich vollständig im Kopf. Drei Viertelstunden für das Mittagessen, das Bezahlen der Rechnung und Abholen der Schlüssel, wegen des Hauptverkehrs, eine halbe Stunde zur Autostrada, zehn Minuten Reserve. Ich sah in die Schränke, stellte die Koffer an die Tür, wusch mir das Gesicht mit kaltem Wasser, überprüfte im Spiegel, ob man die Elektroden auch nicht sah, und fuhr hinunter. Das Restaurant war bereits überfüllt. Der schweißtriefende Kellner stellte einen Chianti vor mich hin, ich bat um Pasta mit Basilikum und Kaffee für die Thermosflasche. Ich war schon mit dem Essen fertig und schaute nach der Uhr, als der Lautsprecher murmelte: »Herr Adams, bitte ans Telefon!« Ich sah, wie sich die Härchen auf meinem Handrücken aufrichteten. Gehen oder nicht gehen? An einem Tisch neben dem Fenster erhob sich ein Dickwanst mit pfauenbuntem Hemd und ging zur Kabine. Ein anderer Adams. Es gibt viele Adams. Ich merkte bereits, nichts passierte, aber ich war böse auf mich. Meine Ruhe war oberflächlich. Ich wischte mir das Speiseöl vom Mund, nahm eine bittere grüne Pille, trank den Rest Wein aus und ging zur Rezeption. Das Hotel hielt sich noch etwas zugute auf Plüsch, Samt und Stuck, doch aus den Seitenflügeln roch es nach Küchendunst. Als käme einem Aristokraten der Sauerkohl hoch. Das war der ganze Abschied. Hinter dem Portier, der meine Koffer auf einer Karre rollte, ging ich hinaus in die harte Hitze. Der Mietwagen von Hertz stand mit zwei Rädern auf dem Bürgersteig. Ein Hornet, schwarz wie ein Leichenauto. Ich erlaubte dem Portier nicht, das Gepäck in den Kofferraum zu legen, weil dort der Sender sein konnte, schickte ihn mit einem Geldschein fort und stieg in den Wagen wie in einen Ofen. Augenblicklich in Schweiß gebadet, griff ich in die Tasche nach den Handschuhen. Nicht nötig, das Steuer war mit Leder überzogen. Der Kofferraum war leer – wo ist der Verstärker? Auf dem Fußboden vor dem Beifahrersitz, bedeckt mit dem Umschlag eines Magazins, von dem mich eine nackte Blondine mit herausgestreckter, speichelglänzender Zunge kalt anblickte. Eigentlich gab ich keinen Ton von mir, aber irgend etwas seufzte leise in mir, als ich mich in den laufenden Verkehr einfädelte. Eine einzige Kolonne von Verkehrsampel zu Verkehrsampel. Ich war zwar ausgeruht und locker, aber auch ein bißchen verdrossen, ein bißchen albern lachlustig, vielleicht weil ich einen großen Teller Makkaroni gegessen hatte, die ich nicht mag. Bis jetzt hatte die bedrohliche Lage nur dazu geführt, daß ich zunahm. Hinter der nächsten Kreuzung schaltete ich das Gebläse an. Kochende Abgase wehten herein. Ich schaltete das Gebläse wieder aus. Die Autos drängten sich auf italienische Weise. Umleitung. In den Spiegeln nur Kühler und Dächer. La potente benzina italiana roch nach Kohlenoxyd. Ich hielt hinter einem Autobus, in seinem stinkenden Auspuff. Kinder in gleichartigen grünen Mützen starrten mich durch die Rückscheibe an. Im Magen spürte ich einen Kloß, im Kopf Glut, am Herzen die Elektrode, die durch das Hemd hindurch bei jeder Lenkraddrehung hinter den Hosenträger hakte. Ich riß ein Päckchen Kleenex auf und legte die Taschentücher auf den Mitteltunnel, denn es kribbelte mir in der Nase wie vor einem Gewitter. Ich nieste einmal und noch einmal und war so mit Niesen beschäftigt, daß ich gar nicht merkte, wie Neapel zurückblieb und im Küstenblau verschwand. Ich rollte bereits über die *Strada del Sol*. Für die Hauptverkehrszeit war sie relativ frei. Merkwürdig, als hätte ich überhaupt kein Plimasin eingenommen. Es kitzelte in den Augen, die Nase lief, dafür

war der Mund trocken. Ein Kaffee täte gut, obwohl ich im Hotel zwei Cappuccini getrunken hatte, aber Kaffeezeit ist erst bei Maddalena.
Wegen irgendeines Streiks hatte es am Kiosk wieder keinen ›Herald‹ gegeben. Zwischen dampfenden kleinen Fiats und einem Mercedes schaltete ich das Radio ein. Nachrichten. Ich verstand sie nur ungenau. Demonstranten hatten etwas angezündet. Der Sprecher einer Privatpolizei hatte eine Erklärung abgegeben. Die feministische Untergrundbewegung kündigte eine neue Aktion an. Mit tiefem Alt las die Sprecherin die Deklaration der Terroristinnen, die Verdammung des Papstes, eins nach dem anderen, dann Pressestimmen. Weiblicher Untergrund. Man wundert sich über gar nichts mehr. Man hat uns die Fähigkeit genommen, uns zu wundern. Wogegen kämpfen sie eigentlich, gegen die Tyrannei der Männer? Ich fühlte mich nicht als Tyrann. Niemand fühlt sich so. Wehe den Playboys! Was werden sie mit ihnen tun? Werden sie auch Kleriker entführen? Ich schaltete das Radio aus, wie man einen Müllschlucker zuklappt.
In Neapel sein und den Vesuv nicht sehen – ich habe ihn nicht gesehen. Mein Verhältnis zu Vulkanen ist voller Freundlichkeit. Mein Vater hat mir von ihnen vor dem Einschlafen erzählt, das ist fast ein halbes Jahrhundert her. Bald werde ich ein alter Mann sein, dachte ich, und das überraschte mich, als hätte ich gesagt, ich würde in Kürze eine Kuh sein. Vulkane, das war etwas Solides, Vertrauenerweckendes. Die Erde platzt, die Lava fließt, die Häuser stürzen ein. Alles ist klar und wundervoll, wenn man fünf Jahre alt ist. Ich hatte erwartet, durch den Krater könne man in die Mitte der Erde hinuntersteigen. Mein Vater bestritt das. Schade, daß er nicht länger gelebt hat, er hätte sich über mich gefreut. Man denkt nicht an die entsetzliche Stille dieser unendlichen Räume, wenn man den herrlichen Laut beim Einrasten der Kupplung hört, die den Träger an der Raumstation festmacht. Aller-

dings, meine Karriere dauerte nicht lange. Ich habe mich des Mars nicht würdig erwiesen. Für meinen Vater wäre das wohl schlimmer gewesen, als es für mich war. Nun ja, hätte er nach meinem ersten Flug sterben sollen? Zu wünschen, daß er die Augen schließt, während er an mich glaubt, ist das zynisch oder nur dumm? Übrigens, würden Sie so freundlich sein, ein wenig auf den Verkehr zu achten? Beim Einscheren in die Lücke hinter einem psychedelischen Lancia blickte ich in den Rückspiegel. Von einem Hertzschen Chrysler keine Spur. Weit hinten bei Marianelli blitzte kurz etwas auf, aber ich war nicht sicher, ob sie das waren, der Wagen verschwand sofort wieder. Die banale, gar nicht lange Strecke, voll von einer geschäftigen Menge auf Rädern, verlieh mir allein das Privileg eines lauernden Geheimnisses, das sämtliche Polizeien der Alten und Neuen Welt nicht begriffen, ich allein hatte Luftmatratze, Surfbrett, Federballschläger nicht deshalb im Kofferraum, um mich zu erholen, sondern um einen Schlag aus dem Ungewissen auf mich zu ziehen. So versuchte ich, mich anzuregen, doch der Zauber dieser Eskapade war schon längst verweht, ich dachte nicht mehr über das Rätsel der todbringenden Verschwörung nach, sondern darüber, ob ich nicht ein zweites Plimasin nehmen sollte, weil mir die Nase ständig lief. Egal, wo der Chrysler ist. Der Sender hat eine begrenzte Reichweite. Und meine Großmutter hatte auf dem Dachboden Schlüpfer in der Farbe dieses Lancia hängen. Um sechs Uhr zwanzig fing ich an zu rasen. Eine Zeitlang hing ich hinter einem Volkswagen, er hatte hinten große Schafsaugen aufgemalt, die mich mit zärtlichem Vorwurf anschauten. Das Auto als Persönlichkeitsverstärker. Dann gelangte ich in die Lücke hinter einem Landsmann aus Arizona mit dem Aufkleber HAVE A NICE DAY auf der Stoßstange. Hinter und vor mir türmten sich auf den Dächern Motorboote, Wasserskier, Säcke, Angelzeug, Schwimmbretter, himbeerrote und orange-

gelbe Bündel, Europa preßte seine Gedärme heraus, um a nice day zu

haben. Sechs Uhr fünfundzwanzig. Ich hob wie schon hundertmal die rechte, dann die linke Hand und musterte meine ausgestreckten Finger. Sie zitterten nicht. Das sollte das erste Anzeichen sein. Aber war das sicher? Niemand weiß es ja. Und wenn ich nun für eine Minute den Atem anhielte – wie sehr würde Randy erschrecken. Was für ein idiotischer Einfall!

Ein Viadukt. Der Fahrtwind rappelte an den Betonpfeilern. Ich warf einen verstohlenen Blick in die Landschaft. Die grüne Leere bis zu den Bergen am Horizont wirkte wundervoll. Ein Ferrari, flach wie eine Wanze, vertrieb mich von der Überholspur. Wieder nieste ich in Salven, als ob ich fluchte. Fliegenreste punktierten meine Windschutzscheibe, die Hosenbeine klebten mir an den Waden, die Wischer reflektierten mir Sonnenstrahlen in die Augen. Ich putzte mir die Nase, das Kleenex-Päckchen fiel zwischen die Sitze und raschelte im Durchzug. Wer beschreibt das Stilleben auf der Erdumlaufbahn? Wenn der Mensch meint, er habe nun alles angebunden, magnetisiert, befestigt, mit Tesafilm festgeklebt, beginnt ein wahrer Geistertanz, das Ausschwärmen der Filzstifte und Brillen, lockere Kabelenden winden sich wie Eidechsen, und das Schlimmste sind die Krümel. Die Jagd mit dem Staubsauger auf Zwieback … Und die Haarschuppen? Das wird verschwiegen, diese Kulissen der kosmischen Schritte der Menschheit. Nur Kinder fragen als erstes, wie man auf dem Mond pinkelt …

Die Berge wuchsen, braun, ruhig, schwer und gewissermaßen vertraut. Eine der besseren Gegenden der Erde. Die Straße änderte ihre Richtung, die Sonne schob sich in Quadraten durch das Wageninnere, und auch das ließ mich an den stummen, majestätischen Umlauf der Lichter in der Kabine denken. Der Tag inmitten der Nacht, eines zusammen mit dem anderen, wie vor der Erschaffung der Welt, und der Traum vom Fliegen, der Wirklichkeit wird, und die Verwirrung, die Verblüffung des Körpers, daß es so ist, wie es nicht sein kann. Ich habe Vorträge über die See- und Luftkrankheit gehört, mir aber mein Teil dabei gedacht. Das waren keine gewöhnlichen Übelkeiten, das war eine Panik des Gedärms und der Milz, die gewöhnlich nicht spürbaren Eingeweide gerieten durcheinander und meldeten Protest an. Sie taten mir geradezu leid. Während wir uns am Kosmos erfreuten, wurde unseren Körpern von ihm unwohl. Sie konnten ihn nicht vertragen. Wir schleppten sie dorthin, und sie bäumten sich auf. Gewiß, Training schafft eine Menge. Man kann ja auch einem Bären das Radfahren beibringen, aber ist der Bär dazu bestimmt? Es ist doch nur zum Lachen. Wir gaben nicht auf, der Blutandrang zum Kopf und das Erstarren der Därme vergingen, aber es war nur ein Vertagen der Abrechnung, denn schließlich mußten wir zurückkehren. Die Erde begrüßte uns mit einer mörderischen Presse, das Strecken der Knie, des Rückens wurde zu einer verzweifelten Anstrengung, der Kopf rollte nach allen Seiten wie eine Bleikugel. Ich wußte, daß es so kommen würde, ich hatte gesehen, wie athletische Männer sich schämten, weil sie keinen Schritt gehen konnten, ich hatte sie selbst in Wannen gelegt, das Wasser befreite sie vorübergehend vom Körpergewicht, aber weiß der Teufel, warum ich geglaubt hatte, mir würde es nicht so ergehen.

Der Psychologe mit dem Bart sagte, so ergehe es jedem. Und später, als man sich wieder an die Schwerkraft gewöhnt hatte, kehrte die Gewichtslosigkeit in der Umlaufbahn als Sehnsucht im Traum wieder. Wir eignen uns nicht für den Kosmos, und gerade deshalb verzichten wir nicht auf ihn. Ein rotes Aufleuchten floß mir ins Bein, ohne das Bewußtsein zu berühren. Eine Sekunde verging, ehe ich begriff, daß ich bremste. Die Reifen knirschten auf verstreutem Reis, die Körner wurden immer größer wie Hagel. Nein, Glas. Die Kolonne bremste ab.

Auf der rechten Seite Warnkegel. Ich versuchte, einen Blick aus dem Autogedränge heraus zu erhaschen. Wo denn? Auf dem Feld ließ sich langsam ein gelber Hubschrauber herab, unter seinem Leib ballte sich Staub, wie Mehl. Zwei ineinander verkeilte Kästen mit aufgerissenen Motorhauben. Wie weit von der Straße? Und die Menschen? Wieder knirschten die Reifen auf Glas, wir fuhren im Schrittempo an Polizisten vorbei, die mit den Händen winkten: »Schneller! Schneller!« Polizeihelme, Krankenwagen, Bahren, die Räder eines umgestürzten Autos drehten sich, der Blinker funktionierte noch. Rauch auf der Fahrbahn. Der Asphalt? Nein, vermutlich Benzin. Die Kolonne kehrte auf die rechte Fahrbahn zurück, wegen der Schnelligkeit konnte man leichter atmen. Der Voraussage nach erwartete man vierzig Tote. Ein Brückenrestaurant tauchte auf, nebenan sprühten aus dem Dämmer der Hallen einer großen *Area di Servicio* wütende Schweißfunken. Ich blickte auf den Kilometerzähler. Bald kommt Cassino. In der ersten Kurve hörte plötzlich das Kitzeln in der Nase auf, als wäre das Plimasin erst jetzt durch die Makkaroni gedrungen.
Die zweite Kurve. Ich fuhr zusammen, denn ich spürte jemandes Blick, der auf unmögliche Weise von unten her kam, als läge dieser Jemand auf dem Rücken und schaute unter dem Sitz hervor mich beobachtend an. Die Sonne war auf den Magazinumschlag mit der Blondine gefallen, die ihre Zunge herausstreckte. Ohne hinzusehen, beugte ich mich vor und drehte das glatte Heft auf die andere Seite. Sie haben ein zu reiches Innenleben für einen Astronauten, hatte der Psychologe nach dem Rorschachtest zu mir gesagt. Ich verwickelte ihn in ein Gespräch. Aber vielleicht verwickelte er mich. Er meinte, es gäbe zwei Sorten Angst, eine hohe, von der Phantasie her, und eine tiefe, direkt aus den Därmen. Vielleicht wollte er mich auf diese Weise trösten und mir beibringen, ich sei zu gut?

Der Himmel preßte Wolken aus sich heraus, die zu einer weißen Fläche verliefen. Die Tankstelle näherte sich. Ich bremste. Dabei überholte mich ein jugendlicher Alter, sein langes graues Haar flatterte im Wind, er hetzte voran mit einer heiseren Fanfare, ein greiser Wotan. Ich bog zu den Zapfsäulen ab. Während des Tankens trank ich die ganze Thermosflasche mit dem braun gewordenen Zucker am Boden leer. Niemand wischte mir die fett- und blutbespritzte Windschutzscheibe. Ich fuhr weiter bis zu einer Baustelle, stieg aus und vertrat mir die Beine. Hier stand ein großer, verglaster Verkaufspavillon. Adams hatte dort ein Kartenspiel gekauft, die Nachahmung italienischer Barockkarten aus dem 18. oder 19. Jahrhundert. Die Tankstelle befand sich im Ausbau, rund um die Grube für den neuen Geschäftsraum lag weißer, noch nicht ausgewalzter Kies. Glasscheiben glitten vor mir zur Seite. Ich trat ein. Niemand war da. Siesta? Die Zeit ist schon vorbei. Ich ging zwischen Stapeln von bunten Schachteln und künstlichen Früchten hindurch. Die weiße Rolltreppe zum ersten Stock setzte sich in Bewegung, als ich mich näherte, und blieb stehen, als ich sie umging. Ich sah mich in einem Monitor neben den Vitrinen, das schwarzweiße Bild bebte in den Sonnenreflexen, ich sah mich im Profil. In Wirklichkeit war ich wohl nicht dermaßen blaß. Kein einziger Verkäufer. Auf den Tischen türmte sich der Andenkenschund, Stöße von Postkarten, vermutlich von einer Sorte. Ich suchte in der Tasche nach Kleingeld und blickte mich nach einem Verkäufer um, als draußen der Kies unter Autorädern knirschte. Aus einem weißen Opel, der mit Schwung anhielt, stieg ein Mädchen in Jeans, umging die Grube und betrat den Pavillon. Ich stand mit dem Rücken zu ihr und sah sie im Monitor. Ohne sich zu rühren, verharrte sie ein Dutzend Schritte von mir entfernt. Ich nahm die Nachahmung eines alten Holzschnittes vom Tisch, ein rauchender Vesuv über dem Golf, es gab dort auch Ansichtskarten mit Reproduktionen pompejanischer Fresken, wie sie bei unseren Vätern Anstoß erregten. Das Mädchen ging ein paar Schritte auf mich zu, unsicher, ob ich ein Verkäufer sei. Die Rolltreppe lief an. Sie bewegte sich leise, das Mädchen aber blieb stehen, eine schmale Figur in Hosen. Ich machte kehrt, um hinauszugehen. Daran war nichts Besonderes. Sie hatte ein kindliches, unausgeprägtes Gesicht, einen kleinen Mund, und nur daß sie mit runden Augen durch mich hindurchsah und dabei mit dem Finger am Kragen ihrer weißen Bluse kratzte, bewirkte, daß ich im Vorbeigehen den Schritt verlangsamte; da fiel sie lautlos mit unbewegtem Gesicht nach hinten. Ich war so unvorbereitet, daß sie wie ein Klotz zu Boden stürzte, bevor ich zuspringen konnte. Es gelang mir nicht, sie aufzufangen, sondern nur ihren Fall zu mildern und sie bei den Armen zu fassen, als legte ich sie mit ihrem Einverständnis auf den Rücken. Da lag sie wie eine Puppe. Wer von außen hereinsah, hätte meinen können, ich kniete vor einer umgefallenen Schaufensterpuppe, denn zu beiden Seiten der Fenster standen Puppen in neapolitanischer Tracht, und ich kniete mitten dazwischen, über die eine gebeugt. Ich faßte nach ihrem Handgelenk. Der Puls ging schwach, aber regelmäßig. Sie lag mit leichtgeöffnetem Mund, man sah das Weiße in ihrem Auge, als schliefe sie mit halb geschlossenen Lidern. Hundert Meter weiter fuhren die Autos bei der Tankstelle vor, drehten dann sofort ab und kehrten in weißen Staubwolken zurück zum dröhnenden Strom der Strada del Sol. Nur zwei Wagen standen vor dem Pavillon, meiner und der des Mädchens. Langsam richtete ich mich auf. Noch einmal musterte ich die Liegende. Der Unterarm mit dem schmalen Handrücken, den ich losgelassen hatte, schwang langsam zur Seite. Als er den Oberarm nach sich zog und die hellen Härchen der entblößten Achselhöhle enthüllte, bemerkte ich dicht unter ihnen zwei Zeichen, kleine Kratzer oder winzige Tätowierungen. Ich hatte einmal

Ähnliches bei gefangenen SS-Leuten gesehen, ihre Blutgruppe. Hier aber war es wohl ein gewöhnliches Muttermal. Meine Beine bebten in dem Wunsch, erneut hinzuknien, doch ich zügelte diesen Reflex und ging zur Tür. Wie um zu unterstreichen, daß die Szene beendet sei, blieb die lautlos gleitende Rolltreppe stehen. An der Schwelle blickte ich mich um. Ein Haufen bunter Luftballons verdeckte die Liegende, aber ich sah sie im fernen Monitor. Das Bild zitterte. Mir schien, als zitterte sie. Ich wartete zwei oder drei Sekunden. Nichts. Die Glastür ließ mich diensteifrig durch. Ich sprang über die Grube, stieg in den Hornet und setzte zurück, um das Kennzeichen des Opels zu sehen. Es war ein deutsches. Aus einem bunten Durcheinander von Dingen ragte ein Golfstock. Ich hatte nun an etwas anderes zu denken, während ich mich in den Verkehr einfädelte. Es sah nach einem stillen epileptischen Anfall aus, un petit mal. Es gibt solche, ganz ohne Krämpfe. Sie konnte die Vorzeichen bemerkt und deshalb angehalten haben, und als sie den Pavillon betrat, verlor sie das Bewußtsein. Daher der nichts sehende Blick und die insektenhafte Kratzbewegung am Kragen. Aber es konnte auch eine Vortäuschung gewesen sein. Ich hatte ihren Opel unterwegs nicht bemerkt. Allerdings, allzu aufmerksam war ich nicht gewesen, und derartige Autos – weiß mit kantigen Linien – hatte ich viele getroffen. Wie durch ein Vergrößerungsglas betrachtete ich jede Einzelheit, die mir im Gedächtnis haftengeblieben war. In dem Pavillon mußte es mindestens zwei, vielleicht auch drei Verkäufer geben. Und die waren alle gleichzeitig zu einem Drink gegangen? Seltsam. Obwohl – heute ist auch das möglich. Sie waren ins Café gegangen, weil sie wußten, daß zu dieser Tageszeit niemand den Pavillon aufsucht, und das Mädchen war vorgefahren, weil sie es für besser hielt, wenn es dort über sie kam und nicht in der Tankstelle. Sie wollte den Burschen in den Overalls von Supercortemaggiore keine Vorstellung geben. Wie natürlich sich das alles fügte. Nicht wahr? Oder etwa allzu natürlich? Sie war allein. Wer fährt in solcher Lage allein? Na und? Wäre sie wieder aufgewacht, hätte ich sie nicht zu ihrem Wagen geleitet. Ich hätte versucht, ihr das Weiterfahren auszureden. Also? Ich hätte ihr geraten, den Opel stehenzulassen und bei mir einzusteigen. So hätte jeder gehandelt. Und ich hätte es bestimmt getan, wäre ich als Tourist hier gewesen. Mir wurde heiß. Ich hätte doch dableiben und mich mit der Sache abgeben müssen, falls es da eine Sache gab. Dazu war ich doch da! Zum Teufel! Ich redete mir immer eifriger ein, sie hätte wirklich das Bewußtsein verloren, und ich war immer weniger davon überzeugt. Nicht nur davon. Man läßt doch einen Verkaufspavillon nicht so stehen, das ist doch beinahe ein Kaufhaus. Wenigstens die Kassiererin hätte an ihrem Platz sein müssen. Aber an der Kasse war niemand. Man konnte jedoch das ganze Innere vom Café über die Grube hinweg überblicken. Wer aber konnte wissen, daß ich hier halten würde? Niemand. So oder so, das zielte nicht auf mich ab. Sollte ich ein anonymes Opfer werden? Wessen Opfer eigentlich? Wie denn, die Verkäufer, die Kassiererin, das Mädchen – alle unter einer Decke? Das ist mir zu phantastisch. Also ein gewöhnlicher Zufall. Und so immer wieder von vorn. Adams war heil nach Rom gekommen. Und allein. Aber die anderen? Plötzlich erinnerte ich mich an den Golfstock im Opel. Großer Gott, solche Stöcke waren doch …

Ich beschloß, mich zusammenzunehmen, auch wenn ich schon völlig verrückt geworden war. Wie ein schlechter, aber hartnäckiger Schauspieler kehrte ich zurück zu der geschmissenen Rolle. An der nächsten Tankstelle bat ich, ohne auszusteigen, um einen Schlauch. Ein gutaussehender Brünetter im Overall musterte meine Reifen: »Sie haben schlauchlose.« Aber ich brauchte einen Schlauch. Ich zahlte mit dem

Blick zur Autobahn, um den Chrysler nicht zu übersehen, doch er kam nicht. Neun Meilen weiter tauschte ich ein gutes Rad gegen das Reserverad aus. Ich tat es, weil Adams das getan hatte. Als ich mich am Wagenheber hinhockte, schlug mir die Hitze tüchtig entgegen. Der Wagenheber war nicht geschmiert und quietschte, unsichtbare Düsenjäger schlitzten über meinem Kopf den Himmel auf, und ihr Donnergetöse erinnerte mich an die Schiffsartillerie, die den Brückenkopf in der Normandie deckte. Woher kommt diese Erinnerung? Ich war auch später noch in Europa gewesen, aber als offizielles Ausstellungsstück, zweiter Klasse zwar, weil zur Reserve gehörig oder beinahe fiktiv, ein Mitglied des Marsprojekts. Europa hatte mir seine Schokoladenseite präsentiert, erst jetzt lernte ich es, wenn nicht besser, so doch ohne Gala kennen, die nach Urin stinkenden Gassen Neapels, ihre gräßlichen Prostituierten, das Hotel, das sich noch mit Sternen aufspielte, vermorschte bereits, die Hökerinnen krochen heran, das Pornokino wäre früher neben einer solchen Stätte undenkbar gewesen. Doch vielleicht war es anders, vielleicht hatten die recht, die sagten, Europa zerfalle vom Kopf, von oben her? Das Blech und das Werkzeug waren glühend heiß. Ich reinigte mir die Hände mit Creme, wischte sie mit einem Kleenextuch ab und stieg ein. Es dauerte eine Weile, bis ich die an der Tankstelle gekaufte Schweppesflasche aufgemacht hatte, weil mir das Taschenmesser mit dem Öffner abhanden gekommen war, endlich schluckte ich die bittere Flüssigkeit und dachte dabei an Randy, der irgendwo auf der Strecke hörte, wie ich trank. Die Kopfstütze hatte sich in der Sonne erhitzt und glühte. Meine Haut im Genick war verbrannt. Auf dem Asphalt am Horizont schwamm ein metallisches Gleißen, als gäbe es dort Wasser. Ein Donner? Ja, es donnerte. Wahrscheinlich hatte es schon früher gedonnert, nachdem die Düsenjäger fortgeflogen waren, doch die Autobahn hatte alle schwächeren Laute mit ihrem Grol-

len übertönt. Jetzt übertönte der Donner ihr Dröhnen und brach in den Himmel mit den goldgelben Wolken ein; über den Bergen verwandelte sich das Gold bereits in ein stechendes Gelb.

Tafeln kündigten Frosinone an. Der Schweiß lief mir den Rücken hinunter, als striche mir jemand mit einer Feder zwischen den Schulterblättern entlang, und das Gewitter, theatralisch wie die Italiener, drohte, statt sich zu entladen, nur mit dumpfem Rollen ohne einen Tropfen Regen vorüberzuziehen. Doch wehten graue Mähnen wie Herbstrauch durch die Landschaft, und einmal, als ich in eine langgezogene Kurve einbog, sah ich sogar eine Stelle, wo ein schräg herabhängender Wirbel eine Wolke zur Autobahn schleppte. Erleichtert begrüßte ich das Zerspritzen der ersten dicken Tropfen auf der Windschutzscheibe. Plötzlich goß es wie aus Zubern.

Die Scheibe war ein wahres Schlachtfeld, ich schaltete also die Wischer nicht sofort ein; dann kratzten sie den Insektenkot ab, ich schaltete sie aus und fuhr auf den Seitenstreifen. Eine geschlagene Stunde sollte ich halten. Der Regen kam in Wellen, er trommelte auf das Dach, die vorbeifahrenden Autos zogen trübe Streifen funkelnder Wassertropfen hinter sich her und wirbelten den Regen hoch, ich aber atmete tief. Durch das geöffnete Fenster goß es mir in Strömen auf das Knie. Ich zündete mir eine Zigarette an und hielt sie in der hohlen Hand, damit sie nicht naß wurde; sie schmeckte mir nicht, Menthol. Ein Chrysler in Metallic fuhr vorbei, doch lief so viel Wasser an der Seite herab, daß ich nicht sicher war, ob es der richtige sei. Es wurde immer dunkler. Blitze, Krachen wie reißendes Blech, aus Langeweile zählte ich die Sekunden zwischen Aufleuchten und Knall, die Autobahn grollte und dröhnte, und nichts war imstande, sie lahmzulegen. Der Zeiger überschritt die Sieben – es war Zeit. Mit einem Seufzer stieg ich aus. Die kalte Dusche war zunächst nicht angenehm, doch bald fühlte ich mich frischer. Ich manipulierte an den Scheibenwischern, als müßte ich sie reparieren, und beobachtete dabei die Fahrbahn, aber niemand kümmerte sich um mich, auch von der Polizei war nichts zu sehen. Naß bis auf die Haut, stieg ich ein und fuhr los. Das Gewitter ließ nach, doch wurde es immer dunkler, hinter Frosinone tröpfelte es nicht einmal, der Asphalt war getrocknet, von den Pfützen an der Seite stieg ein niedriger, weißer Dampf auf, in den die Scheinwerfer eintauchten, bis die Sonne hinter den Wolken hervorkam, als wollte sich die Landschaft vor der Nacht noch einen Augenblick lang in neuem Licht zeigen. Unter einem unirdischen rosa Glanz bog ich ab auf den Parkplatz von Pavesis Brückenrestaurant, löste das an meinem Körper klebende Hemd, damit man die Elektroden nicht sah, und ging nach oben. Den Chrysler hatte ich auf dem Platz nicht bemerkt. Oben plapperte die Menge in zehn Sprachen und aß, ohne auf die Autos zu achten, die unten wie die Kegelkugeln vorbeisausten. In mir war, ich weiß nicht wann, eine Veränderung vorgegangen, ich hatte mich beruhigt, eigentlich war mir alles gleichgültig geworden, an das Mädchen dachte ich, als wäre das vor Jahren passiert, ich trank zwei Tassen Kaffee, einen Schweppes mit Zitrone, vielleicht hätte ich in diesem Anfall von Faulheit noch länger dort gesessen, doch fiel mir ein, daß das Gebäude aus Eisenbeton war, also keine Funkwellen durchließ, sie konnten deshalb nicht erfahren, wie es meinem Herzen ging. Zwischen Houston und dem Mond gibt es derartige Probleme nicht. Beim Hinausgehen wusch ich mir in der Toilette Hände und Gesicht. Vor dem Spiegel strich ich mir das Haar glatt, schaute mich selbst nicht eben freundlich an und machte mich auf den Weg.

Jetzt sollte ich wieder bummeln. Ich fuhr also, als ließe ich die Zügel schleifen, weil das Pferd den Weg kennt.

Meine Gedanken eilten nirgendwohin, ich versank nicht in Wachträume, ich schaltete mich nur aus, als gäbe es mich nicht. So etwas hatte ich einst ›Kohlleben‹ genannt. Immerhin, die Aufmerksamkeit glomm, denn ich machte halt laut Plan. Es war ein guter Halteplatz. Ich stand unterhalb der Höhe eines sanften Hügels, dort wo die Autobahn als geometrische Ausschachtung in seinen Rücken einschnitt. Durch diese Kerbe reichte der Blick wie durch ein großes Tor bis zum Horizont, wo der Betonstreifen mit entschiedenem Schwung den nächsten sanften Buckel durchtrennte. Es sah aus, als wäre hier die Kimme und dort das Korn. Ich wischte die Scheibe, und weil ich dazu den Kofferraum öffnen mußte – die Kleenextücher waren mir ausgegangen –, berührte ich den weichen Boden des Koffers; dort ruhte mit ihrem Gewicht die Waffe. Wie in unbewußter Verabredung schalteten alle Fahrer fast gleichzeitig die Scheinwerfer ein. Mein Blick umfaßte einen beträchtlichen Raum. In Richtung Neapel leuchteten weiße Streifen, in Richtung Rom glühte es, als rollten rote Kohlestückchen die Straße entlang. Am Grunde des Kessels bremsten die Wagen, und dieses Bremsen mit seinem flimmernden Rot bebte stets auf demselben Streckenabschnitt, ein hübsches Beispiel für eine stehende Welle. Wäre die Straße dreimal so breit gewesen, hätte es in Texas oder Montana sein können. Wenige Schritte von der Straße entfernt war ich so allein, daß mich heitere Ruhe umfing.

Die Menschen brauchen Gras wie die Ziegen, sie wissen es nur nicht so gut wie jene. Als am unsichtbaren Himmel ein Hubschrauber vorbeidröhnte, warf ich die Zigarette fort und stieg in den Wagen. Das Innere hatte einen Rest der Tageshitze bewahrt.

Hinter den nächsten Hügeln kündigten schattenlose Leuchtröhren die Nähe Roms an. Doch hatte ich einen weiteren Weg, da ich die Stadt umfahren mußte. Die Dämmerung machte die Menschen in den Autos unsichtbar und verlieh den Gepäckstücken auf den Dächern rätselhafte Formen. Alles wurde wichtig und anonym, voll von Unausgesprochenem, als stünden am Ende des Weges unendlich bedeutsame Angelegenheiten. Ein Reserveastronaut muß wenigstens zu einem kleinen Teil schofel sein, denn irgend etwas in ihm wartet auf das Stolpern der richtigen Astronauten, und wenn es nicht wartet, so ist er ein Esel. Ich mußte später noch einmal halten, der Kaffee, das Plimasin, der Schweppes, das Eiswasser wirkten, ich verließ den Bereich der Straße, und die Umgebung überraschte mich – nicht nur der Verkehr schien verschwunden, sondern mit ihm auch die Zeit. Abgewandt roch ich durch den Dunst der Abgase hindurch in der schwach bewegten Luft den Duft der Blumen. Was hätte ich getan, wäre ich dreißig Jahre alt gewesen? Statt eine Antwort auf diese Frage zu suchen, war es besser, den Schlitz zuzuknöpfen und weiterzufahren. Der Schlüssel fiel mir im Dunklen zwischen die Pedale, ich suchte ihn tastend, weil ich keine Lust hatte, die Innenbeleuchtung anzuknipsen. Ich fuhr weiter, weder schläfrig noch wach, weder böse noch ruhig – nur fremd, irgendwie weich und ein wenig verwundert. Die Lampen auf den Masten überfluteten die Frontscheibe, bleichten mir die Hände am Steuerrad und glitten nach hinten, die Schilder mit den Namen schoben sich wie Gespenster aufleuchtend vorbei, und die Betonfugen machten sich durch weiches Trommeln bemerkbar. Jetzt nach rechts, auf die Stadtumgehung Roms, um von Norden her einzufahren wie er. Ich dachte gar nicht an ihn, er war einer von elfen, der Zufall hatte es gefügt, daß ich gerade von ihm alle Sachen übernommen hatte. Randy hatte darauf bestanden, und gewiß zu Recht. Wenn man etwas Derartiges tut, dann so genau wie irgend möglich. Für mich war das Bewußtsein, die Hemden und Koffer eines Toten zu benutzen, recht unwesentlich, wenn es mir zu Anfang schwergefallen war, dann nur, weil es sich um die Sachen

eines Fremden handelte, nicht aber, weil er tot war. Es kamen lange, fast leere Strecken, und ich hatte das Gefühl, als ob irgend etwas fehlte, durch die heruntergelassenen Fenster wehte die Luft voller Blütenduft herein, nur gut, daß die Gräser sich schon zur nächtlichen Ruhe begeben hatten. Ich zog nicht einmal die Nase hoch. Psychologie hin, Psychologie her, entschieden hatte doch der Schnupfen. Dessen war ich sicher, obwohl man mir eingeredet hatte, dem sei nicht so. Rational genommen stimmt es ja auch, denn wächst auf dem Mars etwa Gras? Also ist Überempfindlichkeit gegen Sporen kein Fehler. Ja, aber irgendwo an den Rubriken meiner Personalakten, in einer Spalte ›Bemerkungen‹ muß das Wort ›Allergiker‹ gestanden haben, also ein nicht Vollwertiger. Deswegen also ein Reservemann, d. h. ein Bleistift, den man mit dem besten Werkzeug anspitzt, um schließlich keinen einzigen Punkt mit ihm zu setzen. Ein Reserve-Kolumbus, wie klingt das?
Auf der Gegenfahrbahn fuhr eine lange Kolonne, jeder Wagen blendete mich, ich schloß abwechselnd das rechte und das linke Auge. Ob ich mich verirrt hatte? Ich entdeckte keine Abfahrt von der Autostrada. Gleichgültigkeit überkam mich; was kann ich mehr tun, in die Nacht hineinfahren und fertig. Hoch oben, schräg angeleuchtet huschte eine Tafel ROMA TIBERINA vorbei. Also doch. Das nächtliche Rom füllte sich mit Lichtern und Verkehr, je mehr ich mich dem Zentrum näherte. Nur gut, daß die Hotels, die ich der Reihe nach abklappern sollte, nahe beieinanderlagen. In jedem breitete man bedauernd die Hände aus – Saison, alles belegt –, also zwängte ich mich wieder hinter das Steuer. Im letzten Hotel gab es ein freies Zimmer, ich forderte aber ein ruhiges im Seitenflügel, der Portier starrte mich an, ich schüttelte bedauernd den Kopf und kehrte zurück zum Auto.
Der leere Bürgersteig vor dem ›Hilton‹ war in reichhaltiges Licht getaucht. Beim Aussteigen konnte ich den Chrysler nicht entdecken, und

der Gedanke durchfuhr mich, sie könnten einen Unfall gehabt haben, deswegen hätte ich sie auch unterwegs nicht gesehen. Mechanisch schlug ich die Tür zu und sah in der Spiegelung, die die Scheibe hinunterfloß, hinter mir die gleißende Schnauze des Chrysler. Er stand hinter dem Parkplatz im Halbschatten, zwischen Ketten und einem Verbotsschild. Ich wandte mich dem Hotel zu. Im Gehen sah ich das dunkle Innere des Wagens, es schien leer, aber die Scheibe war zur Hälfte heruntergedreht. Als ich fünf Schritte entfernt war, glühte dort das Pünktchen einer Zigarette auf. Ich wollte ihm zuwinken, hielt mich aber zurück, meine Hand bebte nur, ich steckte sie in die Tasche und betrat das Foyer.

Es war ein kleiner Zwischenfall, vergrößert dadurch, daß ein Kapitel schloß und das nächste begann, in der kühlen Nachtluft wurde alles übernatürlich deutlich: die Autorümpfe auf dem Parkplatz, mein Schritt, die Zeichnung des Pflasters, deshalb ärgerte es mich, daß ich ihnen nicht zuwinken konnte. Bisher hatte ich den Zeitplan eingehalten wie ein Musterschüler den Stundenplan, ich hatte nicht einmal an den Menschen gedacht, der vor mir denselben Weg gefahren und genauso aufgestanden war, der Kaffee getrunken hatte und von Hotel zu Hotel durch das nächtliche Rom gezogen war, um nicht nur *diesen* Weg im ›Hilton‹ zu beenden, denn er hatte es lebendig nicht mehr verlassen. Jetzt erschien mir die übernommene Rolle wie Hohn, als forderte ich das Schicksal heraus.

Ein junger Boy, der sich bis zur Steifheit wichtig nahm, vielleicht aber nur seine Müdigkeit verdeckte, folgte mir hinaus zum Auto und nahm mit behandschuhten Händen die eingestaubten Koffer, ich lächelte gedankenlos seinen blitzenden Knöpfen zu. Das Foyer war leer, ein zweiter Bengel stellte mein Gepäck in den Aufzug, der sich mit den Klängen einer Spieluhr hob. In mir war noch der Rhythmus der Fahrt. Wie eine aufdringliche Melodie konnte ich ihn nicht loswerden. Der Boy hielt an, öffnete eine Doppeltür, schaltete Wand- und Deckenleuchten ein, Wohnzimmer, Schlafzimmer, er stellte meine Koffer ab, ich blieb allein. Von Neapel nach Rom kann man sozusagen mit der Hand hinüberreichen, dennoch spürte ich Müdigkeit, eine andere als gewöhnlich, eine gespannte Müdigkeit, und das war die nächste Überraschung. Als hätte ich teelöffelweise eine Dose Bier getrunken – eine etwas betäubende Nüchternheit. Ich ging die Zimmer ab, das Bett reichte bis zum Fußboden, das Spiel mit dem Druntergucken war nicht nötig, ich öffnete alle Schränke und wußte sehr gut, daß ich in keinem einen Meuchelmörder finden würde, wenn es doch so einfach wäre, aber ich tat alles, was ich tun sollte. Ich hob die Laken, die doppelte Matratze, die Höhenregelung des Kopfteils, irgendwie glaubte ich nicht, daß ich von diesem Bett nicht mehr aufstehen würde. Wie bitte? Der Mensch ist undemokratisch konstruiert, Stimmen von links, von rechts – das ist nur ein vorgetäuschtes Parlament, denn es gibt die Katakomben, die ihn schütteln. Das Evangelium nach Freud. Ich untersuchte die Klimaanlage, hob die Jalousien und ließ sie herunter, die Zimmerdekken waren glatt und hell. Nicht wie im Gasthaus ›Zu den Drei Hexen‹. Wie klar, wie redlich makaber ist dort die Gefahr, ein Baldachin, der auf den Schlafenden herabfällt und ihn erstickt, hier aber gab es weder einen Baldachin noch sonstige eingedickte Romantik. Sessel, Schreibtisch, Teppich, alles gut angeordnet, die übliche Komfortausstattung. Habe ich das Licht am Wagen ausgeschaltet? Die Fenster führten zur anderen Seite, deshalb konnte ich ihn nicht sehen. Vermutlich habe ich es ausgeschaltet, und wenn ich es vergessen habe, mag sich Hertz darum kümmern. Ich zog die Vorhänge zusammen, kleidete mich aus und warf dabei Hose und Hemd achtlos umher, als ich nackt war, löste ich vorsichtig die Elektroden. Nach dem Duschen würde ich sie wieder anlegen müssen. Ich öffnete den größeren Koffer, die Schachtel mit den Pflastern lag oben, aber ich fand die Schere nicht. Mitten im Zimmer stehend, spürte ich einen leichten Druck auf dem Kopf, unter den Füßen den flauschigen Teppich, ach ja, ich hatte sie in die Aktentasche getan. Ungeduldig zerrte ich am Schnappschloß, mit der Schere fiel eine Reliquie heraus – eine in Plexiglas eingegossene, saharagelbe Fotografie, der Sinus Aurorae, mein nicht realisierter Landeplatz Nummer eins. Sie lag auf dem Teppich neben meinen nackten Füßen, es war unangenehm, töricht und bedeutsam. Ich hob sie auf und betrachtete sie im weißen Licht der Deckenlampen, zehn Grad nördliche Breite und zweiundfünfzig Grad östliche Länge, oben der Fleck des Bosporus Gemmatus, weiter unten eine äquatoriale Formation. Die Stellen, die ich hätte betreten können. Ich stand da mit dem Foto in der Hand, statt es wieder in die Tasche zu schieben, legte ich es schließlich neben das Telefon auf den Nachttisch und ging ins Bad.

Die Dusche war herrlich, das Wasser ergoß sich in hundert heißen Bächen. Die Zivilisation beginnt mit dem fließenden Wasser. König Minos' Klosetts auf Kreta. Irgendein Pharao ließ aus dem Schmutz, der sein Leben lang von seinem Körper abgekratzt wurde, einen Stein für die Kopfstütze seines Grabes formen. Waschungen sind immer auch etwas Symbolisches.

Als junger Mensch wusch ich mein Auto nicht, wenn es den kleinsten Defekt hatte, erst nach der Reparatur ließ ich ihm wieder Ehre angedeihen und wachste und polierte es. Und was konnte ich damals von der Reinheits- und Unreinheitssymbolik wissen, die zu allen Religionen gehört? In Appartements für zweihundert Dollar achte ich nur die Baderäume. Der Mensch fühlt sich so wie seine Haut. Im wandgroßen Spiegel sah ich meinen eingeseiften Körper mit dem Abdruck der

Elektrode, als wäre ich wieder in Houston, die Hüften weißlich von der Badehose, ich verstärkte den Wasserzufluß, die Röhren heulten jämmerlich auf. Die Berechnung von Durchflußkurven, die keine Resonanz wecken, ist wohl eine fast unlösbare Aufgabe der Hydraulik. Was gibt es für unnötiges Wissen. Ich trocknete mich ab, ohne auf die Handtücher zu achten, und ging, nasse Spuren hinterlassend, ins Schlafzimmer. Dort klebte ich die Herzelektrode an und setzte mich auf das Bett, statt mich hinzulegen. Eine schnelle Berechnung ergab: einschließlich des Inhalts der Thermosflasche mindestens sieben Tassen Kaffee. Früher wäre ich eingeschlafen wie ein Murmeltier, inzwischen aber kenne ich bereits das Wälzen von einer Seite auf die andere. Im Koffer hatte ich, vor Randy versteckt, Seconal, ein Mittel, das den Astronauten empfohlen wird. Adams besaß das nicht. Anscheinend schlief er vorzüglich. Jetzt etwas zu nehmen wäre nicht loyal. Ich hatte vergessen, das Licht im Bad auszuschalten. Ich erhob mich, meine Knochen wollten nicht recht. Im Halbdunkel wurde das Appartement größer. Nackt, das Bett im Rücken, stand ich unentschlossen herum. Ach ja, ich muß die Tür schließen. Der Schlüssel soll stecken bleiben. 303 – dieselbe Nummer. Darauf haben sie geachtet. Und was folgt daraus? Ich suchte die Angst in mir. Etwas Unbestimmtes, etwas Scham, doch was hilft's, ich wußte nicht, woher die Unruhe kam, von der Aussicht auf eine schlaflose Nacht oder gar auf die Agonie? Alle sind abergläubisch, obwohl nicht alle es wissen. Noch einmal musterte ich im Licht der Nachttischlampe mit nun schon unverhohlenem Mißtrauen die ganze Umgebung. Die Koffer standen halb offen, die Sachen lagen verstreut auf den Sesseln. Eine echte Generalprobe. Der Revolver? Unsinn. Genug. Ich schüttelte über mich selbst mitleidig den Kopf, legte mich hin, löschte das Licht, lockerte die Muskeln und begann, gleichmäßig zu atmen.

Die Fähigkeit, zu einer bestimmten Stunde einzuschlafen, war ein wesentlicher Teil des Drills. Und saßen schließlich nicht unten im Auto zwei Menschen und schauten auf das Oszilloskop, auf dem meine Lunge und mein Herz in leuchtender Linie jede Bewegung aufzeichneten? Die Tür von innen verschlossen, hermetisch abgedichtete Fenster, was geht es mich an, daß er sich zur gleichen Stunde in dasselbe Bett gelegt hatte?

Der Unterschied zwischen dem ›Hilton‹ und dem Gasthaus ›Zu den Drei Hexen‹ war unbestreitbar. Ich stellte mir meine Heimkehr vor. Unangemeldet halte ich vor dem Haus oder besser nur vor der Apotheke, ich gehe zu Fuß, als käme ich von einem Spaziergang, die Jungen sind schon aus der Schule zurück und sehen mich von oben, die Treppen dröhnen unter ihren Füßen – da fiel mir ein, daß ich noch etwas Gin trinken mußte. Eine Weile lag ich auf die Ellbogen gestützt und zögerte, die Flasche war im Koffer geblieben, ich wälzte mich aus dem Bett, ging im Dunkeln zum Tisch, ertastete unter den Hemden die flache Form, goß etwas in den Verschluß, es lief mir über die Finger. Ich leerte den kleinen Metallbecher bis zur Neige – mit dem dummen Gefühl des Schauspielers in einem Amateurtheater. Ich tue, was ich kann, rechtfertigte ich mich vor mir selbst. Ich kehrte zurück ins Bett, unsichtbar, Körper, Arme, Beine verschwanden, die Sonnenbräune verfloß mit der Dunkelheit, nur die Hüften schimmerten als weißlicher Gürtel. Ich legte mich hin, der Alkohol wärmte den Magen, ich schlug mit der Faust auf das Kissen: Dorthin bist du gekommen, du Reservemann. Die Decke hochgezogen und wieder geatmet. Es kam der Halbschlaf, in dem nur Passivität die Reste des Wachseins fortblasen kann. Irgendwelche Phantome erschienen mir bereits. Ich flog durch die Luft. Interessant, von solchem Segeln träumte ich genauso wie vor dem Aufenthalt auf der Orbitalstation. Als ob die hartnäckigen Katakomben meines Gehirns Korrekturen durch die Erfahrung nicht zur Kenntnis nehmen wollten. Das Fliegen im Traum ist unwahr, denn der Körper behält seine normale Lage bei, und die Arm- und Beinbewegungen sind ebenso einfach wie im Wachen, nur flüssiger und leichter. In Wirklichkeit ist es ganz anders. Die Muskeln geraten völlig durcheinander. Du willst etwas fortschieben, statt dessen fliegst du selbst rückwärts, du willst dich setzen und ziehst statt dessen die Knie unter das Kinn, bei einer unvorsichtigen Bewegung kann man sich selbst mit den Knien k.o. schlagen. Der Körper benimmt sich wie besessen und ist nur enthemmt, befreit von dem segensreichen Widerstand, den ihm die Erde stets leistet.

Ich erwachte halb erstickt. Etwas Weiches, aber Unnachgiebiges machte mir das Einziehen der Luft unmöglich. Ich sprang mit vorgestreckten Armen auf, als wollte ich den packen, der mich würgte. Im Sitzen kam ich mühsam zu mir, als zöge ich eine ekelhafte klebrige Hülle von meinem Gehirn. Durch einen Spalt zwischen den Vorhängen fiel von der Straße her ein Quecksilberreflex ins Zimmer. In seinem Flimmern bemerkte ich, daß ich allein war. Ich konnte weiterhin nicht atmen, die Nase war wie zubetoniert, der Mund ausgedörrt, die Zunge eingetrocknet. Ich mußte fürchterlich geschnarcht haben. Ich glaubte, dieses Schnarchen sei gegen Ende des Schlafs zu mir gedrungen, als ich bereits erwachte.

Ich erhob mich leicht taumelnd, denn obgleich ich meine Sinne schon beisammen hatte, erfüllte mich der Traum dennoch wie ein unbewegliches Gewicht. Ich beugte mich vorsichtig über den Koffer, um blindlings in die Seitentasche nach dem Gummi zu greifen, der das Röhrchen mit Pyribenzamin festhielt. Auch in Rom mußten bereits die Gräser blühen. Im Süden werden die Sporenkapseln immer zuerst rötlich, das setzt sich dann wellenartig fort in die höheren Breiten, jeder weiß davon, der lebenslänglich mit Heufieber geschlagen ist. Es war zwei Uhr. Ich war etwas beunruhigt, ob meine Beschützer nicht womöglich aus dem Auto sprängen, wenn mein Herz im Oszilloskop solche Mätzchen machte, legte mich also wieder hin, und zwar mit dem Gesicht seitlich auf das Kissen, weil die inwendige Nasenschwellung so am schnellsten vergeht. Ich lag da und lauschte mit einem Ohr auf das, was jenseits der Tür vor sich ging, um mich zu vergewissern, daß keine ungebetene Hilfe nahte. Es herrschte Stille, und mein Herz kehrte zum üblichen Rhythmus zurück.

Ich rief mir das Bild jenes Hauses nicht mehr vor Augen, weil ich es nicht wollte und weil ich meinte, man solle die Kleinen in diese Sache nicht mit hineinziehen. Nicht ohne die Hilfe der Kinder einzuschlafen, das ist tatsächlich schlimm! Da muß Joga genügen, wie ihn Dr. Sharp und seine Helfer für den Gebrauch der Astronauten adaptiert haben. Ich kannte das auswendig wie das Vaterunser und wandte es so erfolgreich an, daß meine Nase besänftigt pfiff, während sie ein bißchen Luft durchließ, das Pyribenzamin aber sickerte mir, seines wachhaltenden Bestandteils beraubt, ins Gehirn und verbreitete die ihm eigentümliche, ein bißchen unsaubere, trübe Schläfrigkeit, so daß ich, ohne es zu merken, fest einschlief.

] Rom – Paris [

Um acht Uhr morgens ging ich zu
Randy, ich war recht guter Stimmung, denn ich hatte den Tag mit Plimasin begonnen, und trotz der trockenen Hitze kitzelte es mich nicht in der Nase. Randys Hotel kam an das ›Hilton‹ nicht heran. Es lag an einer von Autos verstopften Gasse mit römischem Pflaster nahe der Spanischen Treppe. Ihren Namen habe ich vergessen. Während ich in dem Durchgang, der die Rolle eines Foyers, der Rezeption und eines Cafés spielte, auf Randy wartete, sah ich den ›Herald‹ durch, mich interessierten die Verhandlungen zwischen der Air France und der Regierung, weil ich keine Lust hatte, in Orly festzusitzen. Das Hilfspersonal des Flughafens streikte, aber bis jetzt nahm Paris noch Flugzeuge an.
Bald erschien Randy, für eine schlaflose Nacht war sein Zustand nicht schlecht, er schien mißmutig, aber das Fiasko war auch zu offensichtlich. Als letzter Rettungsanker blieb uns nur noch Paris. Randy hatte vor, mich persönlich zum Flughafen zu bringen, doch ich ließ es nicht zu. Ich wollte, daß er schlief. Er behauptete, in seinem Zimmer sei das nicht möglich, also ging ich mit ihm nach oben. Das Zimmer war in der Tat sonnig, und durch die sperrangelweit offene Badezimmertür zog nicht Kühle herein, sondern heißer Seifengeruch.
Zum Glück hatten wir ein recht trockenes Azorenhoch, ich griff also auf meine beruflichen Kenntnisse zurück, zog die Vorhänge zu, machte sie unten naß, um die Luftzirkulation zu verbessern, ließ aus allen Hähnen das Wasser in schmalem Strom rinnen und verabschiedete mich nach diesem Samariterdienst von ihm, indem ich ihm versicherte, ich würde anrufen, sobald ich etwas Konkretes erführe. Zum Flughafen fuhr ich mit dem Taxi, unterwegs holte ich im ›Hilton‹ mein Gepäck ab, und schon vor elf Uhr schob ich den Karren mit den Koffern zur Abfertigung. Ich war zum ersten Mal auf dem neuen römischen

Terminal und suchte mit den Augen nach den Wundern seiner technischen Sicherungen, die von der Presse so gepriesen worden waren; ich ahnte nicht, wie genau ich sie noch kennenlernen würde.

Die Presse hatte die Eröffnung dieses Terminals lärmend begrüßt und behauptet, nun sei das Ende aller Terroranschläge gekommen. Nur die verglaste Abfertigungshalle sehe aus wie überall. Das – von oben her gesehen – trommelähnliche Gebäude sei mit einem Netz von Rolltreppen und Gängen durchzogen, das die Menschen diskret filtere. In letzter Zeit hatte man begonnen, Waffen und Sprengmaterial in Teilen zu transportieren, die dann in den Flugzeugtoiletten zusammengesetzt wurden; deshalb verzichteten die Italiener als erste auf Magnetometer. Die Untersuchung von Kleidung und Körpern nahmen Ultraschallgeräte während der Fahrt auf den Rolltreppen vor, und die Ergebnisse dieser nicht spürbaren Kontrolle wertete ein Computer aus, der die des Schmuggels Verdächtigten aussiebte. Man schrieb, diese Wellen entdeckten jede Plombe in den Zähnen und jede Spange am Hosenträger. Nicht einmal eine unmetallische Sprengladung würde durchkommen.

Inoffiziell trug der neue Terminal den Namen Labyrinth. In der Probezeit drängten sich wochenlang Geheimdienstler mit äußerst listig versteckten Waffen auf die Rolltreppen, und nicht einem soll der Schmuggel gelungen sein. Seit April arbeitete das Labyrinth normal und ohne ernstliche Zwischenfälle, man schnappte nur ständig Leute mit ebenso komischen wie unschuldigen Objekten, z. B. mit einem Spielzeugrevolver oder einem Pistolenumriß aus Metallfolie. Die einen Experten meinten, das seien psychologische Störaktionen enttäuschter Terroristen, andere, es handele sich um Bemühungen, die die Leistungsfähigkeit der Kontrollen feststellen sollten. Die Juristen hatten Mühe mit diesen Pseudoschmugglern; denn ihre Absichten schienen eindeutig, waren aber nicht strafbar. Der einzige ernstliche Zwischenfall ereignete sich an dem Tage, an dem ich Neapel verließ. Ein Asiate entledigte sich auf der sogenannten Seufzerbrücke mitten im Labyrinth, als ihn die Sensoren demaskierten, einer echten Bombe. Er warf sie in die Halle hinab, über die diese Brücke führt, und verursachte eine zwar unschädliche, aber die Nerven der Passagiere strapazierende Explosion. Mehr passierte nicht. Ich glaube jetzt, diese kleinen Zwischenfälle waren die Vorbereitungen zu der Operation, bei der eine neue Form des Angriffs die neue Verteidigung durchbrechen sollte.

Der Start meiner Alitalia-Maschine verzögerte sich um eine Stunde, weil nicht sicher war, ob wir in Orly oder de Gaulle landen sollten. Ich ging also, um mich umzuziehen, denn auch in Paris wurden dreißig Grad im Schatten angekündigt. Ich wußte nicht mehr, in welchem Koffer ich mein Netzhemd hatte, und machte mich deshalb mit dem Karren, der nicht auf die Rolltreppen paßte, zu den Waschräumen auf. Lange irrte ich über die schiefen Ebenen der Untergeschosse, bis ein Radschah mir den Weg zeigte. Ich weiß nicht, ob er wirklich ein Radschah war, vermutlich nicht, denn er konnte fast kein Englisch, aber einen grünen Turban trug er. Ich hätte wissen mögen, ob er ihn in der Badewanne abnahm. Durch den Ausflug mit dem Karren hatte ich so viel Zeit vertan, daß ich mich im Eiltempo duschte und den Leinenanzug und die Leinen-Schnürschuhe anzog. Den Kleinkram mit dem Necessaire packte ich in den Koffer und begab mich mit leeren Händen zur Abfertigung. Alle meine Sachen gingen als Reisegepäck. Dieser Schritt erwies sich als vernünftig, denn ich bezweifle, daß meine Mikrofilme – ich hatte sie im Necessaire – das ›Gemetzel auf der Treppe‹ heil überstanden hätten.

Die Klimaanlage in der Halle arbeitete ungleichmäßig, stellenweise zog es eiskalt, stellenweise heizte sie. In Richtung Paris wehte es warm,

ich hängte mir also das Jackett um die Schultern. Auch das war ein glücklicher Schritt. Jeder erhielt einen Ariadne-Passierschein, einen Plastikumschlag für die Flugkarten, in den ein elektronischer Resonator eingelassen war. Ohne ihn kommt man nicht in das Flugzeug. Gleich nach dem Drehkreuz des Durchgangs folgte eine so enge Rolltreppe, daß man sie nur im Gänsemarsch betreten konnte. Die Fahrt erinnerte ein bißchen an Tivoli und ein bißchen an Disneyland. Man fährt zunächst bergauf, dann fügen sich die Stufen zu einem Laufsteg, der im Flutlicht der Leuchtröhren quer über die Halle hinwegläuft. Dennoch sieht man deren im Dämmer verborgenen Boden nicht. Es ist mir unklar, wie man diesen Effekt erzielt hat. Hinter der ›Seufzerbrücke‹ biegt der Laufsteg ab, verwandelt sich wieder in eine Treppe und führt ziemlich steil aufwärts durch dieselbe Halle, doch kann man das nur an der durchbrochenen Decke erkennen, denn jedes Transportband ist auf beiden Seiten durch Aluminiumplatten mit mythologischen Szenen eingefaßt. Die Fortsetzung des Weges kennenzulernen war mir nicht beschieden. Die Idee ist einfach – der Plastikumschlag des Passagiers, der etwas Verdächtiges bei sich hat, macht ihn durch einen anhaltenden Ton kenntlich. Der Gebrandmarkte kann nicht fliehen, weil das Transportband zu schmal ist, und die sich wiederholenden

Passagen über der Halle sollen ihn weichmachen und veranlassen, sich der Waffe zu entledigen. Im Abfertigungssaal hingen Warnungen in zwanzig Sprachen, wer Waffen und Sprengmaterial schmuggle, riskiere sein Leben, wenn er versuche, die Mitreisenden zu terrorisieren. Diese rätselhaften Drohungen wurden unterschiedlich ausgelegt. Ich hörte von verdeckten Scharfschützen hinter den Aluminiumwänden, schenkte dem aber keinen Glauben.
Es war ein Charterflug und die bereitgestellte Boeing größer als der Bedarf der Charterer, deshalb wurden an den Kassen die restlichen freien Plätze verkauft. Wer wie ich ein Ticket erstand, geriet in das Schlamassel. Die Boeing war von einem Bankenkonsortium gemietet, aber meine Nachbarn auf der Treppe sahen nicht nach Bankiers aus. Als erste betrat die Rolltreppe eine alte Frau mit Stock, hinter ihr eine Blondine mit Hündchen, dann ich, ein kleines Mädchen und ein Japaner. Als ich mich oben umblickte, bemerkte ich Zeitungsflächen, die ein paar Männer entfaltet hatten. Ich zog es vor, mich umzuschauen, steckte also meinen ›Herald‹ unter den Hosenträger auf der Schulter wie eine Feldmütze.
Die Blondine, deren perlenbestickte Hosen so eng waren, daß man ihren Slip auf dem Hintern sah, trug einen ausgestopften Hund. Er sah aus wie lebendig, denn er blinzelte. Sie erinnerte mich an die Blondine auf dem Magazin, die mich während der Fahrt nach Rom begleitet hatte. Das kleine weißgekleidete Mädchen mit den flinken Augen sah wie eine Puppe aus. Der Japaner, nicht viel größer als sie, spielte den eifrigen Touristen, er war seiner Kleidung nach wie aus dem Ei gepellt. Auf dem zugeknöpften karierten Anzug kreuzten sich die Riemen von Transistor, Fernglas und großer Nikon-Six-Kamera; als ich mich umdrehte, öffnete er gerade das Futteral, als wollte er die Wunder des Labyrinths fotografieren. Die Stufen flachten ab zu einem Laufsteg,

als ich ein langgezogenes Piepsen vernahm. Ich drehte mich um. Es kam von dem Japaner. Das Mädchen schob sich ängstlich von ihm weg, es preßte die Tasche mit dem Plastikumschlag an die Brust. Er aber stellte mit ausdruckslosem Gesicht sein Radio an. Er war naiv, wenn er glaubte, er könnte das Piepsen übertönen – es war nur die erste Warnung.

Wir glitten über der großen Halle entlang. Zu beiden Seiten der Brücke glänzten im Lampenlicht Romulus, Remus und die Wölfin, und der Plastikumschlag des Japaners jaulte bereits durchdringend. Eine Bewegung ging durch die zusammengedrängten Menschen, obwohl niemand etwas sagte. Allein der Japaner zuckte nicht einmal mit den Wimpern. Eine ganze Zeitlang stand er mit steinernem Gesicht in dem anschwellenden Geheul, doch der Schweiß trat ihm in Tropfen auf die Stirn. Er riß den Plastikumschlag aus der Tasche und begann, wild mit ihm zu kämpfen. Er riß daran wie ein Berserker, von allen Blicken verfolgt, niemand sagte ein Wort, nicht eine Frau schrie.

Was mich betrifft, war ich nur neugierig, wie man ihn zwischen uns herauspicken würde. Als die ›Seufzerbrücke‹ zu Ende war und der Gang um die Ecke bog, hockte sich der Japaner so plötzlich und so tief nieder, daß er in den Erdboden zu versinken schien. Ich begriff nicht sofort, was er in der Hocke machte. Er riß den Kasten seiner Nikon aus dem Futteral und öffnete ihn, der Gang verlief wieder gerade, doch hoben sich Stufen, er verwandelte sich in eine Rolltreppe, denn die zweite ›Seufzerbrücke‹ ist eigentlich eine Treppe, die schräg durch die große Halle zurückkehrt. Als der Japaner wieder auf den Beinen stand, erschien neben seiner Nikon ein runder, wie von Zuckernadeln glitzernder Gegenstand, eine Walze, die ich kaum hätte umfassen können. Es war eine nichtmetallische Korund-Handgranate mit gezahnter Oberfläche und ohne Stiel. Ich hörte den heulenden Plastikumschlag nicht mehr. Der Japaner drückte den Boden der Granate mit beiden

Händen an den Mund, als wollte er ihn küssen, und erst als er ihn vom Gesicht wegriß, begriff ich, daß er mit den Zähnen den Zünder herausgerissen hatte – er steckte zwischen seinen Lippen. Ich stürzte auf die Granate zu, berührte sie aber nur, weil er sich heftig nach hinten warf, einige Leute dabei umstieß und mir gegen das Knie trat. Mit dem abgewinkelten Ellbogen traf ich das kleine Mädchen ins Gesicht, der Schwung trug mich auf das Geländer, ich stieß noch einmal mit dem Mädchen zusammen und riß es mit, während ich über das Geländer sprang. Wir flogen beide durch die Luft. Ich spürte einen harten Schlag im Kreuz und fiel aus dem Licht ins Dunkel.

Ich erwartete, auf Sand aufzuschlagen. Die Zeitungen hatten nicht geschrieben, was den Boden der Brückenhalle bedeckte, aber unterstrichen, die Explosion der herabgeworfenen Bombe habe keine Zerstörungen angerichtet. Also rechnete ich mit Sand und bemühte mich, im Flug die Beine anzuziehen. Doch statt Sand spürte ich etwas Weiches, Elastisches, Feuchtes, das unter mir nachgab wie Schaum, und dann fiel ich in eine eiskalte Flüssigkeit. Gleichzeitig traf mich der Donnerschlag der Explosion bis ins Mark. Ich verlor das Mädchen. Meine Beine gerieten in morastigen Schlamm oder Schlick, ich versank darin, obwohl ich verzweifelt mit den Armen schlug, bis mich wie eine starke Faust die Ruhe packte. Eine Minute, vielleicht noch etwas mehr, stand mir zur Verfügung, um mich herauszuarbeiten. Erst denken, dann handeln. Es mußte ein Behälter sein, der durch seine Form eine Verstärkung der Druckwelle verhinderte. Also keine Schüssel, sondern eher ein Trichter, mit einer schlüpfrigen Masse ausgelegt und mit Wasser gefüllt, das mit einer dicken Schicht dämpfenden Schaums bedeckt ist.

Statt mich vergeblich nach oben zu reißen, denn ich war bis zu den

Knien eingesunken, hockte ich mich hin wie ein Frosch und tastete mit gespreizten Fingern den Grund ab. Er stieg nach rechts an. Ich benutzte die Handflächen wie Schaufeln, kroch dorthin und zog die Füße aus der Masse – eine ungeheure Anstrengung. So robbte ich weiter; ich glitt von der schiefen Ebene ab, benutzte die Hände wieder als Schaufeln und erhob mich auf sie, als schöbe ich mich ohne Griffe einen Schneehang hinan, aber dort kann man atmen.

Ich rappelte mich hoch, bis große Blasen auf meinem Gesicht platzten und ich halberstickt nach Luft schnappen konnte, in einer Dunkelheit, die von einem Menschengebrüll über mir erfüllt war. Den Kopf dicht über der schwankenden Schaumoberfläche, sah ich mich um. Das Mädchen war nicht da. Ich sog tief die Luft ein und tauchte. Die Augen konnte ich nicht öffnen, im Wasser war etwas, wovon die Augen wie Feuer brannten, dreimal kroch ich heraus und tauchte wieder, ich spürte meine Kräfte schwinden, weil ich mich von dem morastigen Grund nicht abstoßen konnte, ich mußte über ihm schwimmen, damit er mich nicht einsog. Ich verlor schon die Hoffnung, da geriet mir ihr langes Haar in die Hände. Sie war von dem Schaum so glatt wie ein Fisch. Als ich ihre Bluse zu einem faßbaren Knoten drehte, zerriß sie mir in der Hand.

Ich weiß nicht so richtig, wie ich mit ihr nach oben angelangt bin. Ich erinnere mich an mein Zerren, an große Blasen, die ich von ihrem Gesicht wischte, an den ekelhaften, metallischen Geschmack dieses Wassers, an meine lautlosen Flüche und daran, wie ich sie über den Rand des Trichters stieß – es war eine dicke, gummiartig weiche Einfassung. Als sie bereits dahinter lag, kroch ich nicht sofort aus dem Wasser, sondern hing herab, bis zum Hals im leise raschelnden Schaum, ich atmete schwer, und die Menschen brüllten. Etwas wie ein dünner, warmer Regen fiel auf mich herab. Ich spürte einzelne Tropfen. Offenbar spinne ich, schoß es mir durch den Kopf, wo soll hier Regen herkommen? Als ich den Kopf hob, sah ich die Brücke. Wie Lumpen hingen Aluminiumflächen herab, und der Boden war durchlöchert wie ein Sieb. Die Stufen sind in Form von Honigwaben aus Stahl gegossen – absichtlich als Sieb, sie sollen die Luft durchlassen, aber die Splitter aufhalten.

In dem Regen, der immer noch fiel, kletterte ich über den bauchigen Rand und legte mir das Mädchen übers Knie, das Gesicht nach unten. Es stand besser um sie, als ich gefürchtet hatte, denn sie erbrach sich. Ich massierte gleichmäßig ihren Rücken und spürte, wie sie mit allen Knöcheln arbeitete. Sie würgte noch und verschluckte sich, atmete aber bereits. Auch ich mußte mich erbrechen. Ich half mit dem Finger nach. Es ging mir etwas besser, aber ich hatte noch nicht den Mut, mich auf die Beine zu stellen. Schon bemerkte ich die Umgebung, obwohl nicht viel Licht einfiel, zumal ein Teil der Leuchtröhren über der Brücke erloschen war. Das Gebrüll über uns verwandelte sich in Stöhnen und Röcheln. Sie sterben dort, dachte ich, warum eilt ihnen niemand zu Hilfe? Von irgendwoher kam Lärm, etwas rasselte, als versuchte man, die erstarrte Rolltreppe in Bewegung zu setzen. Schreie drangen bis zu mir, aber andere, von gesunden, heilen Menschen. Ich begriff nicht, was oben vorging. Die ganze lange Rolltreppe steckte voller Menschen, die in Panik übereinandergestürzt waren. Man konnte nicht zu den Sterbenden gelangen, ohne erst die vor Angst Wahnsinnigen zur Seite zu schaffen. Kleidung und Schuhe klemmten zwischen den Stufen. Es gab keinen seitlichen Zugang, die Brücke erwies sich als Falle.

Ich kümmerte mich inzwischen um mich und die Kleine. Anscheinend kam sie zu Bewußtsein, denn sie setzte sich hin. Ich redete auf sie ein, alles sei gut, sie solle sich nicht fürchten, gleich kämen wir hier heraus. Meine Augen hatten sich an die Dunkelheit gewöhnt, ich entdeckte tatsächlich bald einen Ausgang.

Es war eine aus Versehen offenstehende Klappe. Hätte nicht jemand seine Pflicht versäumt, hätten wir wie die Mäuse in der Falle gesessen. Hinter der Klappe war ein Tunnel, rund, kanalähnlich, mit einer weiteren Klappe oder eigentlich einem gewölbten Schild, auch nicht verschlossen. Ein Korridor mit Glühbirnen in vergitterten Nischen führte in ein Souterrain, das niedrig war wie ein Bunker, voller Kabel, Röhren und Versorgungsleitungen. Diese Röhren konnten zu den Waschräumen führen. Ich wandte mich nach dem Mädchen um, aber es war fort. »He! Wo bist du?« rief ich und blickte mich auf der ganzen Fläche um, die von Betonklötzen getragen wurde. Ich sah sie, wie sie barfuß von einer Stütze zur anderen sprang. Mit ein paar Sätzen holte ich sie ein, im Kreuz einen unerträglichen Schmerz, faßte sie bei der Hand und sagte streng: »Was für Einfälle, meine Liebe? Wir müssen zusammenbleiben, sonst verirren wir uns.« Schweigend folgte sie mir. In der Ferne vor uns wurde es heller, eine schiefe Ebene mit weißgekachelten Wänden. Wir gelangten auf eine höhere Etage, und hier wußte ich sofort, wohin diese Umgebung gehörte. Ich erkannte die nächste schiefe Ebene, die sich unweit öffnete, dort hatte ich vor einer Stunde den Gepäckkarren entlanggeschoben. Hinter der Ecke zeigte sich ein Korridor mit einer Reihe von Türen. Ich öffnete die erste, indem ich eine Münze einwarf, ich hatte Kleingeld in der Tasche, und nahm die Kleine sofort bei der Hand, weil ich dachte, sie wollte wieder weglaufen. Sie stand wohl noch unter der Schockwirkung. Kein Wunder. Ich zog sie in den Waschraum. Sie sagte kein Wort, und auch ich hörte auf, zu ihr zu sprechen, als ich im Licht sah, daß sie ganz mit Blut bespritzt war. Das also war jener warme Regen gewesen. Ich mußte ebenso aussehen. Ich zog sie und mich aus, steckte die Sachen in die Wanne, drehte den Hahn auf und stieß sie, selbst nur mit einem Slip bekleidet, unter die Dusche.

Das heiße Wasser milderte etwas den Schmerz im Kreuz. Es floß in rosa Bächen von uns ab. Ich rieb der Kleinen Rücken und Seiten, nicht nur um das Blut abzuwischen, sondern auch, um sie zu sich zu bringen. Sie ließ alles mit sich geschehen und blieb sogar passiv, während ich ihr das Haar spülte, so gut ich konnte. Als wir die Dusche verließen, fragte ich sie in leichtem Ton, wie sie heiße. »Annabella.« – »Engländerin?« – »Nein, Französin.« – »Aus Paris?« – »Nein, aus Clermont.« Von nun an sprach ich französisch und holte dabei, wie es gerade kam, Stück für Stück unsere Sachen aus der Wanne, um sie durchzuwaschen. »Wenn du dich bei Kräften fühlst«, schlug ich vor, »kannst du vielleicht deinen Rock ausspülen?« Gehorsam beugte sie sich über die Wanne. Während ich Hose und Hemd auswrang, überlegte ich, wie es weitergehen sollte. Der Flughafen ist abgeriegelt und voll Polizei. Einfach weggehen, bis man uns irgendwo festhält? Die italienischen Behörden wußten nichts von meinem Auftrag. Der einzige Eingeweihte war du Bois Fenner, der Erste Sekretär unserer Botschaft. In der Halle ist meine Jacke liegengeblieben mit dem Ticket, das auf einen anderen Namen lautet als die Hotelquittung. Revolver und Elektroden hatte ich im ›Hilton‹ gelassen, als Päckchen, das Randy dort abends abholen sollte. Wenn sie das erwischen, werde ich für sie ganz hübsch verdächtig. Und ich war es schon – zuviel Übung bei dem verzweifelten Sprung, zu gute Orientierung im Souterrain des Terminals, zu sorgfältige Beseitigung der Blutspuren. Ich hielt sogar eine Anklage wegen irgendeiner Art von Mittäterschaft für möglich. Niemand steht außer jedem Verdacht, seit sogar ehrenwerte Rechtsanwälte und andere Notabeln aus Sympathie für die Idee Bomben transportieren. Natürlich würde ich mich da schon wieder herausrappeln, aber zunächst käme ich hinter Schloß und Riegel. Nichts spornt die Polizei so an wie Ratlosigkeit. Ich betrachtete mir Annabella kritisch. Sie hatte ein blaues Auge, das nasse

Haar hing ihr in Strähnen herunter, sie trocknete gerade ihren Rock unter dem Warmlufttrockner für die Hände, das schlaue Mädchen. Ich legte mir einen Plan zurecht. »Hör zu, meine Liebe«, sagte ich, »weißt du, wer ich bin? Ich bin ein amerikanischer Astronaut und halte mich in sehr wichtiger Mission inkognito in Europa auf. Verstehst du? Ich muß noch heute in Paris sein, hier aber wird man uns hundertmal verhören wollen. Es könnte Verzögerungen geben. Also muß ich sofort unsere Botschaft anrufen, damit der Erste Sekretär herkommt. Er wird uns helfen. Der Flughafen wird geschlossen, doch außer den gewöhnlichen gibt es noch spezielle Flugzeuge, etwa für die diplomatische Post. Mit solch einem Flugzeug fliegen wir. Zusammen. Na? Wie gefällt dir das?«
Sie sah mich nur an. Sie kann es noch immer nicht abschütteln, dachte ich und begann mich anzuziehen. Meine Schuhe hatte ich noch, weil es Schnürschuhe waren, doch Annabella hatte ihre Sandalen verloren. Allerdings ist ein barfüßiges Mädchen auf der Straße heute nichts Aufregendes. Und ihr Unterrock konnte als Bluse hingehen. Ich half ihr, den schon fast trockenen Rock hinten in Falten zu legen. »Wir spielen jetzt Vater und Tochter, so kommen wir am leichtesten an ein Telefon«, sagte ich. »Verstehst du?« Sie nickte, ich nahm sie bei der Hand, wir zogen los. Auf die erste Absperrung stießen wir jenseits der schiefen Ebene. Carabinieri drängten kamerabewehrte Journalisten aus einer Tür, Feuerwehrleute mit Helmen liefen in einer anderen Richtung, niemand beachtete uns genau, und der Polizist, mit dem ich sprach, konnte ein bißchen Englisch. Ich sagte, wir hätten gebadet, aber er hörte nicht einmal hin, sondern hieß uns, auf der Rolltreppe B nach oben zu fahren, in die europäische Sektion, wo alle Passagiere versammelt seien. Wir gingen also zu der Rolltreppe, doch als sie uns verdeckte, bog ich in einen seitlichen Korridor. Der Lärm blieb hinter uns

zurück. Wir betraten den leeren Warteraum für Passagiere, die auf ihr Gepäck warten. Hinter den leise laufenden Transportbändern standen Telefonzellen in einer Reihe. Ich nahm Annabella mit in die Kabine und wählte Randys Nummer. Ich riß ihn aus dem Schlaf. Im gelben Licht, die Hand um die Muschel gelegt, sagte ich ihm, was geschehen war. Er unterbrach mich nur einmal, er schien zu fürchten, sich verhört zu haben. Dann vernahm ich nur seinen schweren Atem und danach nichts mehr, als wäre er erstarrt.
»Bist du noch da?« fragte ich, als ich fertig war.
»Mensch«, sagte er. Und noch einmal: »Mensch!« Nichts weiter.
Und nun erklärte ich ihm das Wichtigste. Er solle Fenner aus unserer Botschaft holen und mit ihm herkommen. Das müsse schnell geschehen, denn wir befänden uns zwischen zwei Polizeikordons. Der Flughafen sei geschlossen, aber Fenner würde bestimmt durchkommen. Die Kleine sei bei mir. Wir warteten im linken Flügel des Gebäudes, beim Gepäcktransportband E 10, an den Telefonzellen. Wenn wir da nicht wären, fänden sie uns unter den anderen Fluggästen in der europäischen Sektion oder ganz sicher in der Präfektur. Ich ließ ihn alles in Kurzform wiederholen, legte den Hörer auf und hoffte auf ein Lächeln des Mädchens, weil uns alles so gut gelungen war, oder wenigstens einen erleichterten Gesichtsausdruck, aber sie war noch immer starr und schweigsam. Wenn ich sie nicht ansah, betrachtete sie mich heimlich, als erwartete sie etwas von mir. Zwischen den Telefonzellen befand sich eine gepolsterte Bank. Wir setzten uns. Im Hintergrund öffnete sich durch mehrere Glaswände der Blick auf die Zufahrtsrampen des Flughafens. Ein Krankenwagen nach dem anderen mit Blaulicht und Martinshorn fuhr vor, dazwischen drängten sich die gelben Autos des technischen Hilfsdienstes. Aus der Tiefe des Gebäudes drang zu uns der Dauerlärm krampfhafter Frauenschreie. Nur um etwas zu sagen,

fragte ich die Kleine nach ihren Eltern, nach ihrer Reise, ob jemand sie auf den Flugplatz gebracht hätte, sie antwortete ausweichend, einsilbig, sie wollte auch nicht sagen, wie ihre Adresse in Clermont lautete, was mich schon ein wenig ärgerte. Die Uhr zeigte ein Uhr vierzig. Seit dem Gespräch mit Randy war mehr als eine halbe Stunde vergangen. Leute in Overalls rollten im Trab etwas durch den Warteraum, was mir nach einem elektrischen Schweißgerät aussah, sie warfen aber keinen Blick zu uns herüber. Wieder ertönten Schritte. Mit Kopfhörern auf den Ohren kam ein Techniker an den Telefonzellen entlanggegangen, er hielt die Spule des Minensuchgeräts an jede Tür. Als er uns sah, blieb er stehen. Ihm folgten zwei Polizisten. Auch sie hielten vor uns an. »Was macht ihr hier?« – »Wir warten«, antwortete ich der Wahrheit entsprechend. Einer der Carabinieri lief fort und kam sofort mit einem hochgewachsenen Zivilisten zurück. Auf die wiederholte Frage entgegnete ich, wir warteten hier auf einen Vertreter der amerikanischen Botschaft. Der Zivilist wollte meine Papiere sehen. Als ich sie aus der Brieftasche nahm, zeigte der Techniker auf die Kabine, neben der wir saßen. Ihre Scheiben waren beschlagen – von unseren dampfenden Kleidern, als wir drin gewesen waren. Sie starrten uns mit aufgerissenen Augen an. Der zweite Carabinieri berührte meine Hose: »Naß!«
»Ja!« bestätigte ich eilig. »Pitschenaß!«
Sie richteten ihre Gewehre auf uns.
»Keine Angst«, flüsterte ich Annabella zu. Der Zivilist holte Handschellen aus der Tasche. Ohne irgendwelche Formalitäten fesselte er mich an sich, um Annabella kümmerte sich ein Polizist. Sie schaute mich irgendwie seltsam an. Der Zivilist hob das Funksprechgerät an den Mund, das er über der Schulter trug, und sagte so schnell etwas auf italienisch, daß ich nichts verstand. Die Antwort freute ihn. Man führte uns durch einen Seitenausgang, wo sich drei weitere Carabinieri

dem Zug anschlossen. Die Rolltreppe stand. Wir gingen eine breite Treppe hinab in die Abfertigungshalle, ich sah bereits durch die Scheiben die Reihe der Polizei-Fiats und überlegte gerade, welcher für uns bestimmt sei, als der schwarze Continental unserer Botschaft mit dem Stander vorfuhr. Ich kann mich nicht erinnern, daß der Anblick der Stars and Stripes mir je so angenehm gewesen wäre. Alles lief ab wie auf der Bühne – wir stiegen gefesselt hinunter zur Glastür, da kamen sie gerade herein, Fenner, Randy und der Dolmetscher der Botschaft. Sie sahen recht seltsam aus, denn Randy hatte Jeans an, die beiden anderen aber waren im Smoking. Randy zuckte bei meinem Anblick zusammen, er wandte sich an Fenner, dieser an den Dolmetscher, und der kam auf uns zu.

Beide Gruppen hielten an, und es kam zu einer kurzen, malerischen Szene. Der Sprecher der Befreier ließ sich in eine Diskussion mit dem Zivilisten ein, an den ich gekettet war. Das Gespräch verlief im Stakkato, mein Italiener war dadurch gehandikapt, daß die Handschellen ihn mit mir verbanden, er vergaß das ständig und riß mir beim Gestikulieren die Hand hoch. Außer »astronauto Americano« und »presto! presto!« verstand ich nichts. Schließlich ließ mein Betreuer sich überzeugen und benutzte erneut sein Funkgerät. Auch Fenner hatte die Ehre, in den Apparat sprechen zu dürfen. Dann sprach der Agent noch einmal in die Schachtel, die sich so vernehmen ließ, daß er strammstand. Die Situation verwandelte sich in eine Farce. Man nahm mir die Handschellen ab, wir machten kehrt und begaben uns ihn ähnlicher Ordnung wie zuvor, doch im umgekehrten Sinne – die Verhafter waren zur Ehrenwache geworden – in den ersten Stock. Vorbei an Warteräumen, wo die Fluggäste ihr Lager aufgeschlagen hatten, wie es gerade kam, durch eine uniformierte Absperrkette und zwei mit Leder beschlagene Türen erreichten wir ein Zimmer voller Menschen.

Als wir eintraten, begann ein apoplektischer Riese, sie hinauszutreiben. Viele gingen, aber etwa zehn Personen blieben dennoch. Der heisere Apoplektiker war, wie sich herausstellte, der Vizepräfekt der Polizei. Man schob mir einen Sessel unter, Annabella saß bereits auf einem anderen. Trotz des sonnigen Tages brannten alle Lampen, an den Wänden hingen Querschnitte des Labyrinths, auf dem kleinen Wagen neben dem Schreibtisch stand ein Modell, auf der Schreibtischplatte glänzten noch nasse Fotos. Fenner, der sich hinter mich setzte, drückte mir den Arm; es war so glattgegangen, weil er noch von der Botschaft aus mit dem Präfekten telefoniert hatte. Ein paar Menschen umgaben den Schreibtisch, andere setzten sich auf die Fensterbretter, der Vizepräfekt schwieg, er lief nur von einer Ecke in die andere, eine verweinte Sekretärin wurde untergehakt aus dem Nebenzimmer herausgeführt, der Dolmetscher wandte abwechselnd mir und der Kleinen den Kopf zu, er war bereit, uns zu Hilfe zu kommen, aber mein Italienisch hatte sich ungewöhnlich gebessert. Ich erfuhr, Taucher hätten meine Jacke und Annabellas Handtasche aus dem Wasser gefischt, infolgedessen war ich zum Hauptverdächtigen geworden, denn auch mit dem ›Hilton‹ hatten sie schon Verbindung aufgenommen. Ich sollte ein Mittäter des Japaners sein. Er und ich hätten vorgehabt, nach Entsicherung der Bombe nach vorn zu fliehen, deshalb seien wir mit den ersten auf die Treppe gegangen. Irgend etwas hätte jedoch unsere Pläne durchkreuzt, der Japaner sei umgekommen, und ich hätte mich durch einen Sprung von der Brücke gerettet. Nun aber gingen ihre Ansichten auseinander. Die einen hielten Annabella für eine Terroristin, die anderen meinten, ich hätte sie als Geisel geraubt, um verhandeln zu können. Das alles erfuhr ich privat, denn die offizielle Vernehmung hatte noch nicht begonnen, man wartete auf den Sicherheitschef des Flughafens. Als er erschien, erläuterte Randy als selbsternannter amerikanischer Sprecher unsere Aktion. Ich hörte zu und löste dabei diskret die nassen Hosenbeine von meinen Waden. Er berichtete nur, was unbedingt nötig war. Auch Fenner faßte sich knapp. Er erklärte, unsere Aktion sei der Botschaft bekannt, auch Interpol sei davon informiert worden, sie habe die italienischen Behörden benachrichtigen sollen. Das war ein geschickter Zug, weil das ganze Odium auf die internationale Organisation abgewälzt wurde. Selbstverständlich ging unsere Aktion diese nichts an. Man wollte wissen, was auf der Treppe passiert sei. Ein Ingenieur vom technischen Dienst des Flughafens hielt es für unbegreiflich, wie ich aus dem Trichter und aus der Halle herausgekommen sei, ohne die Einrichtung dort zu kennen, worauf Randy bemerkte, man dürfe die Rangerausbildung der US Air Force, die ich mitgemacht, nicht unterschätzen. Er sagte nur nicht, daß ich sie vor mehr als dreißig Jahren mitgemacht hatte. Ständig klang ein Hämmern herein, das die Wände erschütterte. Die Rettungsaktion dauerte an, man durchtrennte die von der Explosion zerfetzte Brücke. Bis jetzt hatte man aus den Resten neun Leichen und zweiundzwanzig Verletzte geborgen, davon sieben Schwerverletzte. Hinter der Tür gab es einen Aufruhr, der Vizepräfekt schickte durch einen Wink einen der Offiziere hinaus. Als er ging, sah ich durch die Lücke im Kreis ein Tischchen und darauf meine in allen Nähten aufgetrennte Jacke sowie Annabellas ebenso behandelte Handtasche. Der Inhalt ruhte, wie Spielmarken sortiert, auf quadratischen Bögen Papier. Der Offizier kam zurück und rang die Hände: »Die Presse!« Ein paar aktive Journalisten hatten sich durchgedrängt, ehe man sie zurückhalten konnte. Inzwischen wandte sich ein anderer Offizier an mich:

»Leutnant Canetti. – Was können Sie über die benutzte Bombe sagen? Wie wurde sie transportiert?«

»Die Kamera hatte einen falschen Boden. Als er sie öffnete, sprang die

Rückwand mit dem Film heraus wie der Teufel aus der Kiste. Dann nahm er die Bombe heraus.«

»Kennen Sie diesen Typ Handgranate?«

»Ich habe ähnliche in den Staaten gesehen. Ein Teil der Zündleitung befindet sich im Griff. Als ich sah, daß sie keinen Griff hatte, wußte ich, daß der Zünder umgearbeitet worden war. Es handelt sich um eine Splitterhandgranate von großer Sprengkraft zu Verteidigungszwekken. Sie enthält so gut wie kein Metall. Die Hülle ist aus verdichtetem Siliziumkarbid.«

»Sie befanden sich zufällig an dieser Stelle der Rolltreppe, nicht wahr?«

»Ich befand mich nicht ganz zufällig dort. Der Japaner folgte dem Mädchen, weil er wußte, daß dieses Kind bestimmt nicht versuchen würde, ihm in die Quere zu kommen. Das Mädchen« – ich wies mit den Augen auf sie – »ging voran, weil der Hund ihre Neugier weckte. So schien es mir. War es so?« fragte ich Annabella.

»Ja«, sagte sie sichtlich verwundert.

Ich lächelte ihr zu.

»Was mich angeht … ich hatte es eilig. Natürlich ist das irrational, aber wenn sich jemand beeilt, möchte er ganz unwillkürlich als erster im Flugzeug sein, also auch auf der Treppe zum Flugzeug … Ich habe nicht daran gedacht. Es kam wie von selbst.«

Sie atmeten auf. Canetti sagte leise etwas zu dem Vizepräfekten. Der nickte.

»Wir möchten dem kleinen Fräulein die Erörterung … bestimmter Einzelheiten ersparen. Könnte das kleine Fräulein uns für ein Weilchen allein lassen?«

Ich sah zu Annabella hinüber. Sie lächelte mich zum ersten Mal an und stand auf. Man hielt ihr die Tür offen. Als wir allein waren, wandte Canetti sich wieder an mich.

»Ich habe folgende Frage: Von wann an haben Sie den Japaner verdächtigt?«

»Ich habe ihn überhaupt nicht verdächtigt. Auf seine Weise war er vorzüglich getarnt. Als er sich hinhockte, schoß es mir durch den Kopf, der ist ja verrückt geworden! Und als er die Handgranate entsicherte, wußte ich, daß mir keine drei Sekunden blieben!«

»Sondern wieviel?«

»Das konnte ich nicht wissen. Die Handgranate explodierte nicht, als er den Zünder herausriß, also hatte sie eine Verzögerung. Ich denke jetzt, es waren zwei Sekunden, vielleicht auch zweieinhalb.«

»Das glauben wir auch«, warf einer der Leute am Fenster ein.

»Sie haben, scheint's, Schwierigkeiten beim Gehen? Sind Sie verletzt?«

»Nicht durch die Explosion. Ich habe sie gehört, als ich ins Wasser fiel. Wie hoch ist die Brücke? Fünf Meter?«

»Viereinhalb.«

»Also eine Sekunde. Mein Griff nach der Handgranate und der Sprung über das Geländer, das macht auch eine Sekunde. Sie fragen nach einer Verletzung? Ich bin im Fallen mit dem Kreuz gegen irgend etwas gestoßen. Ich hatte früher einmal einen Steißbeinbruch.«

»Dort ist ein Deflektor«, erläuterte der Mann am Fenster. »Ein Ausleger mit schräger Verkleidung. Er lenkt jedes Objekt so, daß es in die Mitte des Trichters fällt. Wußten Sie nichts von dem Deflektor?«

»Nein.«

»Entschuldigung. Jetzt wieder ich«, meldete sich Canetti. »Hat dieser Mensch, dieser Japaner, die Handgranate geworfen?«

»Nein. Er hat sie bis zum Schluß festgehalten.«

»Er hat nicht versucht zu fliehen?«

»Nein.«

»Poltrinelli, Sicherheitschef des Flughafens«, schaltete sich, auf den

Schreibtisch gestützt, ein Mann in verschmutztem Overall ein. »Sind Sie ganz sicher, daß dieser Mensch sterben wollte?«

»Ob er wollte? Ja. Er versuchte nicht, sich zu retten. Er hätte ja die ganze Kamera wegwerfen können.«

»Gestatten Sie, das ist für uns sehr wichtig. Kann es nicht so gewesen sein: Er wollte die Handgranate unter die Fluggäste werfen und von der Brücke springen, aber Sie haben ihn durch Ihren Angriff gestört. Da fiel er hin, und die entsicherte Handgranate explodierte.«

»So ist es nicht gewesen. Aber es kann anders gewesen sein«, gab ich zu. »Ich habe ihn nicht angegriffen. Ich wollte ihm nur die Handgranate entreißen, als er sie von seinem Mund weggerissen hatte. Ich sah zwischen seinen Zähnen den Sicherungsbolzen. Er hing an einer Nylonschlinge, nicht an einem Draht. Der Japaner hielt die Granate in beiden Händen. So wirft man nicht.«

»Sie haben von oben zugeschlagen?«

»Nein. So hätte ich geschlagen, wenn niemand auf der Treppe gewesen wäre. Wenn wir die letzten gewesen wären. Aber gerade deshalb stand er ja nicht am Ende. Wenn man mit der Faust von oben zuschlägt, kann man jede stiellose Handgranate wegschlagen. Sie wäre die Stufen hinuntergeflogen. Aber wenn ich sie ihm aus der Hand geschlagen hätte, wäre sie irgendwo in der Nähe geblieben. Manche Leute stellen ihr Handgepäck auf die Stufen, obwohl das verboten ist. Sie wäre nicht weit gerollt. Deshalb schlug ich von links zu, und das überraschte ihn.«

»Von links? Sind Sie Linkshänder?«

»Ja. Das hatte er nicht erwartet. Er machte eine falsche Abwehrbewegung. Das war ein Profi. Er deckte sich mit erhobenem Ellbogen – nach rechts.«

»Und was weiter?«

»Er trat mich und warf sich nach hinten. Auf den Rücken. Er muß ein großartiges Training gehabt haben, es ist unerhört schwierig, sich mit

dem Kopf nach hinten eine Treppe hinunterzustürzen. Wir sterben lieber von vorn.«

»Die Treppe war voller Menschen.«

»Stimmt! Und trotzdem! Die Stufe hinter ihm war leer. Wer konnte, drängte sich zurück.«

»Das sah er nicht.«

»Nein, aber es war keine Improvisation. Er handelte zu schnell. Er hatte alle Bewegungen parat.«

Der Sicherheitschef umklammerte mit beiden Händen die Schreibtischplatte, die Knöchel wurden weiß. Die Fragen fielen schnell wie bei einem Kreuzverhör: »Ich möchte betonen, daß Ihr Verhalten über jeden Zweifel erhaben ist. Aber, ich wiederhole, die Feststellung des Sachverhalts ist für uns unerhört wichtig. Sie verstehen, warum?«

»Es geht darum, ob deren Leute bereit sind, in den sicheren Tod zu gehen.«

»Ja. Deshalb bitte ich Sie, überlegen Sie noch einmal, was in dieser Sekunde vor sich ging. Ich versetze mich in seine Lage. Ich entsichere die Handgranate. Ich will von der Brücke springen. Sie versuchen, mir die Handgranate zu entreißen. Wenn ich mich an den Plan hielte, könnten Sie die geworfene Granate fangen und mir nachwerfen, nach unten. Ich zögere, was ich machen soll, und dieses Zögern entscheidet den Fall. Kann es nicht so gewesen sein?«

»Nein. Ein Mensch, der eine Handgranate werfen will, hält sie nicht mit beiden Händen.«

»Aber Sie haben ihn doch gestoßen, als Sie die Granate packen wollten.«

»Nein. Wären meine Finger nicht abgeglitten, hätte ich ihn an mich herangezogen. Mein Griff gelang nicht, weil er rückwärts fallend auswich. Das war Absicht. Ich will Ihnen was sagen. Ich habe ihn unterschätzt. Ich hätte ihn packen und mit der Granate über das Geländer werfen sollen. Und ich hätte es auch versucht, wenn er mich nicht so überrascht hätte.«

»Dann hätte er Ihnen die Granate vor die Füße geworfen.«

»Dann wäre ich ihm nachgesprungen. Das heißt, ich hätte es versucht. Klar, hinterher ist gut reden. Ich denke aber, ich hätte es riskiert. Ich wiege doppelt soviel wie er. Er hatte Hände wie ein Kind.«

»Danke. Ich habe keine Fragen mehr.«

»Ingenieur Scarron«, stellte sich ein junger, aber grauhaariger Zivilist mit Hornbrille vor. »Könnten Sie sich Sicherheitsvorkehrungen vorstellen, die einen derartigen Anschlag verhindert hätten?«

»Sie verlangen viel von mir. Angeblich haben Sie hier alle nur denkbaren Sicherungen.«

Er sagte, sie seien auf vieles vorbereitet gewesen, aber nicht auf alles. Mit einer Operation vom Typ Lod zum Beispiel wären sie fertig geworden. Die einzelnen Teile der Rolltreppe könne man durch einen Knopfdruck in eine schiefe Ebene verwandeln, auf der alle Menschen in einen Wasserbehälter hinabgleiten.

»Mit diesem Schaum?«

»Nein. Das ist ein Antidetonationsbehälter, unter der Brücke. Es gibt noch andere.«

»Also – warum habt ihr das nicht gemacht? Aber es hätte nichts geholfen …«

»Genau. Außerdem hat er zu schnell gehandelt.«

Er zeigte mir auf einem aufgehängten Plan die Kulissen des Labyrinths. Die ganze Strecke war tatsächlich auch als Schußfeld projektiert. Man konnte sie von oben mit Wasser unter so starkem Druck überschwemmen, daß jeder zu Boden gerissen würde. Niemand sollte

sich aus meinem Trichter herausrappeln können. Es war ein ernstliches
 Versehen, daß die Ausgangsklappe nicht zugeschlagen war. Er wollte mich noch an das Modell führen, aber ich dankte.

Der Ingenieur war erregt. Er wollte die Beweise für seine Umsicht vorführen, obgleich er anscheinend begriff, wie vergeblich das war. Nach den Sicherheitsvorkehrungen hatte er mich in der Hoffnung gefragt, ich würde keine nennen können. Ich dachte, jetzt sei Schluß, aber ein alter Mann, der sich auf Annabellas Sessel gesetzt hatte, hob die Hand.

»Dr. Toricelli. Ich habe eine Frage. Können Sie sagen, auf welche Weise Sie das Mädchen gerettet haben?«

Ich überlegte.

»Es war ein glücklicher Zufall. Sie stand zwischen uns. Ich stieß sie weg, um zu ihm zu gelangen, und als er hinfiel, warf mich der Schwung auf sie. Das Geländer ist niedrig. Hätte dort ein Erwachsener, ein Großer gestanden, hätte ich ihn nicht hinüberwerfen können, vielleicht hätte ich es gar nicht versucht.«

»Und wenn dort eine Frau gestanden hätte?«

»Dort stand eine Frau«, sagte ich und blickte ihm in die Augen. »Vor mir. Eine Blondine mit perlenbestickten Hosen und einem ausgestopften Hund. Was ist mit ihr passiert?«

»Sie ist verblutet.« Das war der Sicherheitschef.

»Die Detonation hat ihr beide Beine abgerissen.«

Es wurde still. Die Leute am Fenster standen auf, Stühle schurrten, aber ich versetzte mich noch einmal in jenen Augenblick zurück. Eines weiß ich, ich habe nicht versucht, auf dem Geländer meinen Schwung zu bremsen. Ich habe es mit der Rechten gepackt und mich von der Stufe abgestoßen, so daß ich das Mädchen mit dem Arm umfaßte. So flankte ich über das Geländer wie über ein Pferd und nahm das Mädchen mit nach unten. Aber ob ich sie absichtlich umfaßt habe oder nur, weil sie gerade da stand, das weiß ich nicht. Man wollte nichts mehr von mir, doch wollte ich sicher sein, daß man mich vor der Presse rettete. Man machte mir klar, das sei übertriebene Bescheidenheit, aber ich blieb auf diesem Ohr taub. Mit Bescheidenheit hatte das nichts zu tun. Ich wollte nicht, daß meine Person mit dem Gemetzel auf der Treppe in Zusammenhang gebracht wurde. Randy allein ahnte wohl meine Motive.

Fenner schlug vor, ich sollte noch einen Tag als Gast der Botschaft in Rom bleiben. Aber auch darin blieb ich hartnäckig. Ich wollte mit der ersten Maschine, die startete, nach Paris fliegen. Es gab eine, eine Cessna, für das Material der Konferenz, die mittags mit einem Empfang geschlossen hatte; deswegen waren Fenner und der Dolmetscher im Smoking gekommen. Wir schoben uns in Gruppen, immer noch redend, auf die Tür zu, als eine Frau mich beiseite nahm; ich hatte sie noch nicht gesehen, eine Dame mit herrlichen schwarzen Augen. Sie war Psychologin und hatte sich um Annabella gekümmert. Sie fragte, ob ich das Mädchen tatsächlich mit nach Paris nehmen wollte.

»Aber ja. Hat sie Ihnen gesagt, daß ich es ihr versprochen habe?«

Sie lächelte und fragte, ob ich Kinder hätte.

»Nein. Das heißt, fast. Zwei Neffen.«

»Mögen Sie sie?«

»O ja.«

Sie verriet mir Annabellas Geheimnis. Die Kleine war bedrückt. Ich hatte ihr das Leben gerettet, und sie hatte sehr schlecht von mir gedacht. Sie hatte geglaubt, ich sei ein Komplize des Japaners oder so etwas Ähnliches. Deshalb hatte sie fliehen wollen. Im Waschraum hätte ich sie noch mehr erschreckt.

»Womit, o Gott?«

An den Astronauten hätte sie nicht geglaubt. An die Botschaft auch

nicht. Sie hätte gedacht, ich spräche durch das Telefon mit einem Mit-
 täter. Und da ihr Vater eine Weinhandlung besäße und ich nach ihrer Adresse in Clermont gefragt hätte, sei sie der Meinung gewesen, ich wollte sie entführen, um ein Lösegeld zu verlangen. Ich gab der Psychologin mein Wort, daß ich diese Information Annabella gegenüber nicht erwähnen würde. »Sie wird es mir wohl selbst sagen wollen«, schlug ich vor.

»Nie oder in zehn Jahren. Vielleicht kennen Sie Jungen. Mädchen sind anders.«

Sie lächelte und ging. Ich bemühte mich um das Flugzeug. Ein Platz war frei. Ich erklärte, ich benötigte zwei. Es kam zu telefonischen Verhandlungen. Irgendein VIP trat schließlich Annabella seinen Platz ab. Fenner hatte es eilig, wollte aber seine wichtige Verabredung verschieben, wenn ich mit ihm essen ginge. Ich lehnte noch einmal ab. Als die Diplomaten mit Randy fortgefahren waren, erkundigte ich mich, ob ich mit der Kleinen auf dem Flughafengelände etwas essen könne. Alle Bars und Cafeterias waren geschlossen, aber uns betraf das nicht. Wir standen bereits über dem Gesetz. Ein struppiger Brünetter, sicher ein Agent, führte uns in eine kleine Bar hinter der Abfertigungshalle. Annabellas Augen waren rot. Das Kind hatte geweint. Jetzt aber wurde es frech. Als der Kellner die Bestellung entgegennahm und ich überlegte, was sie trinken würde, bemerkte sie ganz flink in gleichgültigem Ton, sie trinke zu Hause immer Wein. Sie trug eine etwas zu lange Bluse mit hochgeschlagenen Ärmeln und an den Füßen reichlich große Schuhe. Ich fühlte mich sehr komfortabel, denn meine Hose war bereits getrocknet, und ich brauchte keine Makkaroni zu essen. Plötzlich fielen mir ihre Eltern ein. Die Nachricht konnte in einer Nachmittagszeitung auftauchen. Wir verfaßten also ein Telegramm, und als ich mich erhob, stand wie aus dem Boden gewachsen unser Cicerone vor uns und brachte es zur Post. Beim Bezahlen stellte sich heraus, daß wir Gäste der Direktion waren. Ich gab dem Kellner ein Trinkgeld, wie Annabella es von einem echten Astronauten erwarten konnte. In ihren Augen war ich bereits ein Held und ein Vertrauter, deshalb verriet sie mir, sie träume geradezu davon, sich umzuziehen. Unser Begleiter brachte uns in das Alitalia-Hotel, wo in einem Zimmer unser Gepäck auf uns wartete.

Ich mußte das Mädchen ein bißchen antreiben, aber sie hatte sich dann recht hübsch gemacht, und wir brachen sehr würdevoll zum Flugzeug auf. Der stellvertretende Direktor des Flughafens holte uns ab. Der Direktor sei indisponiert – die Nerven. Der kleine Fiat der Flugzeugkontrolle brachte uns zur Cessna, an der Treppe entschuldigte sich ein distinguierter Jüngling und fragte mich, ob ich nicht ein paar Aufnahmen als Erinnerung an das Drama wünsche. Sie würden an jede gewünschte Adresse gesandt. Ich dachte an die Blondine und dankte für die Aufnahmen. Dann folgte die Verabschiedung per Handschlag. Ich kann nicht schwören, ob ich in dem kleinen Durcheinander nicht auch die Hand gedrückt habe, an die ich vor kurzem noch gefesselt war.

Ich fliege gern mit kleinen Maschinen. Die Cessna startete wie ein Vogel und eilte nach Norden. Kurz nach sieben Uhr landeten wir in Orly. Annabellas Vater erwartete sie. Im Flugzeug hatten wir unsere Adressen ausgetauscht. Ich erinnere mich gern an sie. Von ihrem Vater kann ich das nicht sagen. Er zerfloß in Danksagungen, und zum Abschied bedachte er mich mit einem Kompliment, das er sich bestimmt ausgedacht hatte, nachdem er im Fernsehen von dem Gemetzel auf der Treppe gehört hatte. Er sagte, ich hätte esprit de l'escalier.

] Paris [Orly – Garges – Orly

Ich übernachtete
in Orly, im Hotel der Air France, denn mein Verbindungsmann war nicht mehr im Centre National du Recherche Scientifique, und daheim wollte ich ihn nicht stören. Vor dem Einschlafen mußte ich das Fenster schließen, weil das Kitzeln in der Nase wieder anfing; dabei wurde mir klar, daß ich den ganzen Tag kein einziges Mal geniest hatte.

Ich hätte also Fenners Angebot annehmen können, aber irgendwie hatte ich es eilig gehabt, nach Paris zu kommen.

Am nächsten Tag telefonierte ich gleich nach dem Frühstück mit dem CNRS und erfuhr, der Doktor habe Urlaub, sei aber nicht verreist, weil er sein Haus einrichte. Ich rief also in Garges an, wo er wohnte, doch stellte sich heraus, daß sein Anschluß gerade erst geschaltet wurde. So fuhr ich ohne Ankündigung hin. An der Gare du Nord gingen die Vorortzüge nicht. Ein Warnstreik. Angesichts der meilenlangen Schlange am Taxistand erkundigte ich mich nach der nächsten Autovermietung – es war Hertz – und nahm einen kleinen Peugeot. Es ist eine Strafe, sich mit dem Auto in Paris bewegen zu müssen, wenn man ein unbekanntes Ziel erreichen will. Unweit der Oper (ich hatte diesen Weg nicht gewählt, es hatte mich dorthin verschlagen) rempelte ein Lieferwagen gegen meine Stoßstange, aber ohne Schaden anzurichten, also fuhr ich weiter und dachte an kanadische Seen und Wasser mit Eis, denn der Himmel glühte vor Hitze, eine Seltenheit zu dieser Jahreszeit. Statt nach Garges gelangte ich aus Versehen nach Sarcelles, einer häßlichen Durchschnittssiedlung, dann stand ich vor einer Eisenbahnschranke, schwitzte und sehnte mich nach einer Klimaanlage. Dr. Philippe Barth, den ich meinen Verbindungsmann genannt habe, ist ein bekannter französischer Elektroniker und zugleich wissenschaftlicher Berater der Sûreté. Er war Leiter des Teams, das das Programm für einen Untersuchungscomputer aufstellte. Es ging um die automatische Lösung von Aufgaben mit vielen Faktoren, bei denen die Anzahl der für die Untersuchung wichtigen Tatsachen die Kapazität des menschlichen Gedächtnisses überschreitet.

Das Haus war bereits mit farbigem Putz versehen. Es stand in einem ziemlich alten Garten. Herrliche Ulmen überschatteten den einen Flügel, die Vorfahrt war mit Kies bestreut, in der Mitte ein Beet, vermutlich mit Ringelblumen – Botanik ist das einzige Fach, das man Astronauten erspart. Vor einem offenen Schuppen, der als provisorische Garage diente, stand ein bis zu den Fenstern verdreckter 2 CV und daneben ein cremefarbener Peugeot 604, sämtliche Türen sperrangelweit offen, die Fußmatten auf dem Rasen, der Wagen schaumtriefend, denn eine Anzahl von Kindern war dabei, ihn zu waschen; sie bewegten sich so flink, daß ich sie im ersten Augenblick nicht zu zählen vermochte. Es waren Barths Kinder. Die beiden ältesten, ein Junge und ein Mädchen, begrüßten mich in gemeinsamem Englisch, denn wenn dem einen ein Wort fehlte, fügte der andere es ein. Woher sie wußten, daß man mit mir englisch zu sprechen hätte? Nun, aus Rom sei ein Telegramm gekommen und habe das Eintreffen eines Astronauten angekündigt. Und woran man erkenne, daß ich dieser Astronaut sei? Niemand sonst trage Hosenträger. Der brave Randy hatte mich also avisiert. Ich sprach mit den Älteren, während das Jüngste, ich weiß nicht, ob Junge oder Mädchen, mit den Händen auf dem Rücken um mich herumging, als suchte es die Stelle, von der aus meine Anwesenheit sich am interessantesten ausnähme. Ihr Vater war sehr beschäftigt, es zeichnete sich die Alternative ab, ob ich ins Haus gehen oder besser mit ihnen den Wagen waschen sollte, doch da beugte sich Dr. Barth aus einem Parterrefenster. Er war unerwartet jung, aber – ich habe mich noch nicht an mein eigenes Alter gewöhnt. Der Doktor

begrüßte mich höflich, doch spürte ich die Distanz und dachte mir, wir
 hätten doch falsch gehandelt, als wir ihn über die Sûreté und nicht über CNRS ansprachen. Aber Randy hatte engere Beziehungen zur Polizei als zur Wissenschaft.

Barth führte mich in die Bibliothek, weil in seinem Arbeitszimmer noch das Umzugschaos herrschte, und entschuldigte sich für einen Augenblick – sein Kittel war voller Lackflecken. Das Haus war wie aus dem Ei gepellt, die Buchreihen in den Regalen frisch ausgerichtet, es roch nach Politur und Wachs, an der Wand entdeckte ich ein großes Foto, das Barth mit den Kindern auf einem Elefanten zeigte. Ich betrachtete sein Gesicht auf dem Foto, aufgrund dessen hätte ich niemals behauptet, er sei die Hoffnung der französischen Elektronik, aber ich hatte schon bemerkt, daß die Leute der exakten Wissenschaften recht unscheinbar aussehen im Vergleich zu den Geisteswissenschaftlern wie etwa den Philosophen.

Barth kam zurück und musterte unzufrieden seine Hände, es waren noch ein paar Lackflecken übriggeblieben; ich machte ihm Vorschläge zu deren Beseitigung. Wir setzten uns ans Fenster. Ich sagte, ich sei kein Detektiv und hätte mit Kriminalistik nichts zu tun, ich sei nur in eine merkwürdige und dunkle Sache verwickelt worden und käme mit dieser zu ihm, er sei meine letzte Hoffnung. Ihn verwunderte mein flüssiges, aber nicht europäisches Französisch. Ich stellte klar, daß ich aus Kanada stamme.

Randy glaubte an meinen persönlichen Zauber mehr als ich. Es lag mir so sehr am Wohlwollen dieses Menschen, daß mich die Situation fast peinlich berührte. Die Sûreté war keine Referenz, die er besonders schätzte. Auf der anderen Seite ist die Einstellung des Universitätsmilieus scharf antimilitärisch. Dort herrscht die Überzeugung, die Astronauten rekrutierten sich aus der Truppe, was nicht immer stimmt –

zum Beispiel nicht in meinem Fall. Doch ich konnte ihm ja nicht meinen Lebenslauf beichten. So zögerte ich und war unsicher, welchen Kurs ich einschlagen sollte, um das Eis zu schmelzen, und wie er mir später erzählte, stand die Ratlosigkeit so deutlich in meinem Gesicht und ich erinnerte so sehr an einen schlecht vorbereiteten Studenten, daß ich ihn dadurch etwas für mich einnahm, denn meine Vermutung war richtig: Den Oberst, dessen Empfehlung Randy für mich erlangt hatte, hielt er für einen Aufschneider, und seine eigenen Beziehungen zur Sûreté waren auch nicht besonders gut. Doch ich konnte, als ich in der Bibliothek saß, nicht wissen, daß die beste Taktik die Unsicherheit war.

Er war bereit, mich anzuhören. Ich steckte schon so lange in dieser Sache, daß ich jedes Fragment aus dem Gedächtnis aufsagen konnte. Auch hatte ich Mikrofilme mit allen Materialien bei mir, um meinen Vortrag illustrieren zu können, und Barth packte gerade seinen Projektor aus, also schalteten wir ihn ein, ließen aber die Fenster offen und unverdunkelt, was nicht störte, weil die Bibliothek vom grünlichen Halbdunkel der Bäume erfüllt war.

»Dieses Bilderrätsel«, sagte ich und legte die erste Filmrolle ein, »besteht aus Teilstücken, die jedes für sich durchsichtig sind, zusammen aber ergeben sie ein undurchschaubares Ganzes. Auch Interpol hat sich daran schon die Zähne ausgebissen. Zuletzt haben wir ein Simulationsverfahren durchgeführt, von dem ich Ihnen später erzählen werde. Es hat kein Ergebnis erbracht.«

Ich wußte, daß sein Untersuchungsprogramm sich in der Erprobungsphase befand und in der Praxis noch nie angewandt worden war, daß man unterschiedlich darüber redete, aber mir lag daran, ihn neugierig zu machen, also beschloß ich, ihm die lapidare Variante der Angelegenheit zu verabreichen.

»Am 27. Juni vorletzten Jahres benachrichtigte die Direktion des neapolitanischen Hotels ›Savoy‹ die Polizei, der Gast Roger T. Coburn, ein fünfzigjähriger Amerikaner, habe sich am Morgen des vorangehenden Tages an den Strand begeben und sei nicht mehr zurückgekehrt. Das war verdächtig, da Coburn, der seit zwölf Tagen im ›Savoy‹ wohnte, sich täglich morgens zum Strand begab, und zwar im Bademantel, weil es vom Hotel nur dreihundert Schritte waren. Der Strandaufseher fand den Mantel abends in Coburns Kabine.

Coburn war als ausgezeichneter Schwimmer bekannt. Er hatte vor einigen zwanzig Jahren zur Spitzengruppe der amerikanischen Kraulschwimmer gehört und war auch als älterer Herr recht gut in Form geblieben, obwohl er zum Dickwerden neigte. Am überfüllten Strand hatte niemand sein Verschwinden bemerkt. Als nach fünf Tagen ein kleiner Sturm durchgezogen war, spülten die Wellen seine Leiche ans Ufer. Man hätte den Tod als unglücklichen Zufall angesehen, wie er sich an jedem Strand alljährlich mehrfach ereignet, wären da nicht ein paar Kleinigkeiten gewesen, die eine Untersuchung veranlaßten. Der Tote, ein Makler aus Illinois, war ein einsamer Mensch, und weil er eines gewaltsamen Todes gestorben war, wurde eine Obduktion vorgenommen, bei der sich herausstellte, daß er nüchtern ertrunken war. Dagegen behauptete die Hoteldirektion, er habe sich nach dem Frühstück an den Strand begeben. An sich ein belangloser Widerspruch, doch der Polizeipräfekt stand sich nicht gut mit einer Gruppe von Stadträten, die Kapital in den Ausbau von Hotels, unter anderem auch des ›Savoy‹, gesteckt hatten, und kurz zuvor hatte sich dort ein Zwischenfall ereignet, von dem gesondert zu sprechen ist. Die Präfektur interessiert sich immer für ein Hotel, dessen Gästen Unglücksfälle zustoßen. Ein junger Assistent wurde beauftragt, eine diskrete Untersuchung durchzuführen. Er nahm also das Hotel und seine Bewohner unter die Lupe. Als frischgebackener Kriminalbeamter wollte er gern vor seinem Chef glänzen. Durch seinen Eifer kamen recht seltsame Dinge ans Tageslicht. Vormittags hielt sich Coburn am Strand auf, nach dem Mittagessen ruhte er, und gegen Abend ging er in die Badeanstalt der Brüder Vittorini, um Schwefelbäder zu nehmen, die ihm ein ansässiger Arzt, Dr. Giono, verschrieben hatte. Coburn litt nämlich an beginnendem Rheumatismus. Wie sich herausstellte, hatte Coburn auf dem Rückweg von der Vittorinischen Anstalt im Laufe der letzten Woche vor seinem Tod drei Autounfälle gehabt, und zwar immer unter ähnlichen Umständen. Er hatte bei Rot versucht, eine Kreuzung zu überqueren. Die Unfälle waren nicht schlimm, nur Blechschäden, sie endeten mit Geldstrafen und Vermahnungen. Außerdem begann er zu jener Zeit, das Abendbrot auf seinem Zimmer zu essen, und nicht im Speisesaal. Den Kellner ließ er erst herein, nachdem er sich durch die geschlossene Tür vergewissert hatte, daß es sich um einen Hotelangestellten handelte. Er hörte auch auf, nach Sonnenuntergang an der Bucht entlang spazierenzugehen, wie das in den ersten Tagen seine Gewohnheit gewesen war. Alles deutete auf ein Gefühl der Verfolgung oder Bedrohung hin, denn die Flucht im Auto, während die Verkehrsampel von Gelb auf Rot schaltet, ist eine bekannte Methode, sich eines Verfolgers zu entledigen. In diesem Licht wurden auch die Vorsichtsmaßregeln verständlich, deren sich der Verstorbene im Hotel bedient hatte. Mehr aber brachte die Untersuchung nicht heraus. Coburn, vor vierzehn Jahren kinderlos geschieden, war niemandem im Hotel nähergekommen, auch hatte er, soweit feststellbar, keine Bekannten in der Stadt. Man entdeckte nur, daß er am Tag vor seinem Tod bei einem Waffenhändler versuchte, einen Revolver zu kaufen, weil er nicht wußte, daß man dazu in Italien einen Waffenschein braucht. Da er keinen besaß, kaufte er die Nachahmung eines Füllfederhalters, aus der man einen Angreifer mit einer Mischung von Tränengas und schwer zu entfernendem Farbstoff besprühen kann. Der Federhalter fand sich unausgepackt unter seinen Sachen, auf diese Weise gelangte man zu der Firma, die ihn verkauft hatte. Coburn konnte kein Italienisch, und der Waffenhändler beherrschte das Englische sehr schwach. Man erfuhr nur, daß der Amerikaner eine Waffe wünschte, die einen bedrohlichen Gegner und nicht nur einen kleinen Dieb unschädlich machen könne.

Da die Unfälle Coburn immer auf dem Rückweg von der Badeanstalt zustießen, wandte der Assistent seine Schritte zu den Vittorinis. Man erinnerte sich dort des Amerikaners, weil er gegenüber den Angestellten recht freigebig gewesen war. An seinem Verhalten hatte man jedoch nichts Besonderes bemerkt außer der Tatsache, daß er sich zuletzt sehr beeilte und fast naß fortging, ohne auf die Ermahnung des Bademeisters zu achten, er solle zehn Minuten warten. Diese kümmerlichen Untersuchungsergebnisse befriedigten den Assistenten nicht, er begann in einem Anfall von Eifer und Inspiration die Bücher der Anstalt durchzusehen. Dort wurden die Einzahlungen all derer eingetragen, die Bäder nahmen oder zu anderen hydrotherapeutischen Maßnahmen kamen.

Seit Mitte Mai waren bei den Vittorinis außer Coburn noch andere amerikanische Staatsbürger erschienen, und vier von ihnen hatten ähnlich wie er ein Abonnement für eine ganze Serie von Bädern (es gab ein-, zwei-, drei- und vierwöchige Abonnements) bezahlt, waren aber nach acht oder zehn Tagen nicht mehr gekommen. Auch das war nichts Ungewöhnliches, denn jeder von ihnen konnte unverhofft abgereist sein, ohne sich um die Rückzahlung des Restbetrages zu kümmern, doch der Assistent, der dank dem Buch ihre Namen kannte, beschloß nachzuprüfen, was mit ihnen geschehen war. Später befragt, warum er sich bei seiner Suche auf amerikanische Staatsbürger beschränkt habe, konnte er keine schlüssige Antwort geben. Einmal sagte er, ihm sei eine Affäre mit amerikanischen Verbindungen eingefallen, weil die Polizei vor kurzem einen Schmugglerring aufgedeckt hatte, der Heroin aus Neapel in die USA schaffte, ein anderes Mal, er habe sich auf Amerikaner beschränkt, weil Coburn Amerikaner gewesen sei.

Was die vier Männer angeht, die Bäder bezahlten, aber aufhörten, sie zu nehmen, so reiste der erste, Arthur J. Holler, ein Jurist aus New York,

plötzlich ab, nachdem er die Nachricht vom Tode seines Bruders erhalten hatte. Er lebt jetzt in seiner Geburtsstadt. Verheiratet, dreißigjährig, war er Rechtsberater einer großen Werbeagentur. Die übrigen drei zeichneten sich durch eine gewisse Ähnlichkeit mit Coburn aus.
In jedem Falle ging es um einen Mann zwischen dem vierzigsten und fünfzigsten Lebensjahr, recht begütert, einsam, immer – Patient von Dr. Giono, wobei einer von diesen Amerikanern, Ross Brunner jr., wie Coburn im ›Savoy‹ wohnte, die beiden anderen dagegen, Nelson C. Emmings und Adam Osborn, in kleineren Pensionen, die übrigens auch an der Bucht lagen. Aus den Staaten herbeigeschaffte Fotos zeigten die physische Ähnlichkeit der Verschwundenen. Recht athletisch gebaut, zeichneten sie sich durch eine gewisse Fettleibigkeit, durch Anfänge von Glatzen und das sichtbare Bemühen aus, dies zu verbergen. Obwohl also Coburns Leiche, die im gerichtsmedizinischen Institut genau untersucht worden war, keine Spuren von Gewalt zeigte und als Todesursache Ertrinken infolge eines Muskelkrampfes oder aus Erschöpfung festgestellt worden war, empfahl die Präfektur, die Untersuchung fortzusetzen. Man beschäftigte sich deshalb mit dem Schicksal der drei Amerikaner. Bald wurde festgestellt, daß Osborn unverhofft nach Rom reiste, Emmings von Neapel nach Paris flog und Brunner verrückt wurde. Brunners Los war übrigens der Polizei bekannt, und zwar schon seit langer Zeit. Dieser Gast des ›Savoy‹ aus der ersten Maihälfte weilte im Stadtkrankenhaus. Er war Autodesigner und in Detroit beschäftigt. In der ersten Woche seines Aufenthalts verhielt er sich musterhaft, morgens ging er ins Solarium, abends zu den Brüdern Vittorini, mit Ausnahme der Sonntage, die er Ausflügen in die weitere Umgebung widmete. Die Strecken wurden festgestellt, weil sie alle von einem Reisebüro veranstaltet worden waren, dessen Filiale sich im ›Savoy‹ befindet. Er war in Pompeji, in Herculaneum, er

badete nicht im Meer, weil der Arzt ihm das verboten hatte, denn er litt an Nierensteinen. Den bereits bezahlten Ausflug nach Anzio machte er am Samstag vor dem festgelegten Datum rückgängig, und auch die beiden Tage davor benahm er sich eigenartig. Er wollte nicht mehr zu Fuß gehen und verlangte, selbst wenn es nur drei Straßenecken waren, seinen Wagen, was Mühe machte, da der neue Parkplatz des Hotels noch im Bau war und die Autos der Gäste sich auf dem Hof des Nachbargrundstückes drängten. Brunner wollte sein Auto nicht selbst von dort holen, sondern verlangte, jemand vom Hotelpersonal solle es herbeischaffen, in diesem Zusammenhang kam es zu einigen Schwierigkeiten. Am Sonntag unternahm er keinen Ausflug und kam auch nicht zum Essen herunter. Er bestellte es sich auf das Zimmer, und kaum war der Kellner eingetreten, stürzte er sich auf ihn und würgte ihn. Während das Handgemenges brach er dem Kellner einen Finger und sprang dann aus dem Fenster. Beim Sturz aus dem zweiten Stock brach er sich ein Bein und das Becken. Im Krankenhaus stellte man außer den Brüchen eine Bewußtseinstrübung auf schizophrener Grundlage fest. Die Hotelleitung war aus verständlichen Gründen bemüht, den Zwischenfall zu vertuschen. Aber gerade dieser Zwischenfall brachte die Präfektur nach Coburns Tod auf die Idee, man müsse den Untersuchungsbereich erweitern. Es ergaben sich Zweifel, ob Brunner tatsächlich aus dem Fenster gesprungen sei oder ob er hinausgestoßen wurde. Doch kam nichts zutage, was gegen die Redlichkeit des Kellners gesprochen hätte, der ein älterer, unbescholtener Mann war.

Brunner verblieb weiter im Krankenhaus; seine Bewußtseinstrübungen besserten sich zwar, doch kam es zu Komplikationen beim Zusammenwachsen des Hüftknochens, und ein Verwandter, der aus den Staaten kommen sollte, um ihn abzuholen, verschob ständig die Reise. Am

Ende bestätigte ein hervorragender Spezialist den durch eine Psychose ungeklärter Ätiologie hervorgerufenen schweren Anfall von Unzurechnungsfähigkeit, und die Untersuchung blieb ohne Ergebnis.

Der zweite Amerikaner, Adam Osborn, ein alter Junggeselle, der Bildung nach Volkswirt, fuhr am fünften Juni mit einem Mietwagen der Firma Avis von Neapel nach Rom, verließ aber das Hotel in solcher Eile, daß er allerlei persönliche Kleinigkeiten vergaß: den Rasierapparat, ein paar Bürsten, einen Expander, die Hausschuhe; um ihm diese Sachen nachzusenden, rief man vom ›Savoy‹ das Hotel in Rom an, in dem Osborn sich ein Zimmer hatte reservieren lassen, doch war er nicht dort. Das Hotel forschte nicht weiter nach dem launischen Gast, und erst die auf breiterer Front geführte Untersuchung stellte fest, daß Osborn in Rom nicht angekommen war. Im Avis-Büro erfuhr der Detektiv, der gemietete Opel Rekord sei bei Zagarolo, unweit von Rom, auf dem Haltestreifen der Autostrada gefunden worden, absolut fahrbereit und mit Osborns gesamtem Gepäck. Da der Opel zum römischen Park der Firma gehörte und in Rom registriert war – er hatte sich in Neapel befunden, weil ein französischer Tourist mit ihm aus Rom gekommen war –, benachrichtigte Avis die Polizei in Rom. Osborns im Wagen gefundenes Gepäck übernahm die römische Präfektur, sie führte auch die Untersuchung in diesem Fall, denn Osborn wurde im Morgengrauen des nächsten Tages gefunden – als Leiche. Ein Auto hatte ihn an der Ausfahrt Palestrina der Strada del Sol überfahren, also fast neun Kilometer von der Stelle entfernt, wo er den Mietwagen hatte stehenlassen.

Es sah aus, als sei er aus unbekanntem Grund ausgestiegen und am Rand der Autostrada entlanggewandert, bis er zu der ersten Ausfahrt gelangte; gerade dort aber hatte jemand ihn überfahren und war geflüchtet. Der Verlauf der Ereignisse konnte genau rekonstruiert werden, weil Osborn im Wagen etwas Kölnisch Wasser auf die Gummimatte verschüttet hatte. Trotz des bei Nacht gefallenen Regens verfolgte ein Polizeihund mühelos diese Spur. Osborn war am Außenrand entlanggegangen, dort jedoch, wo die Autostrada in die Hügel einschnitt, hatte er den Beton mehrfach verlassen, um den Scheitel der nächsten Erhebung zu ersteigen. Dann war er auf die Straße zurückgekehrt und weitergegangen. Auf der Ausfahrt war er in weitem Zickzack wie ein Betrunkener über die Fahrbahn getaumelt, überfahren worden und sogleich an Schädelbruch gestorben. Auf der Straßendecke hatte man Blutflecken und Glassplitter von einem Scheinwerfer gefunden. Der römischen Polizei war es bisher nicht gelungen, den Schuldigen an dem Unfall ausfindig zu machen. Nachdenklich stimmen konnte die Tatsache, daß Osborn neun Kilometer auf der Autobahn gegangen war, ohne daß jemand ihn trotz des starken Verkehrs am Nachmittag beobachtet hatte. Wenigstens eine Streife hätte sich für ihn interessieren müssen, da es ja verboten ist, zu Fuß auf der Autobahn zu gehen. Die Klärung kam nach ein paar weiteren Tagen, als jemand nachts die Tasche mit Osborns Golfstöcken vor eine Polizeiwache legte. Der eingravierte Name auf den Griffen drängte die Vermutung auf, Osborn sei mit den Golfstöcken über der Schulter dort gegangen, weil aber die Stöcke im Futteral steckten und er selbst nur ein kurzärmeliges Hemd und Jeans trug, hatten ihn die Fahrer sicher für einen Chausseearbeiter gehalten. Die Stöcke mußten an der Unfallstelle liegengeblieben sein, jemand hatte sie von dort mitgenommen, dann in der Zeitung von der Untersuchung gelesen, Angst gehabt, in einen Kriminalfall verwickelt zu werden, und sich deshalb der Stöcke entledigt.

Der Grund, warum Osborn das Auto verlassen und mit den Golfstöcken weitermarschiert war, blieb ungeklärt. Die leere Flasche Kölnisch

Wasser und ihre Spuren am Boden des Wagens ließen vermuten, er habe sich nicht wohl gefühlt, vielleicht einen Schwächeanfall gehabt und sich das Gesicht abgerieben. Die Sektion ergab weder Alkohol noch irgendwelche Gifte im Blut. Kurz vor dem Verlassen des Hotels hatte Osborn im Abfalleimer ein paar beschriebene Blätter Briefpapier verbrannt. Von den Resten war keine Spur mehr vorhanden, doch fand sich unter den Sachen, die er im Hotel gelassen hatte, ein leerer, an die Präfektur adressierter Umschlag, als hätte sich Osborn an die Polizei wenden wollen, diese Absicht aber wieder aufgegeben.

Der dritte Amerikaner, Emmings, war Pressekorrespondent von United Press International. Auf dem Rückweg aus dem Nahen Osten, von wo aus er Reportagen in die Staaten geschickt hatte, machte er in Neapel Station. Im Hotel kündigte er an, er werde mindestens zwei Wochen bleiben, reiste aber am zehnten Tag unverhofft ab. Er kaufte bei der Außenstelle der British European Airways ein Ticket für die Strecke Neapel – London, und es genügte ein einziges Telefongespräch, um zu erfahren, daß er sogleich nach der Ankunft dort in einer Toilette auf dem Flughafen Selbstmord begangen hatte. Er schoß sich in den Mund und starb, ohne das Bewußtsein wiederzuerlangen, nach drei Tagen im Krankenhaus.

Der Grund seiner Abreise war in jeder Hinsicht sachbedingt – er handelte auf Anweisung von United Press, nachdem er ein Telegramm erhalten hatte, er solle in London Erkundigungen im Zusammenhang mit Gerüchten über einen neuen Skandal im Parlament einziehen. Emmings war wegen seines persönlichen Mutes und seiner Ausgeglichenheit bekannt. Als Journalist erschien er an den Stellen, wo kriegerische Konflikte ausbrachen, er war in Vietnam und vorher, als junger Reporter, nach der Kapitulation Japans in Nagasaki; von dort hatte er eine Reportage geschickt, die ihn berühmt machte.

Angesichts dieser Tatsachen wollte der Assistent, der immer noch die Untersuchung führte, nach London, in den Nahen Osten, ja sogar nach Japan fliegen, doch sein Vorgesetzter befahl ihm, die Personen zu verhören, die mit Emmings während seines Aufenthaltes in Neapel in Berührung gekommen waren. Also ging es wieder um das Hotelpersonal, denn Emmings war ganz allein gereist. An seinem Verhalten wurde nichts Besonderes festgestellt. Nur die Putzfrau, die sein Zimmer nach der Abreise aufräumte, erinnerte sich an Blutspuren im Waschbecken und in der Badewanne sowie an einen blutigen Verband auf dem Fußboden des Badezimmers. Nach der in London vorgenommenen Obduktion hatte Emmings ein aufgeschnittenes linkes Handgelenk. Ein Pflaster klebte über der Wunde mit dem frisch geronnenen Blut. Daraus schloß man, Emmings habe sich noch im Hotel durch Aufschneiden der Pulsadern umzubringen versucht, habe sich dann aber selbst verbunden und sei zum Flughafen gefahren. Auch er nahm Schwefelbäder, ging an den Strand zum Schwimmen und fuhr mit einem gemieteten Motorboot in der Bucht herum, das heißt, er benahm sich so normal wie nur möglich. Drei Tage vor dem kritischen Termin begab er sich nach Rom, um den Presseattaché der amerikanischen Botschaft, einen Bekannten von früher, zu sehen. Der Attaché sagte aus, Emmings sei in prächtiger Stimmung gewesen, habe jedoch, als er ihn zum Flughafen fuhr, so intensiv durch die Heckscheibe geblickt, daß er aufmerksam geworden sei. Er habe Emmings scherzhaft gefragt, ob er sich Feinde bei El Fatah gemacht hätte, darauf habe Emmings gelächelt und gesagt, das sei eine ganz andere Sache, die er ihm nicht verraten dürfe, doch sei das unwichtig, denn sie werde bald auf den Titelseiten der Zeitungen erscheinen. Vier Tage später war er tot.

Der Assistent nahm sich ein paar Agenten zur Hilfe und begab sich erneut in die Badeanstalt, um alle Bücher der vergangenen Jahre durch-

zusehen. Bei den Vittorinis sah man ihn immer weniger gern, da diese
 ständigen Besuche der Polizei den guten Namen der Anstalt gefährdeten. Die Bücher jedoch kamen auf den Tisch, und man fand in ihnen acht weitere Spuren.

Obwohl der Mechanismus des Geschehens unbegreiflich blieb, beschäftigte sich der Assistent in erster Linie mit Männern im Übergangsalter, Ausländern, deren regelmäßige Lebensweise zwischen der ersten und und der zweiten Aufenthaltswoche plötzlich einen Bruch erfuhr.

Zwei Spuren erwiesen sich als unergiebig. Es handelte sich um amerikanische Staatsbürger, die unverhofft ihren Aufenthalt in Neapel abkürzen mußten, der eine, weil in seiner Firma ein Streik ausgebrochen war, der andere, weil er vor Gericht eine Baufirma wegen fehlerhafter Wasserableitung auf seinem Grundstück verklagen mußte; der Prozeß war aus unwesentlichen Gründen beschleunigt worden. Die Untersuchung im Falle des Besitzers der Firma, in der es zum Streik gekommen war, wurde erst nach längerer Zeit niedergeschlagen, weil dieser Mensch nicht mehr lebte und man jeden Todesfall sorgsam erforschte. Schließlich jedoch erfuhr man von der Polizei der Staaten, der Mann sei zwei Monate nach der Rückkehr in die USA einem Gehirnschlag erlegen. Der Tote hatte seit Jahren an Gehirnsklerose gelitten.

Die nächste, dritte Spur hatte zwar eine kriminelle Grundlage, wurde aber nicht in das Dossier aufgenommen, weil der Grund für das plötzliche ›Verschwinden‹ dieses Amerikaners seine Verhaftung durch die örtliche Polizei war. Sie hatte auf Empfehlung von Interpol gehandelt und bei dem Verhafteten eine größere Menge Heroin gefunden. Er erwartete im Gefängnis von Neapel seinen Prozeß.

So wurden drei von acht Spuren ausgeschaltet. Zwei weitere waren zweifelhaft. In dem einen Fall ging es um einen vierzigjährigen Amerikaner, der zu hydrotherapeutischer Behandlung, aber nicht zu Schwefelbädern die Vittorinis besuchte und aufhörte hinzukommen, als er sich beim Wasserskilaufen die Wirbelsäule verletzte. Er ließ sich von einem Motorboot ziehen und trug einen Drachen auf dem Rücken, was ein Abheben vom Wasser und Segeln im Schlepp ermöglichte. Das Motorboot machte eine zu scharfe Kurve, und er fiel aus über zwölf Metern herunter. Die Verletzung erforderte eine längere Ruhigstellung im Gipskorsett. Der Motorbootfahrer war ebenfalls Amerikaner, ein guter Bekannter des Betroffenen; dennoch wurde dieser Unfall nicht endgültig ausgeschieden, weil der Verletzte – bereits im Krankenhaus – hohes Fieber und Halluzinationen bekam, in denen er Unsinn redete. Die Diagnose schwankte zwischen einer aus den Tropen eingeschleppten exotischen Krankheit und einer verschleppten Lebensmittelvergiftung.

Der nächste zweifelhafte Fall betraf einen fast sechzigjährigen Rentner, einen in den Staaten naturalisierten Italiener, der mit seiner Dollarrente in das heimatliche Neapel zurückgekehrt war. Er nahm als Rheumatiker Schwefelbäder und unterbrach sie plötzlich, weil er glaubte, sie schadeten seinem Herzen. Er ertrank in der Badewanne, in seiner eigenen Wohnung, sieben Tage nach dem letzten Aufenthalt in der Badeanstalt. Die Autopsie konstatierte das Eindringen von Wasser in die Lungen und plötzlichen Herzstillstand. Der Gerichtsarzt fand darin nichts Verdächtiges, doch die Untersuchung, die von der Anstalt der Vittorinis aus an den Fall heranging, nahm ihn erneut auf. Es entstanden Vermutungen, der Rentner könne nicht wegen eines Kollapses ertrunken sein, sondern jemand habe ihn unter Wasser gedrückt – die Badezimmertür war nicht von innen verschlossen gewesen. Die Einvernahme der Verwandten ergab jedoch keine Grundlage für derartige Verdächtigungen, zumal auch das materielle Motiv fehlte, da die Rente nur auf Lebenszeit galt.

Die letzten drei der ursprünglichen acht Spuren erwiesen sich als heiß, weil sie zu neuen Opfern führten, deren Schicksale für die wachsende Serie charakteristisch waren. Wieder ging es um einsame Männer an der Schwelle des Verblühens, doch waren es nicht nur Amerikaner. Einer namens Ivar Olaf Leyge war Ingenieur aus Malmö. Der zweite, Karl Heinz Schimmelreiter, Österreicher, stammte aus Graz. Der dritte war James Brigg, der sich als Schriftsteller ausgab, in Wirklichkeit ein Drehbuchautor, der gelegentlich für diesen oder jenen Auftraggeber arbeitete. Er kam aus Washington über Paris, wo er Kontakt mit dem auf erotische und pornographische Literatur spezialisierten Verlag Olympia Press aufgenommen hatte. In Neapel wohnte er bei einer italienischen Familie, die ihm ein Zimmer vermietete. Die Wirtsleute wußten von ihm nicht mehr, als was er ihnen beim Einzug gesagt hatte, nämlich daß er die ›Randgebiete des Lebens‹ studieren wollte. Ihnen war nicht bekannt, daß Brigg die Badeanstalt besuchte. Am fünften Tag kehrte er zur Nacht nicht in die Wohnung zurück. Er verschwand spurlos. Ehe sie die Polizei benachrichtigten, öffneten die Wirtsleute mit einem zweiten Schlüssel sein Zimmer, um die Zahlungsfähigkeit ihres Untermieters zu prüfen, mußten aber feststellen, daß sich mit Brigg auch seine Sachen verflüchtigt hatten. Lediglich ein leerer Koffer war übriggeblieben. Nun erinnerten sie sich auch, daß ihr Untermieter täglich mit einer vollgestopften Aktentasche fortgegangen und mit einer leeren zurückgekommen war. Da die Familie sich eines untadeligen Leumundes erfreute und seit langem Zimmer vermietete, mußte man ihren Aussagen Glauben schenken. Brigg war ein kahlköpfiger, athletisch gebauter Mann gewesen mit den Narben einer Hasenschartenoperation im Gesicht. Er hinterließ keine Familie, jedenfalls fand sich keine. Auf Befragen erklärte der Pariser Verleger, Brigg habe ihm vorgeschlagen, ein Buch über die Hintergründe der Schönheits-

königinnen-Wahlen in Amerika zu schreiben. Dieses Angebot habe er als uninteressant abgelehnt. Alle Angaben konnten wahr sein. Sie ließen sich weder bestätigen noch widerlegen. Brigg war so definitiv verschwunden, daß man niemanden finden konnte, der ihn nach dem Verlassen seines Zimmers gesehen hatte. Nachforschungen, die man auf gut Glück im Milieu der Prostituierten, Zuhälter und Rauschgiftsüchtigen vornahm, brachten kein Ergebnis. So gehört der Fall Brigg zu den zweifelhaften, und wenn das auch seltsam klingt, er bleibt in den Akten, weil Brigg an Heuschnupfen litt.

Die Schicksale des Schweden und des Österreichers weckten keine ähnlichen Zweifel. Leyge, langjähriges Mitglied des Himalaya-Clubs und Eroberer von Siebentausendern in Nepal, kam nach der Scheidung von seiner Frau nach Neapel. Er wohnte im Hotel ›Rom‹, also im Zentrum, badete nicht im Meer, ging nicht an den Strand, sondern ließ sich nur im Solarium bräunen, er besuchte Museen und nahm Schwefelbäder. Am neunzehnten Mai fuhr er spätabends nach Rom, obwohl er ursprünglich erklärt hatte, er wolle den ganzen Sommer in Neapel bleiben. In Rom ließ er sein Gepäck im Auto, begab sich ins Colosseum, kletterte bis zum höchsten Stockwerk der Mauern, um sich an ihrer Außenseite hinabzustürzen. Er war auf der Stelle tot. Der Gerichtsbefund lautete auf ›Selbstmord oder durch plötzliche Bewußtseinsstörung hervorgerufenen Unfall‹. Der Schwede, stattlich und blond, sah jünger aus, als er war. Er achtete pedantisch auf sein Äußeres und seine Körperverfassung. Jeden Morgen um sechs spielte er Tennis, trank nicht, rauchte nicht, mit einem Wort, er hütete seine Kondition wie seinen Augapfel. Zur Scheidung war es im beiderseitigen Einverständnis der Ehepartner gekommen, als Grund für die Trennung hatten sie Nichtübereinstimmung der Charaktere angegeben. Diese Umstände wurden mit Hilfe der schwedischen Polizei festgestellt, um eine abrupt aufgetretene Depression infolge des Endes einer langjährigen Ehe als Ursache des Selbstmordes ausschließen zu können. Man konstatierte jedoch, daß die Eheleute seit einer Reihe von Jahren faktisch getrennt gelebt und den Gerichtsentscheid angestrebt hatten, um dem faktischen Stand der Dinge Rechtskraft zu verleihen.

Die Geschichte des Österreichers Schimmelreiter stellte sich komplizierter dar. In Neapel hielt er sich seit Mitte des Winters auf, doch begann er erst im April, Schwefelbäder zu nehmen. Bis Ende April meinte er, sie täten ihm sehr wohl, deshalb verlängerte er das Abonnement auf den Mai. Nach einer Woche konnte er nicht mehr schlafen, wurde reizbar und schroff, behauptete, jemand wühle in seinen Koffern, eine Reservebrille mit Goldfassung sei ihm abhanden gekommen, und vermutete, als sie sich hinter dem Sofa fand, der Dieb habe sie dort hingetan. Über seine Lebensweise konnte man Genaueres erfahren, weil der Österreicher in einer kleinen Pension wohnte und, bevor die Veränderung in seinem Wesen eintrat, mit der italienischen Inhaberin befreundet war. Am zehnten Mai stolperte Schimmelreiter auf der Treppe und legte sich mit aufgeschlagenem Knie ins Bett. Nach zwei Tagen verschwand die Reizbarkeit des Gastes, zwischen ihm und seiner Wirtin herrschten wieder die besten Beziehungen, doch weil er auch nach dem Ausheilen des Knies noch unter rheumatischen Schmerzen litt, nahm er die Besuche in der Badeanstalt wieder auf. Nach ein paar Tagen stellte er bei Nacht die ganze Pension auf den Kopf. Er rief um Hilfe, zerschlug mit dem Spazierstock den Spiegel, angeblich weil sich jemand dahinter versteckte, und floh durch das Fenster. Weil sie mit dem ungewöhnlich erregten Schimmelreiter nicht fertig wurde, rief die Wirtin einen bekannten Arzt herbei, der einen drohenden Herzinfarkt feststellte. Ein solcher Zustand kann hin und wieder zu Bewußtseinsstörungen führen. Das jedenfalls behauptete der Arzt. Die

Wirtin bestand auf Verlegung des Österreichers in das Krankenhaus, was auch erfolgte. Bevor er die Pension verließ, zerschlug er den Spiegel im Badezimmer und einen dritten auf dem Treppenabsatz, bis man ihm endlich den Spazierstock entwunden hatte, mit dem er focht. Im Krankenhaus verhielt er sich unruhig, weinte, versuchte, sich unter dem Bett zu verstecken, und wurde gleichzeitig durch häufige Anfälle von Atemnot schwächer, denn er war Asthmatiker. Dem Medizinstudenten, der sich als Praktikant im Krankenhaus seiner annahm, erzählte er insgeheim, in der Anstalt der Vittorinis habe man zweimal versucht, ihn zu vergiften, ein Gehilfe habe Gift in das Badewasser

geschüttet, zweifellos ein Agent des israelischen Geheimdienstes. Der Student zögerte, diese Mitteilung in die Krankengeschichte einzutragen. Der Stationsarzt hielt sie für ein Symptom von Verfolgungswahn auf dem Hintergrund sklerotischer Demenz. Ende Mai starb Schimmelreiter an fortschreitendem Lungenödem. Er hatte keine Familie, man beerdigte ihn in Neapel auf Kosten der Stadt, da der Krankenhaus-Aufenthalt seine bescheidenen Finanzen erschöpft hatte. Der Fall bildete also insofern eine Ausnahme in der Serie, als es sich im Gegensatz zu allen anderen Opfern um einen mittellosen Ausländer handelte. Die später eingeleitete Untersuchung ergab, daß Schimmelreiter während des Krieges Schreiber im Konzentrationslager Mauthausen gewesen war und nach der Niederlage Deutschlands vor Gericht gestanden hatte, jedoch nicht verurteilt wurde, weil die Mehrzahl der Zeugen, ehemalige Lagerhäftlinge, zu seinen Gunsten aussagte. Es gab zwar auch welche, die behaupteten, er habe Häftlinge geschlagen, doch handelte es sich um Berichte von Dritten, ihm wurde keine Schuld nachgewiesen. Obgleich sich zwischen der zweimaligen Verschlechterung seines Gesundheitszustandes und dem Besuch in der Vittorinischen Anstalt ein ursächlicher Zusammenhang abzuzeichnen schien, war der Verdacht des Toten insofern unbegründet, als es keine Gifte gibt, die – im Badewasser aufgelöst – auf das Gehirn wirken. Der Gehilfe, den der Österreicher der Vergiftung verdächtigt hatte, war kein Jude, sondern Sizilianer und hatte mit dem israelischen Geheimdienst nichts zu tun. Auch hier also mußte darauf verzichtet werden, den Fall als kriminell anzusehen.

Das Dossier umfaßte schon – ohne den verschwundenen Brigg – sechs Personen, die aus schicksalhaften Gründen eines gewaltsamen Todes gestorben waren. Immer gingen die Fäden von der Badeanstalt aus, und da es von solchen Anstalten in Neapel noch mehr gibt, wurden auch deren Bücher durchgesehen. Die Untersuchung wuchs wie eine Lawine – sechsundzwanzig Fälle mußten überprüft werden, denn der Verzicht auf bereits bezahlte Bäder, ohne eine Rückzahlung zu fordern, kommt relativ oft vor, zumal es sich um kleine Beträge handelt. Jeder derartigen Spur aber mußte bis zum Ende nachgegangen werden, also schritten die Nachforschungen langsam voran. Man gab sie erst auf, wenn es gelang, den Gesuchten bei guter Gesundheit aufzufinden.

Mitte Mai kam per Flugzeug Herbert Heyne nach Neapel, ein neunundvierzigjähriger naturalisierter Amerikaner deutscher Abstammung, Besitzer einer Drugstore-Kette in Baltimore. Er litt an Asthma und besuchte seit Jahren verschiedene Sanatorien; ein Lungenspezialist hatte ihm mit Rücksicht auf rheumatische Komplikationen geraten, Schwefelbäder zu nehmen. Er nahm sie in einer kleinen Anstalt unweit seines Hotels an der Piazza Municipale, aß ausschließlich im Hotelrestaurant und schlug nach neun Tagen furchtbaren Krach mit der Behauptung, das Essen schmecke ekelhaft bitter. Nach der Szene im Restaurant verließ er das Hotel und fuhr nach Salerno, wo er sich in einer Pension am Meer einquartierte. Am späten Abend ging er fort, um ein Bad zu nehmen. Dem Portier, der ihn wegen des starken Seegangs und der einbrechenden Dunkelheit davor warnte, sagte er, er könne nicht ertrinken, denn er werde am Kuß eines Vampirs sterben, doch noch nicht so bald. Er zeigte ihm die für den Vampirkuß bestimmte Stelle, sein Handgelenk. Der Portier war Tiroler, er sah den Gast als Landsmann an, denn das Gespräch wurde auf deutsch geführt, also ging er bald danach an den Strand und vernahm Heynes Schrei. Es fand sich ein Rettungsschwimmer, der Deutsche wurde geborgen, aber da er sich wie rasend benahm – er biß seinen Retter –, brachte man ihn mit dem Krankenwagen ins Hospital, wo er mitten in der Nacht aus dem Bett aufstand, eine Fensterscheibe zertrümmerte und sich mit

einem Stück Glas die Pulsadern aufschnitt. Die diensttuende Schwester schlug rechtzeitig Alarm, man bewahrte ihn vor dem Verbluten, doch erkrankte er an Aspirationspneumonie, so daß er nach drei Tagen starb, ohne das Bewußtsein wiedererlangt zu haben. Den Selbstmordversuch schrieb man bei der Untersuchung dem Schock durch das Wasserschlucken zu, was auch der Grund für die Lungenentzündung war. Zwei Monate später griff Interpol in diesen Fall ein, da Heynes Rechtsberater in Baltimore einen Brief erhielt, den Heyne kurz vor der Abreise aus Neapel abgesandt hatte und in dem er forderte, im Falle seines plötzlichen Ablebens unverzüglich die Polizei zu verständigen, denn jemand trachte ihm nach dem Leben. Außer der Angabe, dieser Jemand wohne im gleichen Hotel, enthielt der Brief keine konkreten Tatsachen. Er enthielt verblüffende Germanismen, obwohl Heyne, der seit zwanzig Jahren in den Staaten lebte, das Englische einwandfrei beherrschte. Dieser Umstand und der veränderte Schriftcharakter bewirkten, daß der Rechtsanwalt an der Authentizität des auf Hotelpapier geschriebenen Briefes zweifelte, doch als er erfuhr, wie sein Klient gestorben war, verständigte er die Behörden. Das graphologische Gutachten ergab, daß Heyne den Brief eigenhändig geschrieben hatte, jedoch in unheimlicher Eile und Erregung. Auch hier mußte man die Untersuchung einstellen.

Der nächste Mensch, dessen Geschichte rekonstruiert wurde, war Ian E. Swift, ebenfalls ein Bürger der Vereinigten Staaten, der Herkunft nach Engländer, zweiundfünfzig Jahre alt, Leiter einer großen Möbelfirma in Boston; er kam in den ersten Maitagen per Schiff nach Neapel, bezahlte Bäder in der Anstalt Adriatica und erschien dort nach einer Woche nicht mehr. Zunächst wohnte er im ›Livorno‹, einem der billigeren Hotels, und zog an dem Tage in das luxuriöse ›Excelsior‹ um, an dem er die Bäder aufgab. Die Einvernahme, die man in beiden Hotels durchführte, schien zwei verschiedene Menschen zu betreffen. Der Herr Swift, an den man sich im ›Livorno‹ erinnerte, saß in seinem Zimmer über seiner Handelskorrespondenz, hatte Vollpension genommen, weil das billiger war, und ging abends ins Kino. Der Herr Swift aus dem ›Excelsior‹ mietete einen Wagen mit Chauffeur sowie einen Privatdetektiv, mit dem er Nachtlokale besuchte, er verlangte täglichen Wechsel der Bettwäsche, sandte sich selbst Blumen ins Hotel, sprach auf der Straße Mädchen an und lud sie zum Spazierenfahren und zum Abendessen ein, er kaufte schließlich in den Läden, was ihm unter die Finger kam. Dieses ausschweifende Leben dauerte insgesamt vier Tage. Am fünften hinterließ er bei der Rezeption einen Brief an den Detektiv, den dieser mit Überraschung las, worauf er versuchte, telefonisch mit Swift zu sprechen. Doch Swift nahm den Hörer nicht ab, obwohl er auf seinem Zimmer war. Er verließ es den ganzen Tag nicht, aß nicht zu Mittag, bestellte sich aber ein Abendessen. Als der Kellner es brachte, fand er das Zimmer leer. Swift sprach mit ihm aus dem Badezimmer und stand dabei hinter der angelehnten Tür. Ähnlich verhielt er sich am nächsten Tag, als könnte er den Anblick des Kellners nicht ertragen. Diese Seltsamkeiten dauerten an, als Harold Kahn im ›Excelsior‹ eintraf, ein alter Bekannter von Swift und sein ehemaliger Teilhaber, der nach einem längeren Aufenthalt in Japan in die Staaten zurückkehrte. Nachdem er zufällig erfahren hatte, daß Swift im selben Hotel wohnte, begab er sich zu ihm, und nach achtundvierzig Stunden flogen beide mit einer Düsenmaschine der Panamerican nach New York.

Swifts Fall wurde in die Serie aufgenommen, obwohl er untypisch zu sein schien, da er des tragischen Epilogs entbehrte. Vieles wies jedoch darauf hin, daß Swift seine glückliche Heimkehr lediglich Kahn ver-

dankte. Der Privatdetektiv sagte aus, Swift habe ihm einen nicht ganz normalen Eindruck gemacht. Er erzählte von seinen Kontakten mit einer terroristischen Organisation ›Macht aus dem Dunklen‹, die er angeblich zu finanzieren beabsichtigte. Als Gegenleistung zählte er auf deren Schutz vor einem gedungenen Mörder, den ihm die Konkurrenz angeblich aus Boston nachgeschickt hatte. Der Detektiv sollte bei den Verhandlungen Zeuge sein und ihn zugleich vor Anschlägen schützen. Das klang alles unwahrscheinlich, und der Detektiv glaubte zunächst, sein Klient befinde sich unter dem Einfluß von Drogen. In seinem lakonischen Brief verzichtete Swift auf die Dienste des Detektivs und fügte eine Hundertdollarnote bei. Über die Gegner, die ihn bedrohten, sagte er nichts, außer daß sie ihn im Hotel ›Livorno‹ aufgesucht hätten, was der Wahrheit nicht entsprach – er hatte dort keinen Besuch gehabt.

Es fiel nicht leicht, von Kahn Informationen über die Vorgänge zwischen ihm und Swift in Neapel zu erhalten, denn es gab keine Handhabe, um Nachforschungen durch die amerikanische Polizei einzuleiten. Weder Swift noch Kahn hatten irgendeine gesetzwidrige Handlung begangen, beide waren ohne Zwischenfall in die Staaten zurückgekehrt, Swift leitete wie zuvor seine Firma; doch die italienische Seite drängte in der Hoffnung, Kahn wisse vielleicht Einzelheiten, die ein Licht auf die bisher vorgefallenen Ereignisse werfen könnten.

Kahn wollte zunächst nicht aussagen, und erst als man ihn teilweise in den breiteren Hintergrund der Angelegenheit eingeweiht und ihm vollständige Diskretion zugesichert hatte, ließ er sich zu einer schriftlichen Aussage bewegen. Das Protokoll enttäuschte die italienische Seite stark.

Swift empfing Kahn aufs beste, allerdings nicht ohne sich erst mit Fragen durch die Tür zu vergewissern, daß er es tatsächlich mit ihm zu tun hatte. Etwas verwirrt gab er die ›Dummheiten‹ zu, die er in letzter Zeit begangen habe, weil er vergiftet worden sei. Er verhielt sich durchaus vernünftig, verließ aber das Zimmer nicht, denn er hatte das Vertrauen zu dem gemieteten Detektiv verloren. Er meinte, dieser sei ›auf die andere Seite‹ übergelaufen. Er zeigte Kahn ein Blatt des Briefes, mit dem jemand zwanzigtausend Dollar von ihm verlangte und ihm mit Vergiftung drohte. Diesen Brief wollte er schon im ›Livorno‹ erhalten und auf die leichte Schulter genommen haben; das sei falsch gewesen, denn am Tag nach dem Termin habe er sich so schwach gefühlt, daß er kaum aus dem Bett aufstehen konnte. Einen halben Tag quälten ihn Halluzinationen und Schwindelanfälle, also packte er in aller Eile seine Sachen und zog ins ›Excelsior‹. Da er nicht damit rechnete, der Erpressung so leicht zu entgehen, mietete er den Detektiv, sagte ihm aber nicht, wozu er ihn brauche, weil er diesen schließlich doch fremden Menschen erst beobachten und auf die Probe stellen wollte, indem er das erwähnte Leben führte. Das alles fügte sich zu einem sinnvollen Ganzen, unbekannt war nur, warum Swift in Neapel blieb, da ihn doch nichts an diesen Aufenthaltsort band. Er behauptete, die Schwefelbäder verschafften ihm Linderung seiner rheumatischen Schmerzen, er wolle dieses positive Ergebnis durch Beendigung der Kur festigen. Zunächst überzeugte das Argument Kahn, doch nachdem er alles überdacht hatte, was ihm Swift erzählte, hielt er seine Geschichte für wenig glaubwürdig. Seine Zweifel wurden bestärkt durch die Berichte des Hotelpersonals über Swifts Verhalten. Ganz bestimmt schoß Swift mit Kanonen auf Spatzen, als er Saufgelage mit verdächtigen Weibern nur deshalb veranstaltete, um den engagierten Detektiv zu prüfen. Kahn äußerte das Swift gegenüber. Dieser entgegnete, Kahn habe recht, doch habe er ja schon zugegeben, in Verwirrung gehandelt zu haben, weil man ihn vergiftet hatte. Fast sicher, daß sein Freund einer Geisteskrankheit zum Opfer gefallen sei, beschloß Kahn nunmehr, ihn so schnell wie möglich in die Staaten mitzunehmen, und er schaffte das mit vollendeten Tatsachen. Er bezahlte die Hotelrechnung, kaufte Flugkarten und verließ Swift nicht, bis sie ihre Sachen gepackt hatten, um gemeinsam zum Flugplatz zu fahren. Bestimmte Unstimmigkeiten im Protokoll führten zu der Annahme, daß Swift den Samariterdienst nicht ohne Widerstand über sich ergehen ließ. Auch vom Hotelpersonal hörte man, es sei zwischen den beiden Amerikanern vor der Abreise zu einem ernstlichen Streit gekommen, doch ohne Rücksicht darauf, ob Kahn verbale oder handgreifliche Argumente benutzt hatte, war klar, daß man von ihm keine Informationen erwarten durfte, die die Untersuchung weiterbrächten. Das einzige Beweisstück, der Brief, war verschwunden, Kahn hatte nur die erste Seite gesehen und erinnerte sich, daß er mit der Maschine geschrieben war, der soundsovielte Durchschlag, darum unscharf, das Englisch voll grammatikalischer Fehler; in Amerika darauf angesprochen, was aus dem Brief geworden sei, habe Swift gelacht und seinen Schreibtisch geöffnet, um ihn Kahn zu geben, doch habe sich der Brief nicht gefunden. Swift selbst lehnte jede Antwort auf irgendwelche Fragen im Zusammenhang mit den neapolitanischen Erlebnissen ab. Die Fachleute sahen in dem gewonnenen Material eine Mischung von wahrscheinlichen und unsinnigen Fakten. Erpresserbriefe durch einige Blätter dickes Papier durchzuschlagen, ist eine bekannte Methode, um die Identifizierung der Maschine zu erschweren, auf der der Text geschrieben wurde; die besonderen Kennzeichen der Buchstaben werden auf diese Weise verwischt. Zudem ist das eine relativ neue Methode, die Laien meist nicht kennen. Das würde auf die Echtheit des Briefes hinweisen. Dagegen paßte Swifts Verhalten nicht in den Zusammenhang. So handelt kein Mensch, der erpreßt wird, wenn er glaubt, daß die Drohungen sich zu erfüllen beginnen. Die Experten kamen also zu der Überzeugung, in diesem Fall überschnitten sich zwei verschiedene Linien: die gewiß reale, schon im ›Livorno‹ von einem Einheimischen (darauf wies das schlechte Englisch des Briefes hin) als Versuch zur Erlangung eines Lösegeldes unternommene Erpressung und die zeitweilige geistige Störung, die den Amerikaner heimgesucht hatte. Selbst wenn es so war – in den Rahmen der durchgeführten Nachforschungen gestellt, verdunkelte dieser Fall die Sache mehr, als daß er sie erhellte, denn Swifts sogenannte Störung deckte sich in ihrem Bild mit dem für die anderen Fälle typischen Verlauf.

Die nächste Spur betraf einen Schweizer namens Franz Mittelhorn, der am 27. Mai nach Neapel kam. Sein Fall unterschied sich darin von den übrigen, daß man Mittelhorn in der Pension, in der er abstieg, gut kannte, denn er weilte alljährlich dort. Der Eigentümer eines großen Antiquariats in Lausanne und begüterte alte Junggeselle hatte Launen, denen man sich fügte, weil er ein geschätzter Gast war. Er bezog zwei durch eine Tür verbundene Zimmer, das eine diente ihm als Wohn-, das andere als Schlafzimmer. Vor jeder Mahlzeit untersuchte er mit einer Lupe die Sauberkeit der Teller und des Bestecks, er bestellte Speisen, die nach seinen eigenen Rezepten hergerichtet waren, denn er litt an einer alimentären Allergie. Wenn ihm manchmal das Gesicht anschwoll, wie das beim Quinckeschen Ödem geschieht, ließ er den Koch in den Speisesaal holen und hielt ihm eine Strafpredigt. Die Kellner meinten, Mittelhorn esse zwischen den Mahlzeiten in der Stadt in billigen Trattorien, denn er schwärmte für die ihm verbotene Fischsuppe, er bräche also seine Diät und veranstaltete dann Szenen in der Pension. Während seines letzten Aufenthaltes änderte er ein wenig seine Lebensweise, weil er seit dem Winter rheumatische Beschwerden hatte und sein Arzt ihm Moorbäder anriet. Er nahm sie bei den Vittorinis. In Neapel hatte er einen ständigen Friseur, der in die Pension kam, jedoch die mitgebrachten Utensilien seines Kunden benutzte, weil Mittelhorn kein Rasiermesser und keinen Kamm duldete, die schon von anderen benutzt worden waren. Jetzt war er wütend, als er nach seinem Eintreffen erfuhr, der Friseur habe seinen Betrieb aufgelöst. Er hörte nicht auf zu klagen, bis er einen neuen Vertrauten gefunden hatte.

Am siebenten Juni verlangte er, man solle den Kamin heizen. Der Kamin, die Zierde seines größeren Zimmers, wurde nie geheizt, doch niemand pflegte sich Mittelhorns Anordnungen zu widersetzen. Obwohl also über zwanzig Grad Wärme und sonniges Wetter herrschten, fügte man sich seinen Wünschen. Der Kamin rauchte ein wenig, aber irgendwie störte das Mittelhorn nicht. Er schloß sich in seinem Zimmer ein und kam nicht zum Abendbrot herunter. Schon das war sehr ungewöhnlich, denn er ließ keine Mahlzeit aus und trug zwecks größerer Pünktlichkeit zwei Uhren, eine Armbanduhr und eine Taschenuhr. Als er auf Telefon und Klopfen nicht reagierte, brach man die Tür auf, denn das Schloß war von innen durch eine abgebrochene Nagelfeile verkeilt. Man fand ihn bewußtlos in dem verrauchten Zimmer. Ein leeres Schlafmittelröhrchen zeigte, daß er sich vergiftet hatte, also brachte ihn der Rettungswagen ins Krankenhaus. Weil er sich Ende Juni zu einer Auktion nach Rom begeben wollte, hatte Mittelhorn einen ganzen Koffer alter Drucke mitgebracht. Der stand jetzt leer, dafür war der Kamin angefüllt mit verkohlten Papieren. Die Pergamente, die nicht brennen wollten, hatte er mit der Friseurschere in schmale Streifen zerschnitten, die Rahmen um die Holzschnitte zu Kleinholz zerbrochen. Im übrigen war die Zimmereinrichtung unberührt, nur die Portierenschnur abgerissen und zu einer Schlinge geknüpft, als hätte er sich aufzuhängen versucht, doch die Schnur hatte seinem Gewicht

nicht standgehalten. Davon zeugte auch der ans Fenster gestellte
 Hocker.

Als er nach zweitägigem Schlaf das Bewußtsein wiedererlangte, befürchtete der Arzt den Beginn einer Stauungspneumonie und empfahl, ihn zu durchleuchten. Nachts wurde Mittelhorn unruhig, phantasierte, schrie einmal, er sei unschuldig, dann wieder, er sei ein anderer, drohte und stritt sich mit jemandem, schließlich versuchte er, aus dem Bett zu springen. Da eilte die Krankenschwester, die mit ihm nicht fertig wurde, um einen Arzt zu holen. Er nutzte ihre kurze Abwesenheit, lief in den Dienstraum neben seinem Einzelzimmer, schlug die Scheibe des Medikamentenschranks ein und trank eine Flasche Jodtinktur leer. Am dritten Tag starb er an schweren inneren Verbrennungen.

Der Gerichtsentscheid lautete auf Selbstmord, hervorgerufen durch eine Bewußtseinsstörung in plötzlich eintretender Depression. Als jedoch die Untersuchung wiederaufgenommen und das Personal einem genauen Verhör unterzogen wurde, erinnerte sich der Nachtportier eines seltsamen Zwischenfalls am Abend vor dem kritischen Tag.

Auf dem Tresen in der Rezeption stand eine Schachtel mit Umschlägen und Briefbogen für Gäste und Besucher. Nach dem Abendbrot brachte ein Bote ein Opernbillett, das Mittelhorns Zimmernachbar, ein Deutscher, bestellt hatte. Da der Deutsche fortgegangen war, steckte der Portier das Billett in einen Umschlag und legte ihn in das Schlüsselfach. Aber er irrte sich und legte ihn in Mittelhorns Fach. Als Mittelhorn zurückkehrte, erhielt er mit dem Schlüssel den Umschlag, riß ihn auf und trat unter die Lampe im Foyer, um den Brief zu lesen. Er ließ sich in einen Sessel fallen, als ob die Beine unter ihm nachgäben, und bedeckte die Augen mit der Hand. So saß er eine ganze Weile, blickte noch einmal auf das Blatt in seiner Hand und begab sich eilig, fast laufend auf sein Zimmer. Jetzt erinnerte sich der Portier an den Boten und das Billett und war perplex, denn er selbst hatte das Billett telefonisch bestellt, wußte also, daß es für den Deutschen und nicht für Mittelhorn bestimmt war. Als er sah, daß im Fach des Deutschen kein Umschlag steckte, wurde ihm sein Irrtum klar, und er entschloß sich, zu Mittelhorn zu gehen. Er klopfte an die Tür, hörte keine Antwort und trat ein. Das Zimmer war leer. Der aufgerissene Umschlag und der zerknüllte Papierbogen lagen auf dem Tisch. Der Portier schaute in den Umschlag und fand darin das Billett, das Mittelhorn offenbar gar nicht bemerkt hatte. Also nahm er es und strich, von Neugier getrieben, den Bogen glatt, der einen solchen Eindruck auf den Schweizer gemacht hatte. Er war völlig weiß. Der verdutzte Portier ging hinaus und sagte dem Schweizer nichts, als er ihn mit einer Flasche Mineralwasser auf dem Rückweg von dem Etagenkühlschrank traf.

Weil man in dieser Phase der Untersuchung bereits nach Strohhalmen griff, gewann die Sache mit dem unbeschriebenen Blatt besondere Bedeutung, zumal Mittelhorn am nächsten Tag den Kamin anzünden ließ und darin seine unbezahlbaren Drucke verbrannte, anscheinend von früh bis spät, obwohl er zum Mittagessen noch herunterkam. Entweder war der leere Briefbogen eine vereinbarte Losung oder auch ein Zeichen, das Mittelhorn in Verzweiflung versetzte, oder er hatte im Hotelfoyer eine Halluzination und las auf dem Blatt einen nicht existenten Text. Die erste Möglichkeit schien in hohem Grade unwahrscheinlich, sie roch nach dem stümperhaften Einfall eines Kriminalfilms und paßte ganz und gar nicht zu allem, was man von Mittelhorn wußte; er war die personifizierte Solidität, ein bedeutender Antiquar und Sachkenner. In seinen Geschäften entdeckte man nichts Geheimnisvolles oder an Gesetzwidrigkeit Grenzendes. Dennoch gelangte man, als nun tiefer in seiner Vergangenheit gegraben wurde, zu Ereignissen aus der Zeit des letzten Weltkrieges. Mittelhorn leitete damals eines der größ-

ten deutschen Antiquariate in München. Besitzer war ein wesentlich
 älterer Mann als er, ein wohlhabender Jude. Nach Inkrafttreten der Nürnberger Gesetze wurde Mittelhorn Treuhänder des Antiquariats, während der Besitzer ins Lager Dachau gebracht wurde, wo er umkam. Nach dem Kriege nahm Mittelhorn das Antiquariat in Besitz und legitimierte sich mit einem Dokument, durch das der Tote ihm sein gesamtes Vermögen übermacht hatte. Es tauchten jedoch Gerüchte auf, dieses Dokument sei dem Toten abgenötigt worden und Mittelhorn habe dabei seine Hand im Spiel gehabt. Es waren nur Gerüchte, aber Mittelhorn zog nach zwei Jahren mit seiner Firma in die Schweiz und ließ sich in Lausanne nieder.

Es drängte sich also die Vermutung auf, seine psychische Krise stehe mit jenen Ereignissen vor fast vierzig Jahren in Verbindung, er sei einer optischen Täuschung erlegen, habe das leere Papier für eine auf die damaligen Ereignisse und vielleicht auf seine Schuld anspielende Nachricht gehalten, er habe in fortschreitender Verwirrung beschlossen, seinen wertvollen Besitz zu vernichten, und dann in noch stärkerer Umnachtung Hand an sich gelegt. Als er im Krankenhaus aufgewacht sei, habe er versucht, sich gegen die Vorwürfe eines Toten zu wehren, und dann den Selbstmordversuch erneuert. So mochte es gewesen sein – eine ziemlich weit hergesuchte Hypothese, die außerdem nicht im geringsten erklärte, was eigentlich diesen ausgewogenen Menschen so plötzlich in den psychischen Kollaps getrieben hatte. Es gelang nur, Mittelhorns einstigen Hotelzimmernachbarn aufzufinden, der die Aussagen des Portiers bestätigte; er habe in der Tat sein Opernbillett nicht rechtzeitig erhalten, als er es am nächsten Morgen bekommen habe, sei es verfallen gewesen. So führte auch der Fall des exzentrischen Antiquars in eine Sackgasse.

Die Akten umfaßten nun schon neun Fälle mit rätselhaftem Verlauf und gewöhnlich tragischem Finale. Der Eindruck ihrer Ähnlichkeit wurde unabweisbar, doch konnte man weiterhin keine kriminelle Untersuchung zur Verfolgung von Schuldigen einleiten, weil nichts darauf hinwies, wo man sie zu suchen hatte, ja, ob sie überhaupt existierten. Das Seltsamste geschah, nachdem die Akten über den Fall Mittelhorn geschlossen waren. Die Pension übermittelte der Präfektur einen Brief an ihn, der eingetroffen war, obwohl dieser Mensch seit einem Jahr nicht mehr lebte. Der in Lausanne aufgegebene, mit Maschinenschrift adressierte Brief enthielt ein leeres Blatt Papier. Es gelang nicht, den Absender festzustellen. Um den seltsamen Scherz eines Zeitungslesers konnte es sich nicht handeln, da die Presse kein Wort über den ersten leeren Brief veröffentlicht hatte. Ich für meinen Teil habe in dieser Sache eine persönliche Meinung, möchte sie vorläufig aber nicht kundtun.

Was schließlich die beiden letzten Fälle angeht, so ist der eine lange her, der andere hingegen neueren Datums. Ich beginne mit dem älteren. Vor Jahren im Mai erschien in Portici bei Herculaneum ein Deutscher aus Hannover namens Johann Titz. Er wählte eine kleine Pension mit einem schönen Blick auf den Vesuv, für den er sich besonders interessierte, denn seine Spezialität war die Ansichtskarten-Produktion, und er beabsichtigte, eine Serie mit dem Vesuv herauszubringen. Im übrigen hatte sein Aufenthalt einen medizinischen Zweck, von Kindesbeinen an nämlich plagte ihn das Heuasthma. Er nahm so intensive Sonnenbäder, daß er sich Verbrennungen zuzog. Der Hautarzt, dessen Rat er in Neapel einholte, verbot ihm den Aufenthalt in der Sonne und war von der heftigen Reaktion seines Patienten überrascht, der behauptete, er müsse weiter sonnenbaden, denn nur so würde er sein Asthma los. Das habe ihm der Arzt in Hannover versichert. Titz nahm Moorbäder in einer kleinen Anstalt, die er täglich in Hercula-

neum aufsuchte. Er war mit dem eigenen Auto aus Deutschland gekommen. Am neunten Mai fühlte er sich unwohl, hatte Schwindelanfälle und schrieb das einer Magenverstimmung zu. Er machte seiner Wirtin eine Szene, behauptete, sie habe ihm verdorbenen Fisch vorgesetzt, und wollte deshalb seine Rechnung nicht bezahlen. Schließlich bezahlte er sie doch und fuhr ab. Als sie nach seiner Abreise das Zimmer aufräumte, entdeckte die Wirtin an der Wand eine Inschrift mit roter Tusche: Hier wurde ich vergiftet. Die Tusche war so tief in den Putz eingedrungen, daß sie sich durch Übermalen der Wand nicht beseitigen ließ, also reichte die Inhaberin Klage gegen ihren früheren Mieter ein. Inzwischen bog Titz, der auf der Autostrada nach Norden fuhr, nicht weit von Mailand plötzlich nach links ein, überquerte auf einer geraden Strecke den Grünstreifen und raste auf der anderen Fahrbahn gegen die Fahrtrichtung, ohne sich um die Licht- und Hupsignale zu kümmern, an denen es die Fahrer nicht fehlen ließen. Erstaunlicherweise fuhr er auf diese Art fast vier Kilometer, wobei er die anderen Wagen zu verzweifelten Manövern zwang. Einige Fahrer behaupteten später, er scheine im Gegenverkehr das ›richtige‹ Auto gesucht zu haben, um mit ihm zusammenzustoßen. Einem großen Intertrans-Fernlaster, der ihm den Weg versperrte, wich er auf den Grünstreifen aus und kehrte dann wieder auf die falsche Fahrbahn zurück, um einen knappen Kilometer weiter auf einen kleinen Simca zu prallen, in dem ein Ehepaar mit Kind saß. Nur das Kind überlebte mit schweren Verletzungen die Katastrophe. Titz, der mit hoher Geschwindigkeit ohne Sicherheitsgurt fuhr, starb hinter dem Lenkrad. Die Presse stellte die Frage, ob das nicht eine neue Form des Selbstmordes sei, bei der der eine Desperado sich bemüht, andere Menschen mit in den Tod zu ziehen. Höchstwahrscheinlich wäre Titz bei einem Zusammenstoß mit dem riesigen Schleppzug allein ums Leben gekommen, deshalb habe er diese ›Gelegenheit‹ nicht genutzt. Nach Bekanntwerden der Vorfälle, die dem Zusammenstoß vorangegangen waren, wurde der Unfall als einwandfrei dazugehörig zu den Akten genommen. Hinter Rom hatte Titz an einer Werkstatt gehalten, weil sein Motor schlecht ziehe, und die Monteure zu höchster Eile angetrieben, da ein ›roter Bandit‹ ihn verfolge. Die Monteure glaubten an einen Scherz, änderten aber ihre Meinung, als er jedem von ihnen 10 000 Lire versprach, falls sie den Motor binnen fünfzehn Minuten in Ordnung brächten, und sein Wort hielt. Mehr noch, er zahlte diese ›Prämie‹ allen Mechanikern in der Werkstatt, und es waren neun; man hielt ihn für nicht ganz bei Trost. Vielleicht hätte man seine Person nicht identifizieren können, aber er beschädigte, als er die Werkstatt verließ, die Karosserie eines der parkenden Autos und fuhr weiter, also wurde seine Nummer notiert.

Der letzte Fall betraf Arthur T. Adams II., der in das neapolitanische Hotel ›Vesuvio‹ kam und beabsichtigte, drei Wochen lang Bäder zu nehmen, sein Vorhaben jedoch nach wenigen Tagen aufgab, weil sich herausstellte, daß er gegen Schwefel empfindlich war. Der neunundvierzigjährige, großgewachsene Mann, munter und heiteren Gemüts, wenn auch vom Leben unbefriedigt, hatte etwa zehnmal den Beruf gewechselt. Er war der Reihe nach Bankprokurist, Mitarbeiter von Medicare, Klavierverkäufer, er unterrichtete in Fernkursen Bankwesen, aber auch Judo und später Karate, und noch intensiver widmete er sich verschiedenen Liebhabereien. Er erwarb den Fallschirmspringer-Schein, war Amateurastronom und gab ein Jahr lang unregelmäßig eine Zeitschrift mit dem Titel ›Arthur T. Adams II.‹ heraus, darin veröffentlichte er Kommentare zu Problemen, die ihn gerade interessierten. Er vervielfältigte sie auf eigene Kosten und versandte sie gratis an vierzig bis fünfzig Bekannte. Er war Mitglied einer Vielzahl von Gesellschaften, von der Dianoetischen bis zum Verband der Heufieberkranken. Bei seiner Rückfahrt mit dem Wagen nach Rom benahm er sich eigenartig. Teils raste er mit Höchstgeschwindigkeit, teils stoppte er an öden Stellen, unterwegs kaufte er einen Schlauch, obwohl er schlauchlose Reifen hatte, und das Gewitter, in das er bei Rom geriet, wartete er im stehenden Auto ab. Der Polizeistreife, die bei ihm anhielt, sagte er, sein Scheibenwischer sei defekt. In Wirklichkeit war er in Ordnung. In Rom kam er bei Nacht an, und obwohl er sich von Neapel aus im ›Hilton‹ eingemietet hatte, fuhr er mehrere Hotels ab und fragte nach einem Zimmer; erst als er keines fand, begab er sich zum ›Hilton‹. Am nächsten Morgen fand man ihn tot im Bett. Die Autopsie konstatierte ein mittleres Lungenemphysem, eine Herzerweiterung und eine Hyperämie der Organe, wie sie für den Tod durch Ersticken typisch ist. Niemand wußte, wie es dazu gekommen war. Der Gerichtsbescheid lavierte zwischen einem durch übermäßige Anspannung des parasympathischen Nervensystems hervorgerufenen Tod und Ersticken infolge Herzversagens, das durch einen vorangegangenen Asthmaanfall verursacht worden war. Die ärztliche Fachpresse behandelte eine Zeitlang diesen Fall und griff den Gerichtsbescheid als fehlerhaft an. Nur Babys ersticken gelegentlich im Kissen. Wenn ein Erwachsener sich mit dem Bettzeug Nase und Mund zustopft, erwacht er sofort. Ob Adams an Asthma gelitten hatte, war unbekannt, woher sollte also der Anfall kommen? Was blieb übrig? Die Lage, in der man Adams gefunden hatte: Er lag auf dem Bauch und preßte mit beiden Armen das Kissen ans Gesicht. Falls das ein Selbstmord sein sollte, so hatte die Gerichtsmedizin in ihren Chroniken keinen ähnlichen Fall notiert. Man sprach von Tod durch Schreck, aber obwohl er vorkommt, kann ihn kein Alptraum verursachen. In diese Angelegenheit mischte sich mit großer Verspätung Interpol, als aus den Staaten zwei Briefe eintrafen. Der Verstorbene hatte sie aus Nea-

pel an seine frühere Frau geschrieben, mit der er nach der Scheidung gute Beziehungen unterhielt. Die im Abstand von drei Tagen abgesandten Briefe waren gleichzeitig angekommen, weil sich die Post durch einen Streik gestapelt hatte. Im ersten Brief schrieb Adams, er sei deprimiert, denn er habe Halluzinationen, ›genau solche wie nach den Zuckerstücken‹. Diese Worte bezogen sich auf die Zeit vor der Scheidung, als Adams und seine Frau Psylocybin geschluckt hatten, das auf Zuckerstücken genommen wird. Er begriff nicht, was jetzt nach fünf Jahren Halluzinationen von ›entsetzlichem Inhalt‹ hervorrufen könne, die ihn vor allem nachts befielen. Der zweite Brief war in Ton und Inhalt völlig anders. Die Halluzinationen dauerten zwar an, hätten jedoch aufgehört, ihn zu beunruhigen, da er ihre Ursache entdeckt habe.

›Eine Kleinigkeit, deren Bedeutung Du nie geahnt hättest, hat mir die Augen für eine unerhörte Affäre geöffnet. Es ist mir gelungen, das Material für eine Artikelserie über einen völlig neuen Typ des Verbrechens zu gewinnen, eines nicht nur uneigennützigen, sondern auf keine bestimmte Person zielenden Verbrechens, als ob jemand Nägel auf die Straße schüttete. Du weißt, ich neige nicht zur Übertreibung, aber nicht nur die Presse wird erzittern, wenn ich das zu publizieren beginne. Doch muß ich vorsichtig sein. Ich habe diese Materialien nicht bei mir. Sie sind gut gesichert. Von hier aus schreibe ich nicht mehr darüber. Ich benachrichtige Dich, wenn ich zurückkomme. Aus Rom schreibe ich Dir, hoffentlich bald, denn nun habe ich die Goldader, den Traum jedes Journalisten. Aber dieses Gold tötet.‹

Man braucht sich nicht über die Intensität der Nachforschungen auszulassen, die Adams' Versteck galten. Sie erbrachten kein Resultat. Entweder hatte er nichts erfahren und der Brief stellte nur einen wei-

teren Teil seiner Hirngespinste dar, oder er hatte die erlangten Informationen allzu gut versteckt.
Mit Adams' Tod schließe ich die Liste der tragischen Vorfälle, die ihren Ausgangspunkt in Neapel und Umgebung haben. Bei den Untersuchungen haben neben der italienischen auch andere Polizeiverwaltungen mitgewirkt, die wegen der Staatsbürgerschaft der Opfer interessiert waren, die schwedische, deutsche, österreichische, schweizerische und die amerikanische. Die Nachforschungen wurden von Interpol betreut und koordiniert. In ihrem Verlauf wurden viele Formfehler und kleine Verstöße festgestellt wie etwa verspätete Meldungen über vermißte Hotelgäste oder Unterlassung von Autopsien trotz gewaltsamen Todes, doch entdeckte man keine verbrecherische Absicht, sondern nur Schlamperei, Fahrlässigkeit oder Wahrnehmung der eigenen Interessen.
Als erste verzichtete Interpol auf die Fortsetzung der Arbeit, ihr folgten die anderen Polizeiverwaltungen, also auch die italienische. Die Akten wurden erst wieder entstaubt, als Frau Barbour Schritte unternahm, Adams' Haupterbin. Er hatte 90 000 Dollar in Wertpapieren und Aktien hinterlassen. Frau Barbour, eine achtzigjährige Person, die an Adams Mutterstelle vertreten hatte, beschloß, einen Teil dieses Kapitals zur Ermittlung der Mörder ihres angenommenen Sohnes einzusetzen. Nachdem sie die Umstände seines Todes und den Inhalt des letzten Briefes an seine frühere Frau erfahren hatte, war sie fest überzeugt, er sei einem ungewöhnlich durchtriebenen Verbrechen zum Opfer gefallen, das die internationale Polizei nicht aufdecken könne.
Frau Barbour vertraute die Angelegenheit der seriösen Agentur Elgin & Thorn an, die Samuel Ohlin-Gaar leitete, ein Jurist und einstiger Freund meines Vaters. Das geschah zu einer Zeit, als das Ende meiner Astronautenkarriere bereits sicher war. Nachdem also Ohlin-Gaars

Leute noch einmal die ihnen zugänglich gemachten Akten durchgesehen, alle Wege abgeschritten, viel Geld für Konsultationen bei den berühmtesten Sachkennern der Kriminalistik und der Gerichtsmedizin ausgegeben hatten und keinen einzigen Schritt vorangekommen waren, entschloß sich Ohlin-Gaar, dem Rat eines seiner ältesten Mitarbeiter zu folgen – es war Randolph Loers, von guten Bekannten Randy genannt – und mehr aus Verzweiflung als aus Hoffnung eine Simulationsaktion zu organisieren, nämlich einen einsamen Amerikaner nach Neapel zu senden, der dem Typ der Opfer so ähnlich wie irgend möglich sein sollte. Ich war häufiger Gast im Hause des alten Herrn Ohlin, er weihte mich halb scherzhaft in die Sache ein und bemerkte, er verletze damit kein Berufsgeheimnis, da eine Alternative zu der Simulationsaktion nur noch sein könne, sich nach dieser fatalen Angelegenheit die Hände zu waschen.

Auch ich spielte zunächst mehr mit dem Gedanken an meine Kandidatur, bis sich herausstellte, daß ich genommen würde, wenn ich wollte. In der Tat, ich war fünfzig Jahre alt, verfügte über eine gute Kondition, spürte aber bei Wetterwechsel ein leichtes Ziehen in den Knochen und hatte zudem Heuschnupfen. Da das Abenteuer, vom anderen Ufer des Ozeans gesehen, recht eigenartig zu werden versprach, ließ ich mich in die Simulationsmaschine einspannen. Mit Papieren auf den Namen George L. Simpson, Makler aus Boston, kam ich vor drei Wochen per Flugzeug nach Neapel, um im ›Vesuvio‹ abzusteigen, bei den Vittorinis ein Abonnement zu nehmen, zu baden, mich bräunen zu lassen und Volleyball zu spielen.

Um die Simulation bis ins Äußerste zu treiben, übernahm ich Adams' von Frau Barbour aufbewahrte Kleidungsstücke und Gegenstände. In Neapel überwachte mich ein Team von sechs Personen, je zwei Männer im Schichtbetrieb und unabhängig davon zwei Techniker, die von fern mein Blut, meine Lunge und mein Herz kontrollierten. Nur zum Strand ging ich ohne die Elektroden. Dann wurden gut getarnte Ferngläser in Betrieb genommen. Nach der Ankunft hinterlegte ich 19 000 Dollar im Hotelsafe, um sie nach fünf Tagen abzuholen und von nun an in meinem Zimmer aufzubewahren. Ich vermied es nicht, zufällige Bekanntschaften zu schließen, besichtigte dieselben Museen wie Adams, besuchte wie er die Oper, ging auf seinen Spuren an der Bucht entlang und fuhr mit demselben Hornet nach Rom. Man hatte darin einen Verstärker untergebracht, der die Reichweite der Elektroden vergrößerte. In Rom erwartete mich Dr. Sidney Fox, ein Spezialist der Gerichtsmedizin. Er sollte alle Bänder mit den Aufzeichnungen durchsehen, was er auch tat, und so endete die Operation – mit einem Fiasko.«

Ich hatte Barth die Sache in einer verkürzten Form geschildert, wie wir sie verwandten, wenn ein Neuer zu den Forschungen hinzugezogen werden mußte. Diese Form nannten wir die lapidare Variante.

Die Fenster der Bibliothek gingen nach Norden, und der Schatten der großen Ulmen verdunkelte den Raum zusätzlich. Als ich den Projektor ausschaltete, machte Barth die Schreibtischlampe an, und das Zimmer veränderte sich sogleich. Barth schwieg, die Brauen wie in leichter Verwunderung hochgehoben, und mir kam mit einem Mal dieses Eindringen in einen fremden Menschen völlig hoffnungslos vor. Ich hatte Angst, er würde fragen, wie ich mir eigentlich seine Hilfe vorstelle, falls er nicht direkt verkündete, das sei kein Problem für ihn. Inzwischen erhob er sich, ging im Zimmer auf und ab, blieb hinter dem schönen alten Sessel stehen, legte die Hände auf seine geschnitzte Lehne und sagte:

»Wissen Sie, wie man das hätte machen müssen? Eine Gruppe von ›Simulanten‹ schicken. Mindestens fünf.«

»Meinen Sie?« fragte ich überrascht.

»Ja. Wenn man Ihre Aktion in die Kategorien eines exakten Experiments faßt, haben Sie entweder die Ausgangs- oder die Nebenbedingungen nicht erfüllt. Entweder fehlte Ihnen irgend etwas oder Ihrem Milieu. Wenn Ihnen, so hätte man Menschen im gleichen Intervall der Veränderlichkeit ihrer Eigenschaften nehmen müssen, wie sie bei den Opfern auftauchten.«

»Wie Sie das erfassen!« entfuhr es mir.

Er lächelte.

»Sie sind eine andere Sprache gewöhnt, was? Weil Sie sich unter Menschen befinden, die im Polizeistil denken. Das ist ein Stil, der gut ausgearbeitet ist, um Verbrecher zu verfolgen, aber nicht um die Frage zu entscheiden, ob ein Verbrecher überhaupt existiert. Ich nehme an, wenn Sie in Gefahr geraten wären, hätten Sie es gar nicht bemerkt. Selbstverständlich bis zu einem bestimmten Zeitpunkt. Sie hätten später die Begleitumstände gesehen, nicht aber den ursächlichen Mechanismus.«

»Kann das eine nicht das andere sein?«

»Kann, muß aber nicht.«

»Ich war doch im Gegensatz zu jenen von vornherein darauf vorbereitet. Ich sollte jede verdächtige Einzelheit notieren.«

»Und was haben Sie notiert?«

Ich lächelte verwirrt.

»Nichts. Ich hatte ein paarmal Lust, aber dann meinte ich, das komme von der allzu großen Intensität der Selbstbeobachtung.«

»Standen Sie schon einmal unter dem Einfluß von Halluzinogenen?«

»Ja. In den Staaten, vor dieser Aktion. LSD, Psilozybin, Mescalin – unter ärztlicher Kontrolle.«

»Ich verstehe. Training. Und darf man wissen, womit Sie gerechnet haben, als Sie diese Rolle übernahmen? Sie selbst.«

»Was ich erwartet habe? Ich war gemäßigt optimistisch. Ich habe damit gerechnet, daß wir wenigstens feststellen würden, ob es Verbrechen war oder Zufall.«
»Dann waren Sie ein großer Optimist! Die neapolitanische Falle gibt es – das scheint mir unwiderlegbar. Aber sie ist kein Uhrwerk, eher eine Lotterie. Die Symptome zeichnen sich durch Fluktuation, durch Launenhaftigkeit aus, sie können aussetzen oder sogar rückläufig werden. Nicht wahr?«
»Zweifellos.«
»Hören Sie. Nehmen wir als Modell ein Gelände unter Beschuß. Sie können getötet werden, weil man Sie aufs Korn genommen hat, oder wegen der Dichte des Beschusses. Aber wie dem auch sei, auf der anderen Seite befindet sich jemand, dem an Leichen gelegen ist.«
»Aha, so sehen Sie das? Der blinde Zufall schließt ein Verbrechen nicht aus?«
»Stimmt. Und Sie alle haben das nicht gewußt?«
»Ich glaube nicht. Irgendwann brachte es jemand zur Sprache, aber ich hörte daraufhin, wenn es so sein sollte, würde man die Nachforschungen entsprechend korrigieren …«
»Ba, ba! Ein schlechter Mensch oder Pech! Aber sogar in der Sprache hat sich die Redensart ›corriger la fortune‹ festgesetzt! Das ist wahr. Warum haben Sie keine Verbindung in beiden Richtungen benutzt?«
»Sie wäre zu mühsam gewesen. Ich konnte nicht mit Elektronik beladen herumlaufen. Außerdem gab es noch die Klippe aus dem Fall Swift. Der, den sein Freund gerettet hat, weil er im gleichen Hotel abstieg. Swift stellte seine Wahnideen so suggestiv dar, daß er den anderen fast mitgerissen hätte.«
»Aha. Folie en deux? Es ging darum, daß Sie Ihren Schutzengel nicht zu Ihren Wahnvorstellungen bekehren konnten, falls es soweit kam?«

»Ja.«

 »Bitte berichtigen Sie mich, wenn ich mich irre. Von elf Menschen sind zwei mit dem Leben davongekommen, und einer ist verschollen. Er hieß Brigg. Richtig?«

»Ja, aber Brigg wäre der zwölfte. Wir haben ihn nicht endgültig in die Serie aufgenommen.«

»Zuwenig Fakten, nicht wahr? Und nun die zeitliche Reihenfolge. Ihr Bericht ist in dieser Hinsicht schlecht aufgebaut und deshalb irreführend. Er gibt die Vorfälle in der Reihenfolge ihrer Aufdeckung, was völlig akzidentiell ist, und nicht in der Reihenfolge ihres Eintretens. Wieviel Jahre umfassen sie? Zwei?«

»Ja. Titz, Coburn und Osborn vor zwei Jahren. Damals verschwand auch Brigg. Alle anderen im vergangenen Jahr.«

»Und dieses Jahr?«

»Wenn etwas geschehen ist, werden wir es nicht vor dem Herbst erfahren. Vor allem weil die Untersuchung, die die Serie als eine gewisse Einheit voraussetzt, eingestellt worden ist.«

»Wenn Sie alles genau durchgekämmt haben, sieht es nach einer wachsenden Serie aus. Auf den ersten Schlag drei Opfer, auf den zweiten acht. Nun ja. Sie waren nicht nur in Neapel der Lockvogel, sondern auch hier in Paris …«

»Wie meinen Sie das?«

»Sie haben mir einen Köder hingehalten. Ich gebe zu, er reizt! In Ihrem Bericht scheint die Sache so klar. Die Regelmäßigkeit drängt sich geradezu auf. Aber weil sich alle daran die Zähne ausgebissen haben, schließe ich, daß sie perfide ist. Perfide, obwohl die Überzeugung, es handle sich um eine bestimmte Form des Irreseins, die niemand absichtlich erzeugt hat, mit jedem weiteren Vorfall stärker wird. Sind Sie nicht auch dieser Meinung?«

»Aber ja. Das ist die allgemeine Ansicht. Sonst hätte man die Untersuchung nicht eingestellt.«
»Warum also Zweifel, ob es nicht doch ein Verbrechen ist?«
»Wie soll man das sagen ... es ist wie bei einer Fotografie. Ich meine eine gerasterte Reproduktion. Mit bloßem Auge erkennt man den großen Umriß der Gestalt, aber nicht die Einzelheiten. Betrachtet man sie durch eine Lupe, zeichnet sich manches gleichsam besser ab, verschwimmt aber auch. Dann nehmen wir die stärksten Gläser, und das Bild verschwindet. Weil es sich in einzelne Punkte zerlegt. Jeder steht allein, zusammen bedeuten sie nichts mehr.«
»Sie wollen sagen, wenn man die Hypothese einer zufälligen Serie von Vergiftungen annimmt, stößt man sie um so intensiver um, je genauer die Untersuchungen sind?«
»Sehr richtig.«
»Und dasselbe bei der Hypothese, es gebe Täter?«
»Ja. Die Ergebnisse sind mehr oder weniger folgende: Niemand hat irgendwen vergiftet, und niemand hatte etwas, um sich zu vergiften. Trotzdem ...« Ich zuckte mit den Achseln.
»Warum also beharrt ihr ausgerechnet auf der Alternative Verbrechen oder Zufall?«
»Was bleibt uns anderes Übrig?«
»Nun, etwa das.« Er nahm den ›France Soir‹ vom Schreibtisch. »Haben Sie die heutigen Zeitungen gelesen?« Er zeigte mir die Balkenüberschriften: ›Bombe im Labyrinth – Massaker auf der Treppe – Der geheimnisvolle Retter eines Mädchens.‹
»Ja«, sagte ich. »Ich weiß, was passiert ist.«
»Na bitte. Ein klassisches Beispiel für das Verbrechen unserer Zeit, das zugleich beabsichtigt und schicksalhaft ist. Umgekommen ist, wer sich in seinem Bereich befand.«

»Aber das ist doch etwas ganz anderes!«

 »Es ist nicht dasselbe. Gewiß. Bestimmte persönliche Kennzeichen prädestinierten zum Tode in Neapel, nicht aber auf dem römischen Flugplatz. Natürlich. Aber schon dieser Mensch, dieser Adams, hat doch an seine Frau von einem auf keine bestimmte Person zielenden Verbrechen geschrieben, er hat das Bild von Nägeln benutzt, die auf der Straße verstreut sind. Das ist ein einfaches Modell, klar. Aber es ist ebenso klar – wenn jemand hinter diesen Todesfällen steht, ist ihm an nichts mehr gelegen, als den Eindruck zu erzeugen, es gäbe ihn überhaupt nicht.«

Ich schwieg, Barth warf mir einen schnellen Blick zu, stand auf, ging im Zimmer hin und her, kehrte an seinen Platz zurück und fragte:

»Und was halten Sie davon?«

»Ich kann nur sagen, was mich am meisten verwundert. Unterstellt man Gift, so erwartet man immer dieselben Symptome.«

»Und waren es nicht immer dieselben? Ich habe es so verstanden. Ein recht typischer Verlauf. Die Phase der Erregung und Aggressivität, die Phase des Irreseins, meistens des Verfolgungswahns, die Phase des Abtretens – als Flucht aus Neapel oder aus dem Leben. Sie sind alle geflohen, wie sie gerade konnten, mit dem Auto, mit dem Flugzeug, sogar zu Fuß, oder Glasscherben, Rasiermesser, Strick, Schuß in den Mund, Jodtinktur ...«

Ich hatte den Eindruck, als wollte er sich mit seinem Gedächtnis aufspielen.

»Ja, diese Symptome waren ähnlich, aber wenn man anfängt, den Lebenslauf jedes Opfers genau zu untersuchen, entsteht die Überraschung ...«

»Nun, nun?«

»Im allgemeinen ist die Todesart nicht abhängig vom Charakter des Sterbenden. Es hängt ja nicht vom Charakter ab, ob man an Lungenentzündung, an Krebs oder an einem Autounfall stirbt. Ausnahmen gibt es, zum Beispiel der Berufstod der Testpiloten ..., aber in der Norm besteht keine Korrelation zwischen der Art zu leben und der Art zu sterben.«

»Mit einem Wort, der Tod ist für die Individualität unspezifisch. Gut, akzeptiert. Und weiter?«

»Hier ist er spezifisch.«

»Mein lieber Mann, Sie bewirten mich mit Dämonologie! Wie soll ich das verstehen?«

»Wörtlich. Ein vorzüglicher Schwimmer ist ertrunken. Ein Alpinist abgestürzt. Ein Mann mit einem Autofimmel beim Frontalzusammenstoß umgekommen.«

»Warten Sie mal! Der mit dem Autofimmel – ist das Titz?«

»Ja. Er hatte drei Autos. Zwei Sportwagen. Umgebracht hat er sich mit einem Porsche. Und weiter in der Reihe: Ein ängstlicher Mensch kommt auf der Flucht um ...«

»Wer war das?«

»Osborn. Er kam um, als er seinen Wagen verließ und einen Straßenbauarbeiter vortäuschte.«

»Sie haben nichts berichtet von seiner Ängstlichkeit.«

»Entschuldigung. Die Kurzform, die ich Ihnen vortrug, übergeht vieles. Osborn arbeitete bei Versicherungen, war selbst versichert, galt als Mensch, der jedes Risiko scheut. Als er sich bedroht fühlte, setzte er sich hin und schrieb an die Polizei, bekam aber Angst, verbrannte den Brief und floh. Adams, ein exzentrischer Mensch, starb, wie er gelebt hatte – auf ungewöhnliche Weise. Der tapfere Reporter hielt sich bis zuletzt, bis er mit einem Schuß Schluß machte ...«

»Und das war keine Flucht?«

»Ich glaube nicht. Man hieß ihn nach London fliegen. Er verlor vor-

übergehend die Fassung und schnitt sich die Pulsadern auf, aber er verband sich selbst und flog ab, um seine Aufgabe zu erfüllen. Er erschoß sich, als er sie nicht erfüllen konnte. Er muß viel Stolz besessen haben. Ich weiß nicht, wie Swifts Ende hätte sein können, aber in seiner Jugend war er ein typischer schwacher Charakter, ein verlorener Sohn, Luftschlösser, Exzesse, er brauchte immer einen Stärkeren. Seine Frau, einen Freund. Es hat sich alles in Neapel wiederholt.«

Stirnrunzelnd berührte Barth mit dem Zeigefinger das Kinn und sah mit blicklosen Augen vor sich hin.

»Nun, im Prinzip ist das erklärbar. Regression … Zurückgehen auf einen früheren Lebensabschnitt, ich bin kein Spezialist, aber Halluzinogene rufen wohl … Doch was sagen die Toxikologen? Die Psychiater?«

»Gewisse Symptomanalogien mit LSD, aber LSD ist nicht so persönlichkeitsspezifisch. Die Pharmakologie kennt keine so spezifischen Mittel. Als ich mich mit dem Leben dieser Menschen vertraut machte, hatte ich den Eindruck, als wäre keiner aus seiner Natur herausgetreten, im Gegenteil, jeder enthüllte sie in vergröbernder Karikatur. Der Sparsame wurde zum Pfennigfuchser, der Pedant, dieser Antiquar, zerschnitt einen ganzen Tag lang einen Koffer voll Papier in schmale

Streifen ... eine wahre Fundgrube. Wenn ich Ihnen die Akten dalassen
 darf, werden Sie sich selbst überzeugen.«

»Aber ja. Ich bitte darum. Dieser Faktor X wäre also ein ›Persönlichkeitsgift‹? Das ist tatsächlich ... Aber von dieser Seite her kommen wir der Lösung nicht näher. Die psychologische Sondierung kann zeigen, wie dieser Faktor wirkt, aber nicht, wie er in das Opfer gelangt.«

Er saß vorgebeugt mit herabhängendem Kopf, betrachtete seine Hände, die sich um die Knie gelegt hatten, und blickte mir plötzlich in die Augen.

»Ich stelle Ihnen eine persönliche Frage – darf ich?«

Ich nickte.

»Was ging in Ihnen während des Simulierens vor. Wie fühlten Sie sich? Die ganze Zeit über sicher?«

»Nein, im allgemeinen war es unangenehm, jedenfalls anders, als es von Amerika aus den Anschein gehabt hatte. Nicht so sehr, weil ich die Sachen eines Toten benützte, daran habe ich mich schnell gewöhnt. Man glaubte, ich sei für diese Aktion besonders geeignet – wegen meines Berufs.«

»So?« Er hob die Brauen.

»Die Öffentlichkeit meint, er sei faszinierend, aber es ist Routine, Langeweile, noch einmal Routine und kurze Momente der Erregung.«

»Aha. Fast so wie in Neapel, nicht wahr?«

»Ja, besonders weil wir auf Selbstbeobachtung gedrillt sind. Die Anzeiger der Geräte können täuschen, dann ist der letzte Indikator der Mensch selbst.«

»Also Routine und Langeweile. Und wieso Erregung in Neapel? Wann und wo?«

»Wenn ich Angst hatte.«

»Sie hatten Angst?«

»Ja, mindestens zweimal. Das bereitete mir eine gewisse Befriedigung.« Ich sprach mit Mühe, so ungreifbar war es. Er ließ kein Auge von mir.
»Sie haben gern Angst?«
»Ich kann weder ja noch nein sagen. Es ist gut, wenn das, was der Mensch kann, sich mit dem deckt, woran ihm gelegen ist. Gewöhnlich war mir an dem gelegen, was ich nicht konnte. Es gibt unendlich viele Formen des Risikos, aber ein banales Risiko fasziniert mich nicht, sagen wir mal so eins wie das russische Roulette. Das wäre nur eine unfruchtbare Angst. Aber das, was sich nicht bestimmen, voraussehen, abgrenzen läßt, hat mich schon immer fasziniert.«
»Haben Sie deshalb beschlossen, Astronaut zu werden?«
»Ich weiß nicht. Vielleicht. Man hält uns für schlaue, von einem irdischen Computer ferngesteuerte Schimpansen. Programm und Plan. Die höchste Ordnung als Stigma der Zivilisation, deren Gegenpol das da ist.« Ich wies auf die Zeitung mit dem Foto der römischen Treppe auf der ersten Seite. »Ich glaube nicht, daß es so ist. Aber selbst wenn es so ist, wären wir auf dem Mars doch allein gewesen. Ich wußte von Anfang an, daß mein physischer Mangel wie ein Damoklesschwert über mir hängen würde, denn sechs Wochen im Jahr, wenn das Gras blüht, bin ich zu nichts nütze. Zwar habe ich damit gerechnet, daß es auf dem Mars kein Gras gibt ... das ist ganz sicher, und meine Vorgesetzten dachten auch so, am Ende hat mich dieser Schnupfen aber doch in die Reserveposition zurückgeworfen, wo ich keine Chancen mehr hatte.«
»Auf den Mars zu fliegen?«
»Ja.«
»Aber Sie sind in der Reserve geblieben?«
»Nein.«
»Aut Caesar aut nihil?«
»Wenn Sie so wollen.«

Er löste seine Hände und ließ sich in den Lehnsessel fallen. Mit halbgeschlossenen Lidern schien er meine Worte zu verdauen. Er bewegte die Brauen und lächelte fast unmerklich.

»Kehren wir auf die Erde zurück. Waren alle diese Leute Allergiker?«

»Mit höchster Wahrscheinlichkeit alle. In einem Fall ließ es sich nicht beweisen. Die Empfindlichkeiten waren unterschiedlich, fast immer gegen Pollen, na ja, und Asthma …«

»Und darf man wissen, wann Sie Angst hatten? Sie haben das soeben erwähnt.«

»Ach erinnere mich an zwei Augenblicke. Einmal im Hotelrestaurant, als ein Adams ans Telefon gerufen wurde. Ein gewöhnlicher Name, es ging um einen anderen Menschen, aber einen Augenblick lang kam es mir so vor, als wäre das kein Zufall.«

»Es kam Ihnen so vor, als würde ein Toter ans Telefon gerufen?«

»Nein, wieso denn? Ich dachte, irgend etwas beginne. Das sei das an mich gerichtete Losungswort, damit niemand von den Anwesenden etwas merke.«

»Haben Sie nicht gedacht, es könne jemand aus Ihrem Team sein?«

»Nein, das kam nicht in Frage. Niemand durfte sich mit mir in Verbindung setzen, unter keinen Umständen. Wenn etwas passiert wäre, was unsere Aktion unmöglich gemacht hätte, sagen wir, ein Krieg, wäre Randy zu mir gekommen, der Leiter der Aktion. Aber nur dann.«

»Entschuldigen Sie, daß ich Sie so ausfrage, aber es ist wichtig für mich. Ein Adams wurde also aufgerufen. Wenn aber derjenige, der ihn ausrufen ließ, Sie im Auge hatte, hieße das, daß er Ihr Spiel durchschaut hätte und Ihnen das mitteilte, da Sie ja nicht als Adams aufgetreten waren.«

»Aber ja doch. Ebendeshalb bin ich wohl erschrocken. Ich wollte ans Telefon gehen.«

»Wozu?«
»Um den ersten Kontakt mit denen zu bekommen, mit der anderen Seite. Das wäre besser als gar keiner.«
»Ich verstehe. Aber Sie sind nicht gegangen?«
»Nein, weil sich ein echter Adams fand.«
»Und das zweite Mal?«
»Das war schon in Rom, bei Nacht im Hotel. Ich hatte dasselbe Zimmer, in dem Adams im Schlaf gestorben war. Nun ja, auch das will ich Ihnen erzählen. Die verschiedenen Rollen waren überlegt worden, ich mußte nicht unbedingt in die Spuren dieses Menschen treten, es kamen auch andere in Frage, aber ich nahm an den Beratungen teil und gab den Ausschlag zugunsten von Adams.«
Ich brach ab, weil ich sah, wie seine Augen aufblitzten.
»Ich ahne es. Weder Wahnsinn noch das Meer, noch die Autobahn, sondern ein bestimmtes abgeschlossenes Appartement, Einsamkeit, Komfort und Tod. War es so?«
»Mag sein, aber ich habe damals nicht daran gedacht. Man glaubte anscheinend, ich hätte seinen Weg gewählt, weil ich mit der Auffindung jener Enthüllungen rechnete, die er gemacht und versteckt haben wollte, aber so war es nicht. Dieser Mensch war mir irgendwie sympathisch.«
Obwohl er mich vorhin mit seinem ›aut Caesar aut nihil‹ ziemlich getroffen hatte, zeigte ich mich weiterhin mitteilsamer als normal, weil mir so an ihm lag. Ich kann nicht präzisieren, wann diese Angelegenheit zu meiner fixen Idee geworden ist. Zunächst behandelte ich die Impersonation als Routine, der ich mich fügen mußte, weil sie der Einsatz bei diesem Spiel war. Ich weiß selbst nicht, wann sie mich ganz anzog, um mich abzustoßen. Ich glaubte an das versprochene Grauen, ich hatte ja Beweise, daß es nicht erdacht war, ich geriet schon beinahe

in seinen Bereich, und gerade das erwies sich als Illusion. Ich wurde nicht zugelassen. Ich spielte diesen Adams, so gut ich konnte, aber ich erreichte sein Schicksal nicht, ich erlebte nichts und wußte deshalb nichts. Vielleicht hatten Barths Worte mich so getroffen, weil sie an die Wahrheit rührten. Kerr, ein Kollege Fitzpatricks, Freudianer, würde sicher sagen, ich hätte alles auf eine Karte gesetzt, weil ich lieber zugrunde gehen als verlieren wollte, eigentlich sogar zugrunde gehen, weil ich verloren hatte, denn meine Entscheidung für Adams, ja die ganze Aktion hätte er in das Freudsche Schema des Todestriebes eingeordnet. Bestimmt würde er so reden. Was soll's! Die Hilfe des Franzosen war wie ein Bruch des Grundgesetzes der Bergsteigerei, ich ließ ihn vorangehen und mich von ihm an der Leine hinaufziehen, aber ich zog das dem vollständigen Fiasko vor. Ich wollte, ich durfte nicht verlieren, als hätte man mich vor die Tür gesetzt.

»Unterhalten wir uns über die Methode.« Barths Stimme riß mich aus den Gedanken. »Als erstes mußte die Zahl der Opfer festgestellt und die Serie abgegrenzt werden. Ihr seid da allzu willkürlich vorgegangen.«

»Meinen Sie? Aus welchem Grund?«

»Aus dem, daß nicht die Fälle selbst sich sortiert haben, sondern ihr sie in wesentliche und nicht wesentliche sortiert habt. Als Kennzeichen der wesentlichen habt ihr den Wahnsinn und den Tod genommen, mindestens den Wahnsinn, auch wenn er nicht zum Tode führte. Aber vergleichen Sie bitte Swifts und Adams' Verhalten. Swift ist sozusagen vor jedermanns Augen verrückt geworden, daß aber Adams von Halluzinationen geplagt wurde, davon haben wir erst aus den Briefen an seine Frau erfahren. Wie viele Fälle kann es geben, bei denen euch solche Hinweise fehlen!«

»Entschuldigen Sie«, sagte ich, »aber dagegen ist nichts zu machen.

Was Sie uns vorwerfen, ist das klassische Dilemma bei der Untersuchung unbekannter Phänomene. Um sie sauber abgrenzen zu können, muß man den ursächlichen Mechanismus kennen, und um den ursächlichen Mechanismus zu kennen, muß man die Phänomene sauber abgrenzen.«

Er blickte mich mit unverhohlenem Wohlwollen an.

»Ach, Sie kennen diese Sprache auch. Aber wohl nicht von den Detektiven, was?«

Ich antwortete nicht. Er rieb sich das Kinn.

»Ja, das ist wirklich das klassische Dilemma der Induktion. Reden wir also von den verworfenen Fakten. Von den Spuren, die ihr als falsch angesehen habt. Gab es längere, vielversprechende Spuren, die schließlich abbrachen? Gab es so etwas?«

Jetzt blickte ich ihn mit Anerkennung an.

»Ja. Eine war interessant. Wir erhofften uns viel von ihr. Alle Amerikaner unter den Opfern waren vor ihrer Abreise nach Italien durch eine von Dr. Stellas Kliniken gegangen. Haben Sie vielleicht von ihm gehört?«

»Nein.«

»Man urteilt widersprüchlich über ihn, er sei ein vorzüglicher Arzt oder ein Scharlatan. Patienten mit rheumatischen Beschwerden schickte er zu Schwefelbädern nach Neapel.«

»Bitte!«

»Auch ich bin aufgesprungen, als ich das hörte, aber es ist eine falsche Spur. Er meinte, die Bäder in der Nähe des Vesuvs seien besser als alle anderen, dabei haben wir genug ähnliche Quellen in den Staaten. Nur eine Minderheit seiner Patienten ließ sich zu einer solchen Reise überreden, denn es stimmt nicht, daß die Amerikaner verschwenderisch sind. Wenn der Patient erklärte, den Vesuv könne er sich nicht leisten,

schickte ihn Stella in ein amerikanisches Bad. Wir haben diese Leute aufgesucht. Es waren fast hundert. Alle gesund und heil, das heißt manche vom Rheumatismus verzogen wie vor der Therapie, jedenfalls stießen wir auf keinen Todesfall vom italienischen Typ. Diesen Patienten Stellas widerfuhr nichts Ungewöhnliches. Sie starben im Bett, am Herzen, am Krebs.«

»Vielleicht hatten sie Frauen, Familie«, sagte Barth versonnen.

Ich lächelte unwillkürlich.

»Lieber Herr Doktor, jetzt fangen Sie auch an, in diesem verrückten Jargon zu reden, mit denselben Wendungen, mit denen man in der Agentur die Sache durchmahlt ... Ja, im allgemeinen hatten sie Familie, aber es fehlte nicht an Witwern, Junggesellen, und außerdem, ist eine Frau, sind Kinder ein Wundermittel? Wogegen eigentlich?«

»Nur durch ein Meer von Dummheiten gelangt man zur Wahrheit«, verkündete Barth sentenziös, aber mit fröhlichen Augen. »Nun, und wissen Sie, wie viele Patienten dieser Stella nach Neapel geschickt hat?«

»Ich weiß. Und das ist eines der seltsamsten Kapitel in dieser Geschichte. Wenn ich daran denke, dann immer mit einem Gefühl, als wäre ich nur einen Zoll vom Kern entfernt ... Er hat neunundzwanzig Rheumatiker hingeschickt. Zu ihnen gehören fünf von unseren Amerikanern: Osborn, Brunner, Coburn, Heyne und Swift.«

»Fünf von den sieben Amerikanern?«

»Ja. Weder Emmings noch Adams gehörten zu Stellas Patienten. Brigg auch nicht, aber den haben wir, wie Sie wissen, nicht zu den Opfern gezählt.«

»Das ist sehr wichtig. Und die übrigen Kurgäste? Die anderen vierundzwanzig Patienten Stellas?«

»Diese Statistik kenne ich auswendig. Sechzehn hat er vor Jahren hingeschickt, als es unsere Vorkommnisse noch nicht gab. Alle sind heil in

die Staaten zurückgekehrt. Im letzten Jahr hat er dreizehn geschickt.
 Aus ihnen rekrutierten sich die fünf Opfer.«

»Fünf auf dreizehn? Und trat unter den acht, denen nichts passiert ist, der ›Opfertyp‹ auf?«

»Ja. Sogar dreimal. Einsame begüterte Männer um die Fünfzig. Alle sind heimgekehrt. Und leben.«

»Alles Männer? Hat Stella keine Frauen behandelt? Warum?«

»Er hat Frauen behandelt. Vor diesen Todesfällen sandte er vier Frauen nach Neapel und im vorigen Jahr zwei. In diesem Jahr keine.«

»Wieso das Ungleichgewicht der Geschlechter?«

»Stellas Kliniken sind als Behandlungsstätten für Männer in Mode gekommen. Potenzstörungen, Haarausfall. Später wurde das vertuscht, doch hatte sich das Bild festgesetzt – wir nennen das Image –, Stella sei ein Arzt für Männer. Das Ungleichgewicht erklärt sich ganz natürlich.«

»Meinen Sie ... aber es ist keine einzige Frau umgekommen, und an einsamen älteren Damen fehlt es nicht in Europa. Hat Stella in Europa eine Klinik?«

»Nein. Die Opfer aus Europa hatten mit ihm nichts zu tun. Das ließ sich ausschließen. Keiner von diesen Europäern war im Lauf der letzten fünf Jahre in den Staaten.«

»Habt ihr beachtet, daß zwei voneinander unabhängige Mechanismen wirken könnten – einer für Amerikaner, der zweite für Europäer?«

»Ja. Wir haben diese Gruppen innerhalb der Serie verglichen, aber dabei ist nichts herausgekommen.«

»Und warum schickte dieser Stella eigentlich alle nach Neapel?«

»Das ist einfach. Er ist Italiener, naturalisiert in der zweiten Generation, seine Familie stammt aus der Gegend von Neapel, er hatte wohl einen Profit davon, weil er Kontakt mit italienischen Balneologen, zum

Beispiel mit Dr. Giono unterhielt. In die Korrespondenz zu schauen ist uns nicht gelungen – die ärztliche Schweigepflicht. Aber es ist etwas ganz Natürliches, wenn ein Arzt von jenseits des Ozeans seine Patienten italienischen Kollegen empfiehlt. Auf jeden Fall haben wir in dieser Verbindung nichts Verdächtiges entdeckt. Ich nehme an, er bekam von jedem überwiesenen Patienten einen Honoraranteil.«

»Wie erklären Sie jenen rätselhaften Brief, der für Mittelhorn nach dessen Tod eintraf?«

»Ich denke, jemand aus seiner Familie hat ihn abgesandt, jemand, der die Hintergründe des Todes kannte und ähnlich wie Frau Barbour eine Fortsetzung der Untersuchung wünschte, aber weder so offen wie sie intervenieren wollte noch konnte. Jemand, der vom kriminellen Hintergrund überzeugt war, deshalb wollte er den Verdacht wiederbeleben und dadurch die Polizei zu weiteren Nachforschungen zwingen. Mittelhorn hatte in der Schweiz Verwandte, und genau von dort kam der Brief …«

»Gab es unter Stellas Patienten Süchtige?«

»Ja. Zwei, aber keine Beispiele für schwere Sucht. Beides ältere Herren, ein Witwer und ein Junggeselle, sie trafen Ende Mai, Anfang Juni vorigen Jahres ein, badeten, ließen sich bräunen, setzten sich also nach der Statistik der größten Bedrohung aus, aber beide kehrten mit heiler Haut zurück, und dazu muß ich Ihnen noch sagen, daß der eine gegen Pollen und der andere gegen Erdbeeren empfindlich war.«

»Wie fatal!« rief Barth aus, aber uns war beiden nicht nach Lachen zumute.

»Sie haben auf die Allergie gesetzt, was? Ich auch.«

»Und was nahmen die beiden?«

»Der mit den Erdbeeren Marihuana und der mit dem Heuschnupfen LSD, übrigens nur gelegentlich. Sein Vorrat war zu Ende, bevor er in die Staaten zurückkehrte, vielleicht ist er darum früher abgereist, denn er hörte mit den Bädern auf. Geben Sie acht? Er fuhr ab, weil es ihm nicht gelang, in Neapel Stoff aufzutreiben. Die Polizei hatte gerade einen großen nahöstlichen Ring mit italienischem Brückenkopf zerschlagen, der Schmuggel hatte aufgehört, und die nicht verhafteten Lieferanten verhielten sich mucksmäuschenstill.«

»Der mit den Erdbeeren ...«, murmelte Barth. »Na ja. Und Geisteskrankheiten?«

»Ausschließlich negative Angaben. Sie wissen, wie das ist – fast immer kann man unter den Vorfahren etwas finden, aber das ist schon über das Ziel hinausgeschossen. In der Gruppe der Opfer und in der Gruppe der ›geretteten‹ Patienten Stellas herrschte geistige Gesundheit. Irgendeine vegetative Neurose, Schlafstörungen, das ist alles. Das heißt unter den Männern. Was die Frauen anbetrifft, gab es drei Fälle: Melancholie, klimakterische Depression, versuchter Selbstmord.«

»Wie, Selbstmord? Also doch?«

»Typisch hysterisch, ein sogenannter Hilfeschrei, sie hat sich unter Umständen vergiftet, die ihre Rettung garantierten. In der Serie war es stets umgekehrt. Niemand lenkte durch suizidale Manie die Aufmerksamkeit auf sich. Typisch die rücksichtslose Entschlossenheit, die in der Wiederholung des Anschlags deutlich wurde, wenn der erste mißglückt war.«

»Warum nur Neapel?« fragte Barth. »Und Messina? Der Ätna? Nichts?«

»Nein, nichts. Sie verstehen wohl, daß wir nicht alle Schwefelquellen der Welt berücksichtigen konnten, aber die italienischen hat eine Sondergruppe untersucht. Absolut nichts. Jemand wurde vom Haifisch gefressen, jemand ist ertrunken ...«

»Coburn ist auch ertrunken.«

»Ja, aber im Wahnsinn.«

»Ist das sicher?«

»Fast. Von ihm haben wir verhältnismäßig wenig erfahren. Eigentlich nur soviel: Das ihm gebrachte Frühstück hat er nicht gegessen, sondern Toastbrot, Butter und Eier in einer leeren Zigarrenschachtel versteckt und einen Teil davon auf das Fensterbrett gelegt, bevor er das Hotel verließ.«

»So also war das! Er hatte Verdacht auf Gift und wollte, daß die Vögel ...«

»Selbstverständlich, und mit der Schachtel wollte er sich zu einem Toxikologen begeben, aber er ist ertrunken.«

»Wie sind die Expertisen ausgefallen?«

»Zwei dicke Bände Schreibmaschinenpapier. Wir haben sogar die delphische Methode angewandt, die Abstimmung unter den Sachkennern.«

»Und?«

»Die Mehrheit war für ein unbekanntes psychotropes Gift, in der Wirkung teilweise dem LSD ähnlich, was nicht heißt, es müsse eine ähnliche chemische Zusammensetzung haben.«

»Ein unbekanntes Narkotikum? Seltsames Gutachten.«

»Vielleicht nicht gerade unbekannt. Es konnte nach ihrer Ansicht eine Mischung gut bekannter Substanzen sein, da bei Synergien die Symptome häufig nicht ableitbar sind von den Wirkungen der Einzelbestandteile.«

»Und die Stimme der Minderheit?«

»Eine heftige Psychose auf ungeklärter ätiologischer Grundlage. Sie wissen bestimmt, wieviel Fachleute, Ärzte reden, wenn sie absolut nichts wissen.«

»Das weiß ich sehr gut. Wären Sie jetzt so freundlich, mir das Ganze, aber reduziert auf die Typologie der Todesarten, zu wiederholen?«

»Bitte. Coburn ist ertrunken, unwillkürlich oder mit Absicht. Brunner ist aus dem Fenster gesprungen, aber nicht gestorben.«

»Entschuldigung, was ist jetzt mit ihm?«

»Er wohnt in den Staaten, ist krank, aber er lebt. Im groben erinnert er sich an die Vorfälle, aber er will damit nichts mehr zu tun haben. Er hat einen Kellner für einen Angehörigen der Mafia gehalten und fühlte sich verfolgt. Mehr konnte er nicht sagen. Soll ich fortfahren?«

»Aber ja doch.«

»Osborn wurde überfahren. Den Unfallschuldigen hat man nicht gefunden. Er hat Fahrerflucht begangen. Emmings hat zweimal versucht, sich umzubringen. Er hat sich erschossen. Leyge, der Schwede, fuhr nach Rom und fiel vom Colosseum. Schimmelreiter starb eines natürlichen Todes im Krankenhaus, an einem Lungenödem nach einem schweren Anfall von Wahn. Heyne ertrank fast und schnitt sich im Krankenhaus die Pulsadern auf. Man rettete ihn. Er starb an Aspirationspneumonie. Swift kam davon. Mittelhorn versuchte ebenfalls zweimal, sich umzubringen, erst mit einem Schlafmittel, dann mit Jodtinktur. Er starb an Magenverätzung. Titz kam bei dem Zusammenstoß auf der Autobahn um. Schließlich Adams, im römischen ›Hilton‹, im Schlaf, wie erstickt, aus ungeklärtem Grund. Von Brigg weiß man nichts.«

»Danke. Erinnern diejenigen, die mit dem Leben davonkamen, sich an irgendwelche ersten Symptome?«

»Ja. Händezittern und Geschmacksveränderung der Speisen. Das haben wir von Swift erfahren. Brunner beharrte darauf, das Essen habe ›wirklich seinen Geschmack verändert‹, an ein Zittern der Hände konnte er sich nicht erinnern. Wahrscheinlich ist bei Brunner von diesen Erlebnissen ein sogenannter residualer psychischer Defekt zurückgeblieben, deshalb seine Behauptung. Das war die Meinung der Ärzte.«

»Die Streuung der Todesarten ist beträchtlich, und die Selbstmörder haben nach zugänglichen Mitteln gegriffen, nach dem, was zur Hand war. Wie sind die Untersuchungen nach dem Prinzip cui prodest ausgefallen?«

»Die Suche nach den materiell Interessierten? Was hat man davon, daß es Erben gibt, wenn jede Verbindung zwischen ihnen und allen diesen Todesfällen fehlt.«

»Die Presse?«

»Totale Informationssperre. Selbstverständlich hat die Lokalpresse Notizen über jeden der Todesfälle gebracht, aber sie sind in den gewöhnlichen Unfallrubriken untergegangen. Es ging darum, die Untersuchung nicht zu erschweren. Nur eine Zeitung in den Staaten, ich habe vergessen, welche, hat über das schlimme Los der Patienten Stellas spekuliert. Er selbst behauptet, das sei die Arbeit seiner boshaften Konkurrenz. Trotzdem hat er dieses Jahr keinen Rheumatiker nach Neapel geschickt.«

»Bitte, er hat aufgehört! Ist das nicht verdächtig?«

»Nicht sehr, denn noch so ein Unfall, und ein ähnlicher Artikel bringt ihm mehr Verlust, als er Gewinn an der Sache hat. Es müssen ziemlich kleine Provisionen gewesen sein.«

»Ich schlage jetzt folgendes Spiel vor«, sagte Barth. »Es wird heißen: Wie stirbt man geheimnisvoll in Neapel? Es geht darum, welche Eigenschaften man dazu besitzen muß. Sie helfen mir dabei, gut?«

»Gern. Die Liste der Eigenschaften umfaßt das Geschlecht, das Alter, den Körperbau, die Krankheit, die Besitzverhältnisse und ein paar andere Dinge, die ich aufzuzählen mich bemühen werde. Man muß also ein Mann um die Fünfzig sein, groß gewachsen, von pyknischem oder athletischem Körperbau. Junggeselle oder Witwer, auf jeden Fall in Neapel ein einsamer Mensch. Mit Rücksicht auf den Fall Schimmelrei-

ter muß man annehmen, daß Vermögen keine unerläßliche Bedingung
[148] ist. Dagegen darf man die italienische Sprache gar nicht oder fast nicht kennen.«

»Kein Opfer hat fließend Italienisch gesprochen?«

»Nein. Ich komme zu spezielleren Kennzeichen. Um zu sterben, darf man nicht zuckerkrank sein.«

»Was Sie nicht sagen!«

»Kein einziger in der Serie war zuckerkrank. Dagegen waren fünf Zuckerkranke unter den Rheumatikern, die Stella nach Neapel schickte und die heil nach Hause zurückgekehrt sind.«

»Und wie haben das eure Sachkenner erklärt?«

»Ich weiß nicht recht, was ich Ihnen sagen soll. Sie haben etwas geredet vom Stoffwechsel, von den Acetonderivaten, die ein Gegengift sein könnten, aber nicht so sehr die berühmtesten, als vielmehr die redlichsten unter den Sachkennern – doch das ist mein persönlicher Eindruck – haben dem widersprochen. Die Acetonverbindungen treten erst dann im Blut auf, wenn der Insulinmangel den Organismus stark mitgenommen hat, während heute doch jeder Zuckerkranke sich um das regelmäßige Einnehmen entsprechender Medikamente kümmert. Die nächste notwendige Eigenschaft ist eine Allergie. Empfindlichkeit gegen Gras, Heuschnupfen, Asthma. Aber es gab Leute, die alle diese Bedingungen genau erfüllten und denen nichts geschehen ist. Jener Patient Stellas, den ich den mit den Erdbeeren genannt habe, und der andere, der mit dem Heuschnupfen.«

»Vermögende, einsame, ältere Herren, die Schwefelbäder nahmen, athletische, empfindliche Männer, die nicht Italienisch konnten?«

»Ja. Ja. Sie nahmen dieselben antiallergischen Medikamente wie die anderen, auch Plimasin.«

»Was ist das?«

»Ein Antihistaminikum mit Beimischung von Ritalin. Ritalin ist ein α-Phenyl-α-Peperidyl-Essigsäure-Methylester. Die erste Substanz von
Plimasin, das Pyribenzamin, hebt die Symptome der Überempfindlichkeitsreaktion auf, aber es ruft Müdigkeit hervor und verlangsamt die Reaktionen, also müssen Kraftfahrer es mit Ritalin-Beimischung nehmen, weil dies zu den Weckaminen gehört.«

»Sie sind ja ein Chemiker!«

»Ich nehme es selbst seit Jahren. Jeder Allergiker ist ein bißchen sein eigener Arzt. In den Staaten habe ich das dortige Mittel genommen; Plimasin ist ein Schweizer Präparat. So hat auch Charles Decker, der mit dem Heuschnupfen, es benützt, und ihm ist kein Haar vom Haupt gefallen … Warten Sie mal.«

Ich saß mit offenem Mund da wie ein Idiot. Barth blickte mich schweigend an.

»Sie hatten alle Haarausfall …«, sagte ich schließlich.

»Glatze?«

»Die Anfänge. Warten Sie mal. Ja. Decker hatte auch schon eine kleine Tonsur am Hinterkopf, und dennoch – nichts.«

»Dafür fallen Ihre Haare nicht aus«, bemerkte Barth.

»Bitte? Ach ja, ich habe keinen Haarausfall. Ist das ein Mangel? Aber wenn Decker nichts passiert ist, obwohl er an Haarausfall litt … übrigens, was kann es für einen Zusammenhang geben zwischen dem Haarausfall und einem heftigen Anfall von Wahnsinn?«

»Und was für einen zwischen dem Wahnsinn und der Zuckerkrankheit?«

»Sie haben recht, Herr Doktor, das ist eine verbotene Frage.«

»Habt ihr den Haarausfall völlig außer acht gelassen?«

»Na, wissen Sie, das ist so. Wir haben die Zahl derer, die umgekommen sind, verglichen mit der Zahl derer, die heil aus Neapel heimgekehrt

sind. Natürlich ist diese Eigenschaft dabei aufgetaucht. Die Schwierigkeit bestand zunächst darin, daß man den Haarausfall nur bei Toten mit Sicherheit feststellen kann, denn vielleicht haben manche der Davongekommenen nicht zugegeben, daß sie eine Perücke tragen. In diesem Punkt ist das Selbstgefühl des Menschen unheimlich empfindlich, und es wäre schwierig gewesen, die Leute gegen ihren Willen an den Haaren zu ziehen und sich von nahem anzuschauen. Eine Diagnose hätte das Auffinden des Betriebes vorausgesetzt, in dem sich der Betreffende hatte eine Perücke machen oder Haare einpflanzen lassen, und dafür hatten wir ganz einfach keine Zeit mehr und keine Leute.«

»Habt ihr das für so wesentlich gehalten?«

»Die Meinungen waren geteilt. Manche glaubten, es sei ohne jede Bedeutung, besonders soweit es um die Feststellung geht, wer unter den davongekommenen Patienten Stellas seinen Haarausfall verbirgt und welchen Zusammenhang das haben könnte mit den tragischen Unfällen der anderen Rheumatiker.«

»Nun gut, aber wenn ihr auch den Zustand des Haars beachtet habt, warum waren Sie dann eben so überrascht?«

»Leider eine negative Korrelation. Ich war davon überrascht, daß keiner von den Toten seine Glatze versteckt hat. Keiner trug eine Perükke, keiner eine Transplantation oder in die Kopfhaut eingepflanzte Haare – es gibt so eine Operation.«

»Ich weiß. Und?«

»Sonst nichts, außer daß alle Opfer an Haarausfall litten und das nicht versteckten, während es unter den Davongekommenen sowohl Glatzköpfe als auch Leute mit normalem Haarwuchs gab. Ich habe mir gerade klargemacht, daß Decker eine kleine Glatze hatte, mehr nicht. Es schien mir, als wäre ich auf eine heiße Spur gestoßen. Dieser Eindruck überfällt mich manchmal. Bitte verstehen Sie, ich stecke schon seit langem in der Sache und sehe hin und wieder eine Fata Morgana, Gespenster ...«

»Oh, das riecht nach Heimsuchung, rätselhaftem Fluch, Gespenstern ... und vielleicht ist etwas daran?«

»Sie glauben an Gespenster?« Ich starrte ihn an.

»Vielleicht genügt es, wenn *sie* glaubten. Was meinen Sie? Nehmen wir einmal an, in Neapel wirkt ein Wahrsager, der auf reiche Ausländer Jagd macht ...«

»Gut, nehmen wir einmal an!« Ich rückte mich auf dem Sessel zurecht. »Und weiter?«

»Man kann sich ungefähr vorstellen, wie er mit Hilfe von allerlei Tricks und Séancen versucht, ihr Vertrauen zu gewinnen, wie er ihnen kostenlos Proben eines Wunderelixiers direkt aus Tibet gibt, irgendeinen narkotischen Absud, der ihre vollständige Abhängigkeit von ihm bewirken oder jedes nur mögliche Leiden heilen soll – und unter hundert derartigen Menschen nehmen – sagen wir einmal – zehn oder elf aus Leichtsinn eine zu große Dosis auf einmal ...«

»Ach so!« sagte ich. »Na ja, aber von so einem Wahrsager hätten die Italiener gewußt. Ich meine, ihre Polizei. Außerdem haben wir den Tageslauf bestimmter Opfer so genau rekonstruiert, daß wir wissen, zu welcher Zeit es das Hotel verlassen hat, wie es angezogen war, an welchem Kiosk es sich Zeitungen gekauft hat, und was für welche, in welcher Kabine es sich am Strand ausgezogen, wo und was es gegessen, was es in der Oper gesehen hat; wir hätten also in dem einen oder anderen Fall einen Wahrsager oder Guru übersehen können, nicht aber in allen. Nein, so einen gab es nicht. Und außerdem ist das auch wenig wahrscheinlich. Italienisch konnten sie nicht – und ginge denn ein Schwede mit Hochschulbildung, ein Antiquar, ein angesehener Unter-

nehmer zu einer italienischen Wahrsagerin? Außerdem – sie hatten
 keine Zeit dazu …«

»Ich bin überzeugt, aber nicht geschlagen, und schieße noch einmal!« Barth erhob sich aus seinem Lehnsessel. »Wenn sie auf einen Haken gebissen hatten, der sie ganz sanft zog, dann war es ein Haken, der keine Spuren hinterließ, einverstanden?«

»Ja.«

»Also, DAS packte sie auf private, intime, persönliche und zugleich flüchtige Weise. Sex?!«

Ich zögerte eine Weile mit der Antwort.

»Nein. Gewiß, einige hatten flüchtige erotische Kontakte, aber das ist nicht DAS. Wir haben uns ihr Leben so genau angesehen, daß so etwas Wichtiges wie Frauen, Exzesse, Bordelle uns nicht entgangen wäre. Es muß einfach etwas völlig Geringfügiges gewesen sein …«

Über meine letzten Worte wunderte ich mich selbst, denn eigentlich hatte ich bisher nicht so gedacht. Doch war das Wasser auf Barths Mühle.

»Eine tödliche Geringfügigkeit? Warum nicht! Ein geheimer, vor der Welt sorgfältig verborgener Trieb, dem man nachgibt … Und dabei kann es etwas sein, dessen Sie und ich uns nicht schämen würden. Vielleicht wäre die Enthüllung dieses Faibles nur für eine bestimmte Art von Menschen eine katastrophale Blamage.«

»Der Kreis hat sich geschlossen, ich sehe, Sie sind auf ein Feld zurückgekehrt, von dem Sie mich vorhin vertrieben haben, die Psychologie …«

Draußen vor dem Fenster hupte jemand. Der Doktor stand auf – er wirkte unerwartet jung –, schaute hinab und drohte mit dem Finger. Das Signal verstummte. Verwundert stellte ich fest, daß es dämmerte, ich sah auf die Uhr und fühlte mich nicht wohl – schon seit über drei Stunden saß ich bei ihm.

Ich stand auf, um mich zu verabschieden, aber er wollte nichts davon hören: »O nein, Monsieur. Erstens bleiben Sie bei uns zum Abendessen, zweitens haben wir nichts beschlossen, und drittens oder eigentlich allererstens möchte ich mich bei Ihnen entschuldigen. Ich habe die Rollen vertauscht. Ich habe Sie mir vorgenommen wie ein Untersuchungsrichter. Ich verhehle nicht, daß ich dabei ein bestimmtes, des Gastgebers unwürdiges Ziel verfolgte ... ich wollte etwas über Sie und von Ihnen erfahren, was ich aus den Akten nicht erfahren kann. Die Aura des Falles kann nur ein Mensch übermitteln, das ist meine Überzeugung. Außerdem habe ich versucht, Sie ein bißchen anzuspornen, sogar mit Nadelstichen, und ich muß sagen, Sie haben das gut ertragen, obwohl Sie gar nicht so ein Pokergesicht haben, wie Sie sich vielleicht einbilden ... Wenn etwas mich in Ihren Augen rechtfertigen kann, dann der gute Wille, denn ich bin bereit, mich da einspannen zu lassen ... Aber setzen wir uns doch. Noch ist der Tisch nicht gedeckt. Bei uns wird geklingelt.«

Wir setzten uns erneut. Ich fühlte mich nicht wenig erleichtert.

»Ich werde mich dessen annehmen«, fuhr er fort, »obwohl ich keine großen Chancen sehe ... Darf ich fragen, wie Sie sich eigentlich meine Beteiligung vorgestellt haben?«

»Diese Sache erlaubt wohl die Anwendung einer Analyse mit vielen Faktoren«, begann ich vorsichtig und wog die Worte. »Ich kenne Ihr Programm nicht, kenne aber eine gewisse Anzahl von Programmen des Typs GPS und meine, das Strafverfolgungsprogramm müßte ähnlich sein. Es handelt sich weniger um ein kriminelles, als um ein erkenntnismäßiges Rätsel. Natürlich wird der Computer nicht den Täter zeigen, aber man kann den Täter als Unbekannte getrost aus den Gleichungen entfernen. Die Sache lösen hieße die Theorie des Sterbens dieser Menschen schaffen, das Gesetz, das sie tötete ...«

Dr. Barth sah mich gleichsam mitleidig an. Aber vielleicht kam mir
 das nur so vor, denn er saß unter der Deckenlampe, und schon bei der kleinsten Bewegung huschten Schatten über sein Gesicht.

»Mein lieber Herr, als ich sagte, wir wollten es versuchen, hatte ich ein Gespann von Menschen im Sinn, nicht eines von Elektronen. Ich habe ein vorzügliches interdisziplinäres Team, einige der besten Köpfe Frankreichs, und bin sicher, daß sie darauf losgehen werden wie der Jagdhund auf den Fuchs. Das Programm dagegen ... ja, wir haben es aufgestellt, es hat sich bei einigen Versuchen als nicht übel erwiesen, aber solch eine Geschichte, nein, nein ...« Er schüttelte den Kopf.

»Warum?«

»Das ist ganz einfach. Ein Computer tut nichts ohne Quantifizierung, und« – hier breitete er die Hände aus – »was wollen wir quantifizieren? Angenommen, in Neapel wirkt ein neuer Dealerring und das Hotel ist eine der Verteilstellen, angenommen, man liefert den Käufern die Ware, indem man das Salz in einem bestimmten Salznäpfchen ersetzt, könnte sich da nicht gelegentlich eine Vertauschung der Salznäpfchen auf den Tischen im Speisesaal ereignen? Und wie, frage ich Sie, soll ein Computer dahinterkommen, wenn sich unter dem eingegebenen Material kein einziges Bit über diese Salznäpfchen, über die Droge und über die kulinarischen Gelüste der Opfer befindet?«

Ich sah ihn voller Anerkennung an. Wie leicht fiel es ihm, derartige Konzepte aus der Luft zu greifen! Unten klingelte es, und zwar immer lauter, schließlich durchdringend, bis es abbrach und ich die Stimme einer Frau vernahm, die ein Kind tadelte.

Barth stand auf.

»Zeit für uns. Wir essen stets pünktlich.«

Im Eßzimmer brannten auf dem Tisch rosa Kerzen in langer Reihe. Noch auf der Treppe flüsterte Barth mir zu, daß seine Großmutter dabeisein werde, eine Frau von neunzig Jahren, doch in jeder Hinsicht aktiv, vielleicht ein bißchen exzentrisch. Ich verstand das als Ermahnung, mich über nichts zu wundern, antwortete aber nicht mehr, weil ich die Hausgenossen begrüßen mußte. Außer den drei Kindern, die ich schon kannte, und Frau Barth erblickte ich hinter dem Tisch in einem geschnitzten Lehnsessel, genau wie der oben in der Bibliothek, eine alte Dame in Gewändern von wahrhaft bischöflichem Violett. Auf der Brust glitzerte ein diamantbesetztes altmodisches Lorgnon, und ihre kleinen schwarzen Augen bohrten sich in mich hinein wie glänzende Steine. Sie reichte mir ihre Hand so hoch und energisch, daß ich sie küßte, was ich sonst nie tue, und sagte mit unerwartet fester, männlicher Stimme, als gehörte diese einer anderen Person oder als wäre ein Film falsch synchronisiert:

»Also Sie sind Astronaut? Mit so jemandem habe ich noch nie bei Tisch gesessen.«

Sogar der Doktor war verwundert. Seine Frau warf ein, die Kinder hätten mich angekündigt. Die alte Dame hieß mich neben sich Platz nehmen und laut sprechen, weil sie schlecht höre. Neben ihrem Gedeck lag, einer halben Bohne ähnlich, ein Hörgerät, das sie aber nie benutzte.

»Sie werden mich unterhalten. Ich glaube nicht, daß ich so schnell wieder die Gelegenheit habe. Bitte sagen Sie mir, wie sieht die Erde *wirklich* aus – so von oben? Ich traue den Fotografien nicht.«

»Und mit Recht«, sagte ich, während ich ihr die Salatschüssel reichte, innerlich amüsiert, daß sie sich so verwegen an mich heranmachte, »keine Fotografie kann das wiedergeben, vor allem wenn die Umlaufbahn eng ist, denn dann ersetzt die Erde den Himmel. Sie wird zum Himmel. Sie verdeckt ihn nicht, sie ist er. Diesen Eindruck hat man.«

»Ist das tatsächlich so schön?« In ihrer Stimme lag Zweifel.

»Mir hat es gefallen. Den größten Eindruck hat mir die Menschenleere

der Erde gemacht. Keine Spur von Städten, Straßen, Häfen, nichts, nur Ozeane, Kontinente und Wolken. Übrigens, die Ozeane und Kontinente sahen ungefähr so aus, wie wir es in der Schule im Erdkundeunterricht gelernt haben. Dagegen die Wolken … sie erscheinen mir sehr merkwürdig, vielleicht gerade deshalb, weil sie den Wolken so unähnlich sind.«

»Und wem ähnlich?«

»Das kommt auf die Höhe der Umlaufbahn an. Aus größter Entfernung sahen sie aus wie die sehr alte runzlige Haut eines Nashorns, so bläulichgrau, mit Sprüngen. Aber wenn man sich nähert, sehen sie aus wie Schafwolle von Schafen verschiedener Farbe, die mit Kämmen auseinandergezupft ist.«

»Und waren Sie auf dem Mond?«

»Leider nicht.«

Ich bereitete mich auf weitere kosmologische Fragen vor, doch wechselte sie unerwartet das Thema.

»Sie sprechen ganz fließend Französisch, aber irgendwie seltsam. Sie benützen andere Wörter – kommen Sie aus Kanada?«

»Meine Familie stammt von dort. Ich bin schon in den Staaten geboren.«

»Sehen Sie. Ihre Mutter ist Französin?«

»Sie war es.«

Ich sah, wie beide Eheleute Barth über den Tisch hinweg die alte Dame anschauten, als wären sie bemüht, deren Neugier zu dämpfen, aber sie kümmerte sich nicht darum.

»Und Ihre Mutter hat mit Ihnen französisch gesprochen?«

»Ja.«

»Sie heißen John. Aber Ihre Mutter hat Sie zweifellos Jean gerufen.«

»Ja.«

»Dann werde ich Sie auch so nennen. Bitte schieben Sie die Spargel da weg. Ich darf keine essen. Das Alter, Monsieur Jean, beruht darauf, daß man Erfahrungen gemacht hat, die man nicht ausnutzen kann. Deshalb tun sie recht daran« – das galt dem Rest der Familie –, »wenn sie mich nicht beachten. Sie wissen das nicht, aber zwischen dem siebzigsten und dem neunzigsten Lebensjahr ist ein sehr großer Unterschied. Ein *prinzipieller*«, betonte sie und verstummte, weil sie zu essen begann. Erst nachdem die Teller gewechselt worden waren, belebte sie sich wieder.

»Wie oft waren Sie im Kosmos?«

»Zweimal. Aber ich habe mich nur unwesentlich von der Erde entfernt, wenn man sie mit einem Apfel vergleichen wollte, dann nur so weit, wie die Schale dick ist.«

»Sind Sie bescheiden?«

»Eigentlich nicht.«
Es war ein recht merkwürdiges, ich kann nicht sagen unangenehmes Gespräch, denn die alte Dame besaß eine besondere Anmut. Ich regte mich also über die Fortsetzung des Verhörs nicht auf.
»Meinen Sie, daß Frauen in den Kosmos fliegen sollten?«
»Darüber habe ich nicht nachgedacht«, entgegnete ich der Wahrheit entsprechend. »Wenn Ihnen daran gelegen wäre, warum nicht?«
»Ihr habt da in den Staaten das Zentrum dieser verrückten Bewegung – Womens Liberation. Kindisch ist das, geschmacklos, aber wenigstens angenehm.«
»Meinen Sie? Warum angenehm?«
»Es ist angenehm zu wissen, wer an allem schuld ist. Nach der Ansicht dieser Frauen – die Männer. Erst sie werden die Welt in Ordnung bringen. Sie wollen eure Plätze einnehmen. Zwar ist das Unsinn, aber sie haben ein klares Ziel, und ihr habt nichts.«
Nach dem Dessert, einem großen Rhabarberkuchen mit Zucker, entwischten die Kinder aus dem Eßzimmer und ich machte mich auf den Rückweg. Nachdem er erfahren hatte, daß ich in Orly wohne, bat mich Dr. Barth dringlich, zu ihm umzuziehen. Ich wollte ihn nicht so sehr ausnützen, doch die Versuchung war groß. Brutal gesagt, ich sollte ihm auf der Pelle sitzen.
Frau Barth schloß sich den Bitten ihres Mannes an und zeigte mir das noch leere Gästebuch – welch ein Omen, wenn sich als erster ein Astronaut eintrüge. Wir fochten mit Höflichkeiten, bis ich nachgab. Es blieb dabei, ich würde am nächsten Tag zu ihnen ziehen. Der Doktor brachte mich zu meinem Wagen, und als ich einstieg, sagte er, seine Großmutter habe sichtlich Gefallen an mir gefunden, das sei keine geringe Auszeichnung. Er stand in der offenen Haustür, als ich losfuhr und in das nächtliche Paris eintauchte.

Um den dichten Verkehr zu meiden, umkreiste ich das Zentrum und wählte die Boulevards an der Seine, wo er etwas dünner war – die Mitternacht nahte. Ich war ziemlich müde, aber froh. Das Gespräch mit Barth hatte mich mit einer unbestimmten Hoffnung erfüllt. Ich fuhr langsam, weil ich ziemlich viel Weißwein getrunken hatte. Vor mir tauchte ein kleiner 2 CV auf, er schlich mit übergroßer Vorsicht am Rinnstein entlang. Zudem war die Fahrbahn leer, jenseits der Geländer am Fluß sah ich auf dem Seineufer gegenüber die großen Lager der Warenhäuser. Ich sah sie, ohne es zu wissen, denn meine Gedanken waren weit fort, als die Lichter des Wagens hinter mir wie zwei Sonnen im Rückspiegel aufleuchteten. Ich machte mich gerade daran, den kleinen 2 CV zu überholen, und war etwas zu weit nach links geraten, wollte also, um dem nächtlichen Wettrennen Platz zu lassen, wieder hinter das Autochen einscheren, aber dazu kam es nicht. Die Lichter von hinten überschwemmten das Innere meines Wagens, und eine abgeflachte Form zischte kreischend zwischen mir und dem Kleinwagen hindurch. Ehe ich mich, von der Druckwelle getroffen, auf dem Sitz des Peugeot zurechtrücken konnte, war der andere schon verschwunden. Irgend etwas fehlte an meinem rechten Kotflügel. Vom Spiegel war nur der Stiel übrig. Er hatte ihn mir abrasiert. Ich rollte weiter und überlegte mir: Wenn ich nicht soviel Wein getrunken hätte, läge ich jetzt unter den Trümmern dieses Autos, weil ich die Lücke noch versperrt hätte, die jener benutzte. Was hätte dieser Unfall Randy zu denken gegeben! Wie gut hätte mein Tod zu dem neapolitanischen Schema gepaßt! Wie sicher wäre Randy gewesen, daß er mit der Simulationsaktion zusammenhinge. Anscheinend war mir nicht bestimmt, der zwölfte zu werden – ich erreichte das Hotel ohne weitere Abenteuer.

Barth wollte der Übernahme des Falles durch sein Team den Akzent des Unmittelbaren verleihen, vielleicht auch mit seinem neuen Haus glänzen, genug, am vierten Tag meines Aufenthaltes dort, an einem Sonntag, fand eine Begrüßungsparty statt. Es sollten über zwanzig Gäste kommen. Für offizielle Auftritte nicht gerüstet, nahm ich mir vor, am Sonnabend nach Paris zu fahren, um mir entsprechende Kleidung zu besorgen, doch Barth redete mir das Vorhaben aus. Also stand ich in abgenutzten Jeans und einem vertragenen Pullover, denn meine besseren Sachen hatte mir die italienische Polizei verdorben, mit ihm und seiner Frau am Hauseingang. Die Wände der Parterrezimmer waren auseinandergeschoben, die Hälfte des Hauses hatte sich auf diese Weise in einen geräumigen Salon verwandelt. Der Abend war recht eigenartig. Unter den bärtigen Jünglingen und den Blaustrümpfen in Perücken fühlte ich mich ein wenig wie ein verirrter Besucher und ein wenig wie der Gastgeber, weil ich ja Barths Dauergast war und zum Teil die Honneurs des Hauses machte. Ich mußte mich ihnen vorstellen, ich, geschoren und rasiert wie ein alter Scout. Weder herrschte zeremonielle Steifheit noch ihr übleres Gegenteil, die welterschütternde Großtuerei der Intellektuellen. Übrigens waren die Maoisten seit den letzten Vorgängen in China irgendwie verschwunden. Ich bemühte mich, mit allen ins Gespräch zu kommen, sie waren schließlich erschienen, um einen verschnupften Astronauten und gleichzeitig bis auf weiteres reisenden Detektiv kennenzulernen. Die sorglose Unterhaltung wandte sich zunächst den Leiden der Welt zu. Eigentlich war es keine Sorglosigkeit, vielmehr ein Wegschieben der Verantwortung, denn die jahrhundertelange Sendung Europas war vergangen, und diese Diplomierten von Nanterres und von der École Supérieure begriffen das besser als ihre Landsleute. Europa hatte die Krise nur wirtschaftlich überstanden. Die Prosperity war zurückgekehrt, aber ohne ein gutes Selbstgefühl.

Es handelte sich hier nicht um die Angst des am Krebs Operierten vor den Metastasen, sondern um das Wissen, daß der Geist der Geschichte fortgegangen sei, und wenn er wiederkäme, dann gewiß nicht hierher. Frankreich vermochte nichts, darum konnten sie sich ungezwungen mit den Leiden der Welt beschäftigen, sie waren ja von der Bühne in den Zuschauerraum gestiegen. MacLuhans Prophezeihungen erfüllen sich, aber umgekehrt, wie das mit Prophezeihungen zu sein pflegt. Es entsteht sein globales Dorf, aber halbiert. Die ärmere Hälfte leidet, die reichere aber importiert diese Leiden durch das Fernsehen und bemitleidet die andere von ferne. Man weiß schon, daß es so nicht weitergehen kann, aber es ist immer noch so. Niemand fragte mich nach der neuen Doktrin des State Department, der Doktrin des Abwartens innerhalb eines ökonomischen Cordon sanitaire, also schwieg ich.

Nach den Leiden der Welt kamen die Verrücktheiten an die Reihe. Ich erfuhr, daß ein bekannter französischer Regisseur beschlossen habe, einen Film über das Massaker auf der Treppe zu drehen. Die Rolle des geheimnisvollen Helden sollte Belmondo übernommen haben und die des von ihm geretteten Mädchens – nicht eines Kindes, denn mit einem Kind kann man nicht schlafen – eine berühmte englische Schauspielerin. Dieser Star hatte gerade geheiratet und zu der heute modernen öffentlichen Hochzeitsnacht viele Prominente eingeladen, um dann rund um das Ehebett eine Sammlung zugunsten der römischen Opfer zu veranstalten. Seit ich von den belgischen Nonnen gehört habe, die beschlossen, durch das Praktizieren einer wohltätigen Prostitution das Pharisäertum der Kirchen zu sühnen, spüre ich nicht einmal Widerwillen, wenn ich von solchen Dingen höre. Auch über Politik wurde gesprochen. Die Neuigkeit des Tages war die Entlarvung der argentinischen Bewegung der Vaterlandsverteidiger als Söldner der Regierung. Man gab der Befürchtung Ausdruck, so etwas lasse sich auf lange

Sicht auch für Frankreich nicht ausschließen. Der Faschismus hat sich überlebt, die primitiven Diktaturen ebenfalls, aber gegen den extremistischen Terror gibt es kein wirksames Mittel außer der präventiven Liquidierung der Aktivisten. Den direkten prophylaktischen Mord wird sich die Demokratie nicht erlauben, sie kann jedoch ein Auge schließen bei regierungsfreundlichem Meuchelmord mit beschränkter Haftung unter diskreter indirekter Aufsicht. Das ist nicht mehr der alte Fememord und keine Repression unter dem Firmenzeichen des Staats, sondern konstruktiver Terror per procura. Ich habe von einem Philosophen gehört, der die totale Legalisierung der Gewalt vorschlägt. Noch de Sade bezeichnete diesen Zustand als den Gipfel der wirklichen Freiheit. Man garantiert verfassungsmäßig alle antistaatlichen Aktivitäten ebenso wie die konservativen, und da es mehr Kräfte gibt, die an der Erhaltung des Status quo interessiert sind, als staatszerstörende, wird die Ordnung aus dem Zusammenstoß beider Extreme heil hervorgehen, selbst wenn es zu so etwas wie einem Bürgerkrieg käme.

Gegen elf Uhr führte Barth die Neugierigen im ganzen Haus herum, unten wurde es leer, ich schloß mich drei Gästen an der offenen Tür zur Terrasse an. Zwei waren Mathematiker, aus feindseligen Lagern, denn Saussure, ein Verwandter Lagranges, beschäftigte sich mit der Analysis, also mit der reinen Mathematik, der zweite aber als Programmierer und gelernter Statistiker mit der angewandten. Amüsant war der Kontrast ihres Aussehens. Saussure, hager, schwarzhaarig, mit knochigem, von einem Backenbart umrahmtem Gesicht und goldenem Zwicker am Bändchen, als wäre er aus einer Daguerreotypie gestiegen, trug um den Hals wie einen Orden einen japanischen Taschenrechner. Gewiß sollte das ein Scherz sein. Der Statistiker, goldhaarig, lockig, massiv, sah aus wie der schwerfällige Boche von den französischen Ansichtskarten des Ersten Weltkrieges und stammte tatsächlich von einer deutschen Familie ab. Er hieß Mayer und nicht Mailleux, wie ich zuerst gedacht hatte, denn so sprach er seinen Namen aus. Die Mathematiker drängten sich nicht zu einer Unterhaltung, mich sprach der Dritte aus der Gruppe an, der Pharmakologe Dr. Lapidus. Er sah aus, als käme er von einer unbewohnten Insel, denn er ließ sich den Bart wachsen. Er fragte, ob die Untersuchung zu abortiven Fällen geführt hätte, das heißt zu solchen, bei denen die Wahnsinnssymptome aufgetreten seien, um dann von selbst wieder zu verschwinden. Ich sagte, die Mikrofilme enthielten die kompletten Akten, und wenn man den Fall Swift nicht als abortiven Fall behandeln wolle, dann habe es derartiges eigentlich nicht gegeben.

»Das ist erstaunlich!« sagte er.

»Wieso gleich erstaunlich?«

»Die Phänomene traten mit ungleicher Intensität auf, und wenn jemand hospitalisiert wurde wie der, der aus dem Fenster sprang, vergingen sie. Unter der Voraussetzung einer chemisch hervorgerufenen Psychose bedeutete das eine unverständliche Steigerung der eingenommenen Dosis. Hat niemand darauf aufmerksam gemacht?«

»Ich verstehe nicht recht, was Sie meinen.«

»Es gibt keine psychotrope Verbindung, die mit solcher Verspätung wirkt, daß sie, sagen wir einmal, am Montag eingenommen, die ersten Symptome am Dienstag, die Halluzinationen am Mittwoch und das Maximum der Erscheinungen am Sonnabend erzeugt. Gewiß, man kann im Körper ein Depot schaffen, indem man etwa subcutan eine derart präparierte Verbindung spritzt, daß sie erst in Wochen assimiliert wird, aber das ist ein Eingriff, der Spuren an der Leiche zurückläßt. Die Obduktion müßte sie entdecken, doch in den Akten habe ich nichts darüber gefunden.«

»Sie haben nichts gefunden, weil so etwas nicht festgestellt wurde.«

»Und gerade das überrascht mich.«

»Aber sie konnten das Präparat doch mehrfach einnehmen, so daß es kumulierte ...«

Er schüttelte mißbilligend den Kopf.

»Wie denn? Vom Beginn der neuen Lebensweise bis zum Auftreten der Symptome vergingen immer einige Tage, sechs bis acht, sogar zehn. Es gibt kein Mittel mit so verspäteter Wirkung oder solcher Kumulierung. Wenn man annimmt, sie hätten diese Verbindung vom ersten oder zweiten Tag nach ihrem Eintreffen an eingenommen, hätten die Symptome nach 48 Stunden auftreten müssen. Wären diese Leute nieren- oder leberkrank gewesen, könnte man noch diskutieren, aber solche gab es da nicht.«

»Was also meinen Sie?«

»Nach diesem Bild wurde ihnen *systematisch*, *stufenweise* und *unablässig* Gift verabreicht.«

»Sie nehmen absichtliche Vergiftung an?«

Er lächelte mit seinen Goldzähnen.

»Nein. Ich weiß nicht, vielleicht waren es die Zwerge, vielleicht kamen Fliegen direkt aus einem pharmazeutischen Labor geflogen und setzten sich auf ihre Brötchen, nachdem sie zuvor über die aromatischen neueren Lyzergin-Derivate spaziert waren. Doch ich weiß, daß die Konzentration dieser Verbindung im Blut der Opfer *langsam* zunahm.«

»Aber wenn das eine unbekannte Verbindung ist?«

»Für uns?«

Er sagte es so, daß ich lächelte.

»Ja. Für Sie. Für die Chemie. Ist das möglich?«

Er verzog das Gesicht und ließ seine Goldzähne blitzen.

»Unbekannte Verbindungen gibt es mehr als Sterne am Himmel. Aber es kann keine geben, die zugleich widerstandsfähig und nicht wider-

standsfähig gegen den Stoffwechsel des Gewebes sind. Es gibt unendlich viele Kreise, aber keine quadratischen.«

»Verstehe ich nicht.«

»Es ist ganz einfach. Chemische Mittel, die heftige Symptome erzeugen, schaffen im Körper dauerhafte Verbindungen, wie etwa das Kohlenmonoxyd oder die Zyanide mit dem Hämoglobin. Solche Verbindungen kann man bei der Autopsie immer feststellen. Besonders wenn man Mikromethoden wie zum Beispiel die Chromatographie anwendet. Sie ist angewendet worden, aber sie hat nichts ergeben. Wenn dem so ist, dann zerfällt dieses chemische Mittel leicht. Wenn es leicht zerfällt, muß man es *häufig* in kleinen Dosen verabreichen – oder einmalig in einer massiven Dosis. Wenn man es aber in einer einzigen Dosis verabreicht hätte, wären die Symptome nach Stunden aufgetreten und nicht nach Tagen. Verstehen Sie?«

»Ja, ich verstehe. Und es gibt Ihrer Meinung nach keine Alternative?«

»Doch, es gibt eine. Wenn es sich um ein chemisches Mittel handelte, das im Augenblick der Aufnahme völlig unschädlich ist, das seine psychotropen Eigenschaften erst annimmt, wenn es im Blut oder im Gewebe zerlegt wird. Zum Beispiel in der Leber. In dem Bemühen, das unschädliche Mittel aus dem Körper auszuscheiden, würde die Leber es in ein Gift verwandeln. Das wäre eine interessante biochemische Falle, aber auch reine Phantasie, denn so etwas gibt es nicht, und ich glaube nicht, daß es so etwas geben könnte.«

»Woher diese Sicherheit?«

»Daher, daß die Pharmakologie ein solches Gift, ein solches ›Trojanisches Pferd‹ nicht kennt, in keinerlei Gestalt, und wenn etwas nie vorgekommen ist, so ist es wenig wahrscheinlich, daß es vorkommen wird.«

»Also?«

»Ich weiß nicht.«

»Nur das wollten Sie mir sagen?«

Ich war unhöflich, aber dieser Lapidus reizte mich. Im übrigen fühlte er sich nicht getroffen.

»Nein, noch etwas. Diese Wirkung kann eine Resultante gewesen sein.«

»Aus der Einnahme verschiedener Substanzen? Verschiedener Gifte?«

»Ja.«

»Aber das würde ohne jeden Zweifel auf absichtliche Anschläge hinweisen.«

Statt des Pharmakologen antwortete unerwartet Saussure.

»Ein Mädchen aus der Lombardei diente bei einem Pariser Arzt, der in der Rue St. Pierre Nr. 48 im zweiten Stock wohnte. Ihre Schwester wollte sie besuchen, vergaß den Straßennamen und machte aus St. Pierre einen St. Michel. Sie ging auf den Boulevard St. Michel, fand das Haus Nr. 48, stieg in den zweiten Stock hinauf, sah ein Arztschild, klingelte und fragte nach Maria Duval, ihrer Schwester. Und es ergab sich, daß auf einer anderen Straße, bei einem anderen Arzt ein Mädchen diente, das auch Duval hieß und sogar denselben Vornamen Maria hatte, genau wie die Schwester der Besucherin, und doch war sie eine völlig andere Person. Und nun – auf die Frage, wie groß a priori die Wahrscheinlichkeit dieses Ereignisses gewesen sei, kann man überhaupt keine sinnvolle, das heißt mathematisch zuverlässige Antwort geben. Es scheint eine Belanglosigkeit zu sein, aber ich sage Ihnen – das ist ein Abgrund! Der einzige Modellbereich für die Wahrscheinlichkeitstheorie ist die Welt nach Gibbs, die Welt der wiederholbaren Abläufe. Unikale, der Statistik nicht unterliegende, weil einmalige Ereignisse kommen vor, von ihrer Wahrscheinlichkeit aber kann man nicht sprechen.«

»Es gibt keine unikalen Ereignisse«, warf Mayer ein, der bisher mit der Zunge seine Backe von innen ausgebeult und dabei Grimassen geschnitten hatte.

»Doch«, entgegnete Saussure.

»Aber nicht als Serien.«

»Du bist eine unikale Serie von Ereignissen. Jeder ist es.«

»Distributiv oder kollektiv?«

Ein Zweikampf in Abstraktionen schien bevorzustehen, doch Lapidus legte jedem eine Hand auf das Knie und sagte:

»Meine Herren!«

Beide lächelten, Mayer beulte wieder mit der Zunge seine Backe aus, Saussure aber nahm das Thema erneut auf:

»Man kann eine Häufigkeitsverteilung des Namens Duval oder der Pariser Ärztewohnungen vornehmen, o ja, aber wie verhält sich die Verwechslung des heiligen Petrus mit dem heiligen Michael zur Häufigkeit des Auftretens dieser Namen als Straßennamen in Frankreich? Und welchen Zahlenwert soll man dem Fall geben, daß dieses Mädchen zwar ein Haus findet, in dem jemand namens Duval wohnt, aber im dritten und nicht im zweiten Stock? Mit einem Wort, wo schließt man die Menge der Beziehungen ab?«

»Sicher nicht im Unendlichen«, gab Mayer seinen Senf dazu.

»Ich kann beweisen, daß sie nicht nur klassisch, sondern transfinal unendlich ist.«

»Entschuldigen Sie«, mischte ich mich ein, mein Ziel vor Augen, »Herr Dr. Saussure, Sie haben das doch sicher mit Absicht gesagt, aber in welchem Sinn?«

Mayer warf mir einen mitleidsvollen Blick zu und ging hinaus auf die Terrasse. Saussure sah aus, als wunderte ihn meine Ahnungslosigkeit.

»Waren Sie schon mal im Garten hinter der Laube, wo die Erdbeeren sind?«

»Ja.«

»Dort steht ein runder Tisch aus Holz, der an der Kante mit Kupfernägeln beschlagen ist. Haben Sie ihn bemerkt?«

»Ja.«

»Halten Sie es für möglich, mit einer Pipette von oben soviel Wassertropfen auf diesen Tisch fallen zu lassen, wie er Nägel hat, und zwar so, daß jeder Tropfen einen Nagelkopf trifft?«

»Nun, wenn man gut zielt, warum nicht?«

»Und wenn man es blindlings tropfen ließe, dann nicht?«

»Selbstverständlich nicht.«

»Aber es genügen doch fünf Minuten Regen, und jeder Nagel bekommt *bestimmt* seinen Tropfen ab.«

»Wieso ...« Nun erst begann ich zu begreifen, worauf er hinauswollte.

»Ja, ja, ja. Meine Ansicht ist radikal. Es gibt überhaupt kein Rätsel. Über das, was möglich ist, entscheidet die Mächtigkeit der Menge der Geschehnisse. Je mächtiger die Menge, desto weniger wahrscheinliche Geschehnisse können sich in ihr ereignen.«

»Es gibt keine Serie von Opfern ...?«

»Die Opfer gibt es. Der Mechanismus des Schicksals hat sie hervorgerufen. Aus dem Abgrund der Unzählbarkeit, an den ich erinnert habe, als ich Ihnen die Anekdote erzählte, haben wir eine bestimmte besondere Teilmenge herausgeschält, die sich durch Ähnlichkeit in vielen Faktoren auszeichnet. Ihr haltet sie für eine ganze Serie, daher rührt ihre Rätselhaftigkeit.«

»Sie meinen also wie Herr Lapidus, man muß nach abortiven Fällen suchen?«

»Nein. Das meine ich nicht, denn ihr werdet keine finden. Die Menge der französischen Soldaten enthält auch die Teilmenge der Gefallenen und Verwundeten. Diese kann man leicht absondern, aber die Untermenge der Soldaten, die von den Kugeln um Haaresbreite verfehlt wurden, können Sie nicht absondern, weil sie sich nicht von denen unterscheiden, die von den Kugeln um einen Kilometer verfehlt wurden. Deshalb werdet ihr in eurem Fall nur durch Zufall etwas erfahren. Einen Gegner, der sich der Strategie des Schicksals bedient, kann man nur mit derselben Strategie schlagen.«

»Was erzählt Ihnen denn Dr. Saussure wieder?« erklang es von hinten. Es war Dr. Barth mit einem hageren graumelierten Herrn. Er stellte ihn mir vor, aber ich verstand den Namen nicht. Barth behandelte Saussure nicht wie ein Mitglied seiner Gruppe, sondern wie eine Rarität. Ich erfuhr, der Mathematiker habe vor Jahresfrist bei Futuribles gearbeitet und sei von dort zum französischen Team der CETI gegangen, das sich mit kosmischen Zivilisationen beschäftigt, habe aber nirgendwo warm werden können. Ich fragte ihn, was er von diesen Zivilisationen halte. Ob er meine, daß es sie gebe.

»Das ist nicht so einfach«, sagte er und stand auf. »Es gibt andere Zivilisationen, obwohl es sie nicht gibt.«

»Wie soll man das verstehen?«

»Es gibt sie nicht als Entsprechungen unserer Vorstellungen von ihnen, also wäre der Mensch nicht imstande, das als Zivilisation zu bezeichnen, was diese Zivilisationen ausmacht.«

»Mag sein«, räumte ich ein, »aber in ihrer Menge müßte auch unser Platz zu bestimmen sein, nicht wahr? Entweder sind wir grauer Durchschnitt im Kosmos oder Abweichung, vielleicht sogar radikale.«

Unsere Zuhörer brachen in Lachen aus. Erstaunt vernahm ich, gerade diese Art zu argumentieren habe Saussure bewogen, die CETI zu verlassen. Er als einziger hatte nicht einmal gelächelt. Er schwieg und spielte mit seinem Taschenrechner wie mit einer Berlocke. Ich zog ihn

aus dem Kreis fort zum Tisch, gab ihm ein Glas Wein, nahm selbst ein anderes, trank auf sein Bild dieser Zivilisation und bat ihn, mich in seine Konzeption einzuweihen.

Das ist die beste Taktik, ich habe sie von Fitzpatrick gelernt, eine Verhaltensweise, bei der man nicht unterscheiden kann zwischen Ernst und seiner Karikatur. Saussure begann mir zu erklären, der ganze Fortschritt des Wissens sei nichts anderes als ein schrittweise vorgenommener Verzicht auf die *Einfachheit* der Welt. »Der Mensch möchte, daß alles einfach ist, auch wenn es zugleich geheimnisvoll sein sollte. Ein Gottestyp, und zwar in der Einzahl; ein Typ von Naturgesetzen; ein Typ des Entstehens der Vernunft im Kosmos und so weiter. Nehmen wir die Astronomie. Sie behauptete, alles, was existiere, seien Sterne in Gegenwart, Vergangenheit und Zukunft plus ihr Gerümpel, die Planeten. Sie mußte jedoch zugeben, daß viele Phänomene im Kosmos in dieses Schema nicht paßten. Die menschliche Sucht nach Einfachheit hat die Karriere von Ockhams Rasiermesser ermöglicht, das die Vermehrung von Existenzen, also von Klassifikationszellen, über das Notwendige hinaus unterbunden hat. Doch die Vielfalt, die wir nicht zur Kenntnis nehmen wollten, überwindet unsere Vorurteile. Heute stellen die Physiker Ockhams Redensart auf den Kopf, denn sie behaupten, möglich sei alles, was nicht verboten ist. Alles in der Physik. Und die Mannigfaltigkeit der Zivilisationen ist größer als die physikalische.«

Gern hätte ich ihm noch länger zugehört, doch wurde ich von Lapidus zu den Ärzten und Biologen entführt. Deren Ansicht war einhellig: Die Angaben reichen nicht aus. Man muß die Hypothese untersuchen, wonach die Serie von Todesfällen die Folge angeborener Eigenschaften eines Organismus ist, der auf irgendeinen Bestandteil der Mikrobiosphäre von Neapel empfindlich reagiert. Man muß zwei Gruppen von Menschen nehmen, jeweils ungefähr vierzig Personen, durch das Los ausgewählte Fünfzigjährige mit pyknischem Körperbau, muß sie in Schwefel baden, an der Sonne bräunen, massieren, schwitzen lassen, ihnen mit Quarzlampen einheizen, sie mit Horrorfilmen ein bißchen erschrecken und mit Pornowaren ein bißchen aufreizen und dann abwarten, bis einer verrückt wird. Dann muß man sich an die Analyse ihrer Erbmasse machen, ihren Stammbaum untersuchen, jähe und ungeklärte Todesfälle in den aufsteigenden Linien erforschen – hier wird der Computer bestimmt vorzügliche Dienste leisten. Die einen sprachen zu mir, die anderen untereinander von der Zusammensetzung des Badewassers und der Luft, von Adrenochromen, von chemogener Schizophrenie auf metabolischer Grundlage, bis Dr. Barth mich befreite, um mich unter die Juristen zu führen. Manche von ihnen stimmten für die Mafia, andere für eine unbekannte neuere Organisation, die es nicht eilig habe, die Verantwortung für die geheimnisvollen Todesfälle zu übernehmen. Die Motive? Und aus welchen Motiven hat jener Japaner in Rom Serben, Holländer und Deutsche umgebracht? Ein neuseeländischer Tourist, der gegen die Entführung eines australischen Diplomaten in Bolivien protestieren wollte, hat in Helsinki versucht, eine Chartermaschine mit Rompilgern zu entführen. Der Grundsatz des römischen Rechts ›id fecit cui prodest‹ gilt nicht mehr. Nein, wohl doch die Mafia, denn jeder Italiener kann Mafioso sein, der Verkäufer, der Portier, der Bademeister, der Chauffeur, die heftige Psychose spricht für Halluzinogene, es ist nicht leicht, sie im Restaurant zu verabreichen, aber wo sonst trinkt der Mensch lieber in großen Schlukken ein Erfrischungsgetränk als nach heißem Bad in einer Badeanstalt, wenn er tüchtig geschwitzt hat? Die Ärzte, die ich verlassen hatte, traten zu den Juristen, es entbrannte ein Streit um die Glatzen, aus dem sich jedoch nichts ergab. Eigentlich war das ganz amüsant. Gegen ein

Uhr verschmolzen die verschiedenen Grüppchen zu einer einzigen lärmenden Versammlung, und beim Sekt ergab sich das Problem des Sex. Die Liste der Medikamente, die bei den Opfern gefunden wurden, muß unvollständig sein. Wieso? Weil die modernen Liebesmittel, die Aphrodisiaka fehlen! Die älteren Herren haben bestimmt welche genommen. Es gibt eine Masse: Topcraft, Bios 6, Dulong, Antipraecox, Orkasfluid, Sex Tonicum, Sanurex Erecta, Elixire d'Egypte, Erectovite, Topform, Action Cream, diese Sachkenntnis betäubte und verwirrte mich, weil sie eine Lücke in der Untersuchung aufdeckte – niemand hatte die psychischen Wirkungen solcher Präparate untersucht. Sie rieten mir, mich damit zu beschäftigen. Man hätte keines von diesen Mitteln gefunden, bei niemandem? Ebendas sei besonders verdächtig. Ein junger Mensch hätte das nicht verborgen gehalten, doch ältere Herren sind bekanntlich verlogen, prüde, sie halten auf den Schein. Sie haben das eingenommen und die Verpackungen vernichtet …

Es war sehr laut, alle Fenster standen offen, die Sektpfropfen knallten, Barth erschien mal in dieser, mal in jener Tür, spanische Mädchen gingen mit Tabletts umher, eine perlmutt-goldene Blondine, anscheinend Lapidus' Frau, im Halbschatten gut aussehend, sagte, ich erinnerte sie an einen früheren Freund, die Party war ohne Zweifel gelungen, aber mich erfaßte eine vom Sekt besänftigte Melancholie, weil ich mich enttäuscht fühlte. Keiner dieser sympathischen Heißsporne besaß jenen Funken, jene Kombinationsgabe, der in der Kunst die Inspiration entspricht. Die Begabung, aus der Masse der Fakten das Wesentliche herauszufinden. Statt an die Lösung der Aufgaben zu denken, vermehrten sie sie durch Aufstellung neuer. Randy hatte diese Begabung, doch fehlte es ihm an dem Wissen, von dem Barths Haus voll war, leider ohne fokussieren zu können.

Ich blieb bis ganz zum Schluß im Salon, mit den Gastgebern brachte ich die letzten Gäste hinaus, Auto um Auto fuhr ab, ringsum wurde es leer. Alle Fenster des Hauses waren hell erleuchtet, ich jedoch ging mit dem Gefühl nach oben, verloren zu haben, unzufrieden mehr mit mir selbst als mit den anderen. Paris glühte draußen vor dem Fenster jenseits des dunklen Streifens der Gärten und Vorstadtgebäude, aber es überstrahlte den Mars nicht, der in der Aszendenz leuchtete, als hätte jemand einen gelben Punkt über alles gesetzt.

Manchmal haben wir einen Bekannten, mit dem uns keine gemeinsamen Interessen oder besonderen Erlebnisse verbinden, mit dem wir nicht korrespondieren, den wir nur selten und zufällig sehen – und trotzdem hat die Existenz dieses Menschen eine wichtige, wenn auch unklare Bedeutung. In Paris ist für mich der Eiffelturm ein Bekannter dieser Art. Als Symbol interessiert er mich nicht, denn Paris läßt mich kalt. Daß mir an dem Turm gelegen ist, wurde mir bewußt, als ich eine Zeitungsnotiz über den Plan, ihn abzubrechen, las und erschrak.

Sooft ich in Paris bin, betrachte ich ihn mir aus der Nähe. Nur betrachten, sonst nichts. Zum Abschluß meines Besuchs trete ich unter seine Basis, zwischen die vier Brückenbeine, von wo aus man die Bögen sieht, die sie verbinden, das Gitterwerk vor dem Himmel und die altmodisch großen Räder, die die Fahrstühle bewegen. So war es auch am Tag nach der Begrüßungsparty. Der Turm hatte sich nicht verändert, obwohl er von Hochhauskästen umgeben ist.

Der Tag war schön. Ich setzte mich auf eine Bank und überlegte, wie ich mich aus allem zurückziehen könne, denn morgens war ich mit diesem Entschluß aufgewacht. Die Sache, der ich soviel Anstrengungen gewidmet hatte, war mir fremd geworden, sie erschien mir überflüssig und gewissermaßen verlogen. Das heißt, verlogen war mein Eifer für sie. Als wäre ich plötzlich erwacht oder klug geworden, sah ich meine eigene Unreife, denselben Infantilismus, der hinter allen meinen Entschlüssen im Leben stand. Als Achtzehnjähriger beschloß ich aus Draufgängerei, Ranger zu werden, und es gelang mir, den Brückenkopf in der Normandie zu sehen, aber von einer Trage aus, denn unser Lastensegler, den die Flak in der Luft zerstört hatte, warf uns dreißig Mann auf die deutschen Bunker jenseits unseres Ziels, und nach einer Nacht mit gebrochenem Steißbein kam ich in ein englisches Lazarett. Mit dem Mars verhielt es sich eigentlich genauso. Wäre ich von ihm zurückgekehrt, hätte ich ja auch nicht mein Leben lang über ihn nachsinnen können, eher hätte auch mir gedroht, was einem Mondfahrer passiert ist, dem die angebotenen Aufsichtsratssitze der großen Firmen nicht genügten, so daß er sich mit Selbstmordgedanken trug. Einer meiner Kameraden wurde Leiter eines Biervertriebs in Florida; wenn ich eine Flasche Bier in die Hand nehme, sehe ich ihn in engelhaft weißem Raumanzug den Lift betreten; ich habe mich also in diese Affäre gestürzt, um nicht auf seinen Spuren zu wandeln.

Während ich den Eiffelturm betrachtete, verstand ich das alles gut. Ein fataler Beruf, reizvoll durch das Versprechen des ›großen Schritts der Menschheit‹, der, wie Armstrong gesagt hat, ›der kleine Schritt eines Menschen‹ ist, in Wirklichkeit aber ein Höhepunkt, das Apogäum nicht nur einer Umlaufbahn, ein Platz zum Verlieren, das symbolische Bild des menschlichen Lebens mit seiner Gier nach allen auf das Unerreichbare gerichteten Hoffnungen und Kräften. Nur daß den besten Jahren eines Normalmenschen hier Stunden entsprechen. Aldrin wußte, die Spuren seiner breiten Schuhe auf dem Mond würden nicht nur das Apolloprogramm überdauern, sondern auch die Menschheit, denn erst in anderthalb Milliarden Jahren würde sie das Feuer der Sonne, die sich über die Erdbahn hinaus ausdehnt, tilgen. Aber wie kann sich ein Mensch, der so nah der Ewigkeit war, mit dem Bierverkauf begnügen? Wissen, daß man bereits alles hinter sich hat, diese Tatsache so heftig, so unabänderlich erfahren, das ist mehr als eine Niederlage, denn das ist Hohn über die Gipfelposition, die vorausgegangen ist. Als ich so dasaß und das eiserne Denkmal betrachtete, das ein solider Ingenieur dem neunzehnten Jahrhundert errichtet hatte, wunderte ich mich immer mehr über meine eigene Verblendung, daß ich mich ihr so viele Jahre lang hingegeben hatte, und nur noch die Scham hinderte mich an einer eiligen Rückkehr nach Garges, um heimlich meine Sachen zu packen. Die Scham und die Loyalität.

Am Nachmittag kam Barth in meine Mansarde. Er wirkte ein bißchen verlegen. Er brachte eine Neuigkeit. Inspektor Pingaud, der Verbindungsmann zwischen der Sûreté und Barths Team, lud uns beide zu sich ein. Es ging um einen Fall, bei dem einer seiner Kollegen, der Kommissar Leclerc, die Untersuchung geführt hatte. Pingaud meinte, wir sollten den Fall kennenlernen. Selbstverständlich stimmte ich zu, und wir fuhren zusammen nach Paris. Pingaud erwartete uns. Ich erkannte ihn als den graumelierten Schweiger an Barths Seite vom Abend zuvor. Er war sehr viel älter, als ich geglaubt hatte. Er empfing uns in einem kleinen Eckzimmer und erhob sich hinter dem Schreibtisch, auf dem ein Tonbandgerät stand. Ohne Einleitung sagte er, der Kommissar sei vorgestern bei ihm gewesen, er sei pensioniert, besuche aber hin und wieder seine alten Bekannten. Im Gespräch seien sie auf den Fall gekommen, den Leclerc nicht persönlich darstellen könne, auf Bitten des Inspektors habe er ihn jedoch – auf Band gesprochen. Nachdem er uns gebeten hatte, Platz zu nehmen, weil das eine längere Geschichte sei, verließ uns Pingaud, anscheinend aus Höflichkeit, um uns nicht zu stören, aber mir kam das ziemlich seltsam vor.

Zuviel Entgegenkommen für eine Polizei, nun schon gar die französi-

sche. Zuviel, aber auch zuwenig. Ich witterte keine groben Lügen in Pingauds Bericht; es konnte sich nicht um fingierte Untersuchungen, um eine fiktive Geschichte handeln, und der Kommissar war bestimmt bereits pensioniert. Aber was wäre trotzdem leichter gewesen, als uns mit ihm irgendwo zusammenzubringen? Ich konnte noch begreifen, daß sie uns keine Akten zeigen wollten, das sind Heiligtümer für sie, aber die Tonbandaufnahme ließ vermuten, daß sie jede Diskussion unmöglich machen wollten. Die Information sollte ohne Kommentar stattfinden. Ein Tonband kann man nichts fragen. Was verbarg sich dahinter? Barth war entweder genauso aus der Bahn geworfen wie ich, oder er wollte, mußte vielleicht seine Zweifel für sich behalten. Das schoß mir alles durch den Kopf, als aus dem eingeschalteten Tonbandgerät eine tiefe, selbstsichere, ein wenig kurzatmige Stimme ertönte.

»Sehr geehrter Herr. Damit es keine Mißverständnisse gibt – ich erzähle Ihnen, was ich erzählen kann. Inspektor Pingaud bürgt für Sie, aber es gibt Vorgänge, die ich verschweige. Ich kenne das Dossier, mit dem Sie hergekommen sind, ich habe es früher kennengelernt als Sie, und ich sage, was ich denke: Das ist kein Material für eine Strafverfolgung. Verstehen Sie, was ich meine? Was nicht den Paragraphen des Strafgesetzbuches unterliegt, interessiert mich beruflich nicht. Es gibt auf der Welt Millionen unbekannter Dinge, fliegende Untertassen, Exorzismen, Kerle, die im Fernsehen aus der Entfernung Gabeln verbiegen. Aber das geht mich als Polizisten nichts an. Als Leser von ›France Soir‹ kann ich mich damit fünf Minuten lang beschäftigen und ›na bitte!‹ sagen. Wenn ich also behaupte, in dieser italienischen Affäre gebe es nichts für die Strafverfolgung, so kann ich mich irren, aber hinter mir stehen fünfunddreißig Jahre Polizeiarbeit. Im übrigen können Sie meine Ansicht verwerfen. Das ist Ihre Sache. Inspektor Pingaud hat mich gebeten, Ihnen einen Fall darzustellen, den ich vor zwei Jahren zu bearbeiten hatte. Wenn ich damit fertig bin, werden Sie verstehen, warum er nicht in die Presse kam. Von vornherein sage ich Ihnen ganz unhöflich: Sollten Sie versuchen, ihn als Material für eine Veröffentlichung zu benutzen, wird alles dementiert werden. Warum, werden Sie auch verstehen. Es geht um die Staatsräson, und ich bin französischer Polizist. Bitte fühlen Sie sich nicht getroffen, das ist nur eine Frage der beruflichen Loyalität. Ich habe die übliche Formel ausgesprochen.

Die Sache ist zu den Akten gelegt worden. Bearbeitet hat sie die Polizei, die Sûreté und zuletzt die Abwehr. Die Mappen ruhen im Archiv, es werden mehrere Kilo sein. Ich beginne also. Die Hauptperson ist Dieudonné Proque. Proque ist kein französisch klingender Name. Er hieß ursprünglich Procke, ein deutscher Jude, der als Junge unter Hitler im Jahr 1937 mit seinen Eltern nach Frankreich eingewandert war. Die Eltern stammten aus der bürgerlichen Mittelschicht, waren bis zur Nazizeit deutsche Patrioten, hatten entfernte Verwandte in Straßburg, die schon im 18. Jahrhundert in Frankreich seßhaft geworden waren. Ich greife weit zurück, wir haben das alles gründlich erforscht, wie üblich in schwierigen Fällen. Je nebuloser die Sache, desto tiefer muß die Treiberkette gestaffelt werden. Als sein Vater starb, hinterließ er ihm nichts. Er lernte Optiker. Während der Okkupation hielt er sich in Marseille auf, in der nicht besetzten Zone, bei anderen Verwandten, sonst wohnte er stets in Paris, in meinem Arrondissement. Er hatte einen kleinen Optikerladen in der Rue Amélie. Es ging ihm recht kümmerlich. Er hatte keine Mittel und konnte mit größeren Firmen nicht ernstlich konkurrieren. Er verkaufte nicht viel, reparierte mehr, tauschte Brillengläser aus, setzte manchmal Spielzeug instand, nicht nur optisches. Ein Optiker für sparsame und arme Leute. Seine Mutter überlebte ihn, er wohnte mit ihr zusammen, sie erreichte das neunzigste Lebensjahr. Er, ein Junggeselle, war, als passierte, was ich erzählen will, 61 Jahre alt. Gerichtlich nicht vorbestraft, bei uns nicht bekannt, obwohl wir wußten, daß die fotografische Werkstatt, die er sich hinter seinem Optikerladen eingerichtet hatte, kein so unschuldiges Hobby war, wie er behauptete. Es gibt Leute, die drastische Aufnahmen machen, nicht unbedingt pornographische, sie können oder wollen sie nicht entwickeln und brauchen einen vertrauenswürdigen Menschen, der sich dessen annimmt. Es muß ein solider Mensch sein, der keine zusätzlichen Abzüge für sich selbst oder nicht nur für sich selbst macht. Nun ja, bis zu einer gewissen Grenze ist das nicht strafbar. Es gibt Leute, die bringen andere in heikle Situationen und machen insgeheim Aufnahmen von ihnen, um sie dann zu erpressen. Im allgemeinen führen wir diese Leute in unseren Kartotheken, und es ist für sie nicht empfehlenswert, eine eigene Dunkelkammer und Apparatur zu haben oder einen Fotografen, der bereits straffällig wurde. Proque beschäftigte sich mit diesen Dingen, aber er tat es mit Maßen. Wir wußten, daß er solche Aufnahmen entwickelte, er machte sich gewöhnlich daran, wenn es ihm finanziell ganz schlecht ging. Doch es gab keinen Grund einzugreifen. Nicht nur solche Dinge entgleiten jetzt der Polizei. Stellenmangel, Geldmangel, Menschenmangel. Im übrigen verdiente Proque daran nicht viel. Nie hätte er es gewagt, seinen Kunden im Zusammenhang mit dem, was er für sie tat, irgendwelche Forderungen zu stellen. Er war vorsichtig, denn er war ängstlich von Natur. Völlig beherrscht von seiner Mutter. Sie lebten wie ein Uhrwerk. Jedes Jahr verreisten sie, immer im Juli, immer in die Normandie; über dem Laden eine Dreizimmerwohnung voller Gerümpel, ein altes Mietshaus, dieselben Mieter, man kennt sich seit Jahren, seit der Zeit vor dem Kriege. Ich muß Ihnen diesen Proque beschreiben, denn das hat eine bestimmte Bedeutung, besonders für Sie. Klein, hager, vorzeitig gebeugt, mit einem Tick am linken Auge, das Lid fiel ihm ständig herab. Auf Leute, die ihn nicht kannten, machte er – besonders in den Mittagsstunden – den Eindruck eines Halbtauben, Halbdummen oder völlig Zerstreuten. Er war geistig absolut normal, neigte nur manchmal, meist um die Mittagszeit, zur Schläfrigkeit, bedingt vom Blutdruckabfall. Deshalb stand auf dem Tisch seines Labors stets eine Thermosflasche mit Kaffee, sie half ihm, wenn er über der Arbeit einzuschlafen drohte. Mit den Jahren setzte ihm diese Schläfrigkeit, dieses Gähnen, das Gefühl, ihm würde schwindlig, er werde gleich hinfallen, immer mehr zu. Schließlich befahl seine Mutter ihm, zum Arzt zu gehen. Er war bei zwei Ärzten, sie verschrieben ihm harmlose Aufputschmittel, die für kurze Zeit halfen. Was ich Ihnen sage, wußte jeder Mieter in diesem Haus, jeder konnte Ihnen das erzählen. Man wußte wohl auch von seinen etwas unklaren Geschäften in der Dunkelkammer. Er war ein ganz und gar durchsichtiger Mensch. Solche Aufnahmen sind schließlich eine Kinderei im Vergleich mit unserem täglichen Brot. Außerdem bin ich bei der Kripo, die Sitte, Mœurs, das ist eine besondere Welt. Als das nachher passierte, haben wir sie in die Untersuchung eingeschaltet, aber ohne Ergebnis. Womit soll ich das Porträt noch anreichern? Er sammelte alte Postkarten, beklagte sich über eine sehr empfindliche Haut, konnte sich nicht sonnen, gleich traten irgendwelche Reizungen auf, zudem war er kein Mensch, dem an Sonnenbräune hätte gelegen sein können. Im Herbst des vorvergangenen Jahres jedoch wurde sein Gesicht immer dunkler, die Haut nahm eine kupferne Tönung an, seine Bekannten fragten ihn, nanu, Herr Proque, Sie gehen ins Solarium, aber er wurde rot wie ein kleines Mädchen und erklärte jedem, nein, das nicht, eine scheußliche Plage sei über ihn gekommen, Furunkel an einer peinlichen Stelle, und das ziehe sich hin, der Arzt habe ihm Bestrahlungen am ganzen Körper verordnet, Quarzlampe, und dazu Vitamine und Salbe. Am Ende half

ihm das auch. Der Oktober dieses Jahres war recht unfreundlich, regnerisch und kühl, der Optiker litt im Herbst besonders an seinen Schwindel- und Schwächeanfällen um die Mittagszeit, wieder ging er zum Arzt, wieder verschrieb ihm dieser anregende Pillen. Gegen Ende des Monats sagte er seiner Mutter beim Mittagessen ziemlich aufgeregt und zufrieden, er habe eine gutbezahlte Arbeit, eine beträchtliche Reihe von Aufnahmen zu entwickeln und zu vergrößern, alles in Farbe, zahlreiche Abzüge, großes Format. Er rechnete mit 1600 Francs Verdienst, das war für ihn eine erhebliche Summe. Nach sieben Uhr abends ließ er die Jalousie herunter und schloß sich in der Dunkelkammer ein, nachdem er seiner Mutter gesagt hatte, er werde spät heimkommen, denn die Arbeit sei eilig. Gegen ein Uhr wurde die Mutter

durch einen Lärm geweckt, der aus seinem Zimmer kam. Dort saß er auf dem Fußboden und weinte ›so schrecklich, wie noch nie ein Mensch geweint hat‹ – das sind ihre Worte aus der Vernehmung. Schluchzend rief er, er habe sein Leben vertan, er müsse sich umbringen. Er zerriß seine geliebten Postkarten, warf die Möbel um, die Alte konnte nicht mit ihm fertig werden – er, der sonst so Gehorsame, nahm ihre Anwesenheit überhaupt nicht zur Kenntnis. Sie trippelte im Zimmer hinter ihm her und zog ihn an der Kleidung, er aber suchte wie in einem kitschigen Melodram erst nach einer Schnur, die Gardinenschnur war zu schwach, auch riß seine Mutter sie ihm weg, dann stürzte er sich in der Küche auf das Besteck, auf die Messer, zum Schluß wollte er nach unten gehen, um ein Gift zu holen. Er hatte ja genug Lösungen in der Dunkelkammer. Doch verließen ihn plötzlich die Kräfte, er setzte sich auf den Fußboden, schnarchte endlich und weinte noch im Schlaf. Dort schlief er bis zum Morgen, weil seine Mutter zu schwach war, ihn auf das Bett zu heben, sie wollte die Nachbarn nicht holen, sondern legte ihm nur ein Kissen unter den Kopf. Am nächsten Tag war er eigentlich normal, wenn auch sehr niedergedrückt. Er klagte über heftige Kopfschmerzen, sagte, er fühle sich, als hätte er die ganze Nacht getrunken, dabei trank er nie mehr als einen Viertelliter Weißen zum Mittagessen, dünnen Tischwein. Nachdem er Tabletten genommen hatte, ging er in den Laden. Den Tag verbrachte er wie immer. Kunden hatte er als Optiker nicht viel, meistens stand der Laden leer, denn er hockte im Raum dahinter, schliff Gläser oder entwickelte in der Dunkelkammer. An diesem Tag kamen vier Kunden. Er führte ein Buch, in dem er jeden Auftrag notierte, sogar die geringsten, die er sofort ausführte. Wenn er den Kunden nicht kannte, schrieb er die Art des Auftrags auf. Natürlich betraf das nicht die Fotoarbeiten. Auch die beiden nächsten Tage vergingen ohne besondere Ereignisse. Am dritten erhielt er einen Teil des Geldes für die Abzüge und Vergrößerungen. Diese Einnahmen notierte er nicht, so dumm war er keineswegs. Das Abendessen war aufwendiger, jedenfalls für ihre Verhältnisse. Besserer Wein, Fisch, ich kann mich jetzt nicht mehr so genau erinnern, wissen Sie, aber damals wußte ich alles auswendig, sogar wie viele Sorten Käse es gab. Am nächsten Tag erhielt er von demselben Kunden einige neue Filme. Beim Mittagessen war er bester Laune, er sagte zu seiner Mutter, sie würden sich noch ein Haus bauen, abends schloß er sich wieder in der Dunkelkammer ein, und um Mitternacht vernahm seine Mutter dort einen entsetzlichen Lärm. Sie ging hinunter, klopfte in dem kleinen Flur an die Hintertür der Dunkelkammer – dort ist eine Zwischenwand aus Sperrholz –, hörte, wie er unverständliches Zeug redete, etwas umwarf, Glas zerschlug. Darum holte sie entsetzt ihren Nachbarn, einen Stecher, der seine Werkstatt in derselben Straße hat. Der Nachbar, ein ruhiger, älterer Witwer, schob mit einem Meißel den Riegel an der Zwischenwand zur Seite. Drinnen war es dunkel und fast still. Auf dem Fußboden lag Proque zwischen halb entwickelten, zusammengeklebten Negativen pornographischer Aufnahmen, sie flatterten halb zerrissen überall herum, das Linoleum war mit Chemikalien übergossen, denn er hatte alle Behälter zerschlagen, in denen er die Lösungen aufbewahrte, der Vergrößerungsapparat lag am Boden, Proque hatte sich die Hände mit Säure verätzt und Löcher in seinen Anzug gebrannt, aus dem Wasserhahn lief ein kräftiger Strahl, und der Optiker war naß vom Kopf bis zu den Füßen. Als ihm schlecht geworden war, mußte er versucht haben, sich zu helfen, er hatte sich mit Wasser besprengt und schließlich den Kopf unter den Hahn gehalten. Wahrscheinlich wollte er sich vergiften, nahm aber statt Zyankali Brom und lag deshalb jetzt betäubt da. Er ließ sich in die Wohnung führen, der Nachbar trug ihn halb, die Mutter sagte aus, nachdem der gegangen war, habe ihr Sohn zu toben versucht, aber seine Kräfte hätten dazu nicht ausgereicht – das sah wieder nach einer kläglichen Komödie aus, er lag auf dem Bett, strampelte mit Armen und Beinen, wollte das Laken zerreißen, um sich daran aufzuhängen, stopfte sich den Kissenbezug in den Mund, kreischte, weinte, fluchte, und als er aufspringen wollte, stürzte er wie ein Klotz um und schlief wie vor wenigen Tagen auf dem Fußboden ein.

Am nächsten Morgen erwachte er spät und fühlte sich zerschlagen. Er klagte verzweifelt, aber wieder verständig über den Schaden, den er selbst angerichtet hatte. Den ganzen Vormittag lang hob er auf, spülte und rettete, was von den zusammengeklebten Negativen noch zu retten war, er räumte auf und reinigte die Dunkelkammer, mittags ging er fort, mit einem Spazierstock, weil ihm schwindlig war, aber er mußte ja neue Lösungen kaufen anstelle der verdorbenen. Abends klagte er seiner Mutter, es handle sich wohl um eine Geisteskrankheit, er fragte sie nach Fällen von Wahnsinn in der Familie und wollte nicht glauben, daß ihr keiner bekannt sei. An der Art, wie er mit ihr umging, wie er sie der Lüge bezichtigte, erkannte sie, daß er noch immer nicht wieder ganz normal war, denn früher hatte er nie gewagt, ihr gegenüber auch nur die Stimme zu erheben. Nie war er so aggressiv gewesen, aber was half's, man kann die Erregung und die Angst eines Menschen verstehen, der unverhofft im Abstand von wenigen Tagen zwei Anfälle von Wahnsinn erleidet. Er sagte seiner Mutter, wenn sich das noch ein einziges Mal wiederhole, gehe er zum Psychiater. So energisch gefaßte Entschlüsse entsprachen nicht seinem Wesen, früher waren Wochen vergangen, ehe er sich aufgerafft hatte, zu einem Hautarzt zu gehen, er hatte sich zunächst sehr gequält mit seinen Furunkeln, und das alles nicht aus Geiz, er war ja versichert, sondern die kleinste Änderung im Tagesablauf kam ihm unerträglich vor.

Mit dem Kunden, der ihm die Filme anvertraut hatte, kam es zum Streit, er vermißte einige Aufnahmen. Was da zwischen ihnen vorfiel, wissen wir nicht – das ist der einzige sachliche Punkt, der in dieser Angelegenheit nicht geklärt ist.

Danach geschah eine ganze Woche lang nichts. Proque beruhigte sich. In den Gesprächen mit seiner Mutter erwähnte er den Verdacht, er habe eine Geisteskrankheit, nicht mehr. Am Sonntag ging er mit ihr ins Kino. Und am Montag wurde er verrückt. Das kam so. Um elf Uhr verließ er seine Werkstatt, ohne die Tür zu schließen. Er antwortete nicht wie üblich auf den Gruß des ihm bekannten Bäckers, der an der Ecke eine kleine Konditorei hat. Dieser Mann, ein Italiener, sprach ihn von sich aus an, denn er stand vor seinem Laden. Proque kam ihm ›irgendwie seltsam‹ vor, doch er trat ein, kaufte Süßigkeiten, sagte, er werde auf dem Rückweg zahlen, weil er dann ›einen Haufen Geld‹ haben werde – auch das war nicht sein Stil –, stieg an der Haltestelle in ein Taxi – dabei war er sicher seit zehn Jahren nicht Taxi gefahren – und nannte dem Fahrer eine Adresse auf der Rue de l'Opéra. Er ließ ihn warten, kam nach einer Viertelstunde wieder, rief laut etwas vor sich hin und gestikulierte mit den Händen, in der einen hielt er einen Umschlag voller Banknoten. Den Halunken verfluchend, der ihm seinen Verdienst habe entreißen wollen, ließ er sich in Richtung Notre-Dame fahren. Auf der Insel angekommen, bezahlte er für die Fahrt hundert Francs, ohne den Rest zu verlangen – dabei bemerkte der Taxifahrer, daß er lauter Hunderter im Umschlag hatte; und noch ehe das Taxi abfuhr, wollte er über die Balustrade der Brücke steigen. Ein Passant packte ihn am Bein, sie rangen miteinander, daraufhin sprang der Taxifahrer aus seinem Wagen, aber auch zu zweit wurden sie mit dem Optiker nicht fertig. Er biß, trat, stieß sie zurück und strebte wieder auf die Balustrade zu. Ein Polizist erschien, zu dritt packten sie Proque ins Taxi, doch er tobte weiter, auf dem Pflaster lagen die Hundert-Francs-Scheine, der Polizist fesselte ihn schließlich an sich, und sie fuhren ins Krankenhaus. Unterwegs gelang dem Optiker etwas ziemlich Ungewöhnliches. Als das Auto abfuhr, fiel er gewissermaßen in sich zusammen und lag willenlos wie ein Lappen in der Ecke, raffte sich aber plötzlich auf, und bevor der Polizist ihn auf seinen Platz ziehen konnte, griff er dem Fahrer ins Steuer. Es herrschte starker Verkehr, so kam es zur Kollision. Das Taxi rammte die vordere Tür eines Citroën dermaßen, daß die Hand des Fahrers zwischen Lenkrad und Tür eingeklemmt wurde und er sich das Handgelenk brach. Mit einem anderen Taxi brachte der Polizist Proque endlich ins Krankenhaus, wo man seinen Fall versehentlich nicht allzu ernst nahm, zumal er in Stupor verfiel, hin und wieder weinte und auf Fragen nicht antwortete, sich sonst aber ruhig verhielt. Man nahm ihn zur Beobachtung auf, doch bei der Abendvisite des Chefarztes stellte sich heraus, daß er verschwunden war. Er lag unter dem Bett, in eine Decke gewickelt, die er unter dem Laken hervorgezogen hatte, an die Wand gepreßt, so daß er nicht so schnell bemerkt wurde. Er hatte ein Stück Rasierklinge aus seinem Anzug in den Krankenhauspyjama geschmuggelt und sich damit die Pulsadern aufgeschnitten; vor Blutverlust war er nun ohnmächtig. Mit drei Transfusionen wurde er gerettet. Später kamen Komplikationen hinzu, sein Herz war ohnehin schwach.

Ich übernahm die Sache am Tage nach dem Zwischenfall auf der Île St.-Louis. Eigentlich war daran dem Anschein nach nichts für die Sûreté, doch der Besitzer des DS hatte einen Rechtsberater, der die Meinung vertrat, hier ergebe sich eine vorzügliche Gelegenheit, die Polizei zu melken. Der Advokat tischte die Version von der strafwürdigen Nachlässigkeit eines Polizeifunktionärs auf, der beim Transport eines tobsüchtigen Verbrechers zugelassen habe, daß dieser das

Auto seines Klienten rammte und ihm neben dem körperlichen und materiellen Schaden auch noch einen schweren psychischen Schock zufügte. Die Polizei müsse die Verantwortung tragen, wahrscheinlich müsse eine Rente gezahlt werden, selbstverständlich aus dem Säckel des Ministers, denn der schuldige Polizist sei im Dienst gewesen.

Um einen besseren Start zu haben, informierte der Rechtsanwalt in diesem Sinn die Presse. Dadurch geriet die Sache von der Ebene der banalen Zwischenfälle um einige Stufen höher, weil jetzt das Prestige der Sûreté eine Rolle spielte oder eigentlich der Police Judiciaire, und der Chef trug mir auf, den Fall zu untersuchen.

Die einleitende ärztliche Diagnose sprach von einem heftigen Tobsuchtsanfall mit dem Bild einer spät beginnenden Schizophrenie, doch je länger man Proque dort untersuchte – schon nach dem Selbstmordversuch –, desto weniger blieb von der Diagnose übrig. Nach sechs Tagen war er ein gebrochener, kaum noch lebendiger, schnell gealterter, aber darüber hinaus eigentlich normaler Mensch. Am siebenten Tag seines Krankenhausaufenthaltes machte er eine Aussage. Er erklärte, der bewußte Kunde habe ihm statt der vereinbarten 1500 Francs zunächst nur 150 ausgezahlt, weil er ihm nicht alle Abzüge geliefert hätte. Am Montag, als er Gläser für eine Brille zuschliff, hätte ihn beim Schleifen eine solche Wut auf diesen Kunden überkommen, daß er alles hingeworfen und seine Werkstatt verlassen hätte, ›um mit ihm abzurechnen‹. Daß er in der Konditorei gewesen war, wußte er überhaupt nicht mehr. Er erinnerte sich auch nicht an die Vorgänge auf der Brücke, sondern wußte nur, daß er dem Kunden in seiner Wohnung eine Szene gemacht und dieser ihm den Rest des Geldes ausgezahlt hatte. In der Nacht nach der Aussage verschlechterte sich der Zustand des Optikers plötzlich. Er starb gegen Morgen am Herzkollaps. Die Ärzte einigten sich untereinander auf reaktive Psy-

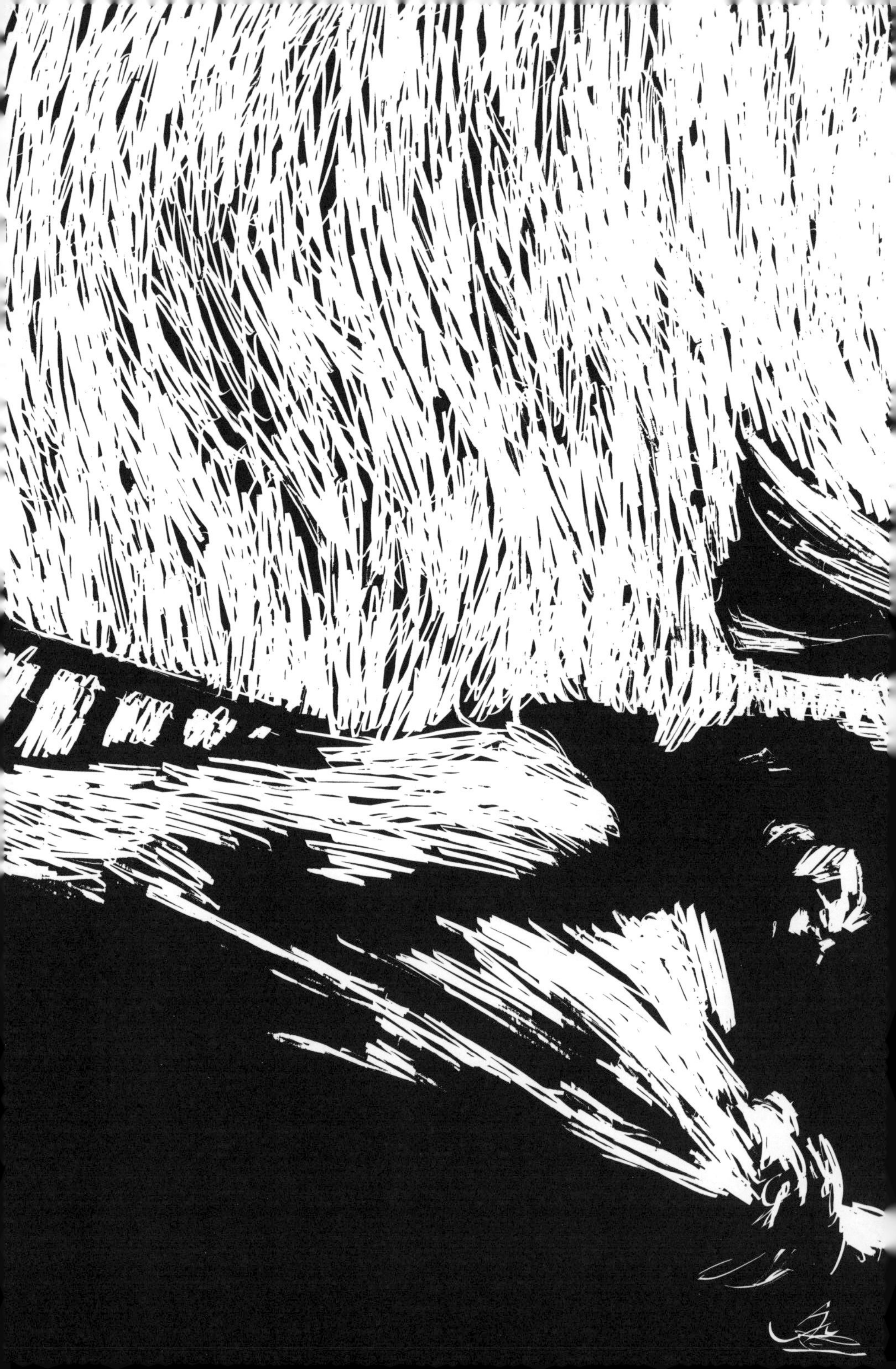

chose. Obgleich Proques Tod nur im mittelbaren Zusammenhang mit seinem Anfall vom Montag stand, wurde die Sache doch schwerwiegender. Eine Leiche ist immer eine Trumpfkarte. Ich hatte mich am Tag vor seinem Tod zu seiner Mutter begeben. Für ihr Alter war sie noch recht vernünftig. Ich hatte einen Assistenten der Rauschgift-Abteilung mit in die Rue Amélie genommen, damit er sich die Dunkelkammer und die dort befindlichen Materialien ansehe. Lange saß ich bei Frau Proque, denn das Denken einer so alten Dame ist wie ein Brett – war sie erst in die Frage eingedrungen, mußte ich ihr geduldig zuhören. Gegen Ende meines Besuchs schien es mir, als hörte ich unten die Ladenklingel – das Fenster war nur angelehnt. Ich fand meinen Mitarbeiter hinter dem Ladentisch bei der Durchsicht des Buches mit den Eintragungen.

›Haben Sie was gefunden?‹ fragte ich.

›Nein, nichts.‹

Aber er wirkte unsicher. ›War jemand hier?‹

›Ja. Woher wissen Sie das?‹

›Ich habe die Klingel gehört.‹

›Ja‹, wiederholte er und erzählte mir, was vorgefallen war. Er hörte die Klingel, aber weil er auf einem Stuhl stand, um eine Schachtel mit Verbindungskabeln zu durchsuchen, konnte er nicht sogleich in den Laden gehen. Der Kunde hörte sein Kraspeln, war überzeugt, das sei Proque, und sagte laut:

›Wie steht's? Wie geht es Ihnen heute, mein lieber Dieudonné?‹

Daraufhin betrat der Assistent den Laden und sah einen Mann mittleren Alters ohne Hut, der bei seinem Anblick zusammenfuhr, als wollte er zur Tür fliehen. Der Zufall hatte mitgespielt. Gewöhnlich gehen die Leute von der Rauschgift-Abteilung in Zivil, doch gerade an diesem Tag sollte eine kleine Festlichkeit im Zusammenhang mit der Auszeichnung eines Vorgesetzten stattfinden, deshalb sollten zu seinen Ehren alle in Uniform kommen. Und weil das um vier Uhr begann, hatte der Assistent die Uniform schon vorher angezogen, um nicht noch einmal nach Hause gehen zu müssen.

Der Kunde erstarrte also beim Anblick der Uniform. Er sagte, er wollte seine zur Reparatur abgegebene Brille abholen, und zeigte eine Quittung mit Nummer. Der Assistent antwortete, der Inhaber habe einen Schwächeanfall erlitten, darum könne er seine Brille leider nicht bekommen. Auf diese Weise wurde alles gesagt, was zu sagen war, doch der Kunde rührte sich nicht vom Fleck. Schließlich fragte er mit leiser Stimme, ob Proque plötzlich erkrankt sei. Der Assistent bejahte.

›Ernstlich?‹

›Ziemlich.‹

›Ich … ich brauche diese Brille sehr‹, sagte der Fremde zusammenhanglos und offenbar nur, weil er sich zu der eigentlichen Frage nicht aufraffen konnte.

›Lebt er … noch?‹ fragte er plötzlich.

Das gefiel meinem Mitarbeiter nun überhaupt nicht mehr. Er antwortete nicht, legte aber die Hand auf die Klappe, die den Durchgang im Ladentisch versperrte, weil er den Wunsch verspürte, den anderen zu identifizieren. Doch der wandte sich auf dem Absatz um und ging hinaus. Ehe der Assistent das Brett ausgehakt und hochgeklappt hatte und auf die Straße hinausgelaufen war, hatte sich jede Spur des Kunden verloren. Es war gegen vier Uhr, die Leute kehrten von der Arbeit zurück, ein leichter Nieselregen fiel, auf den Bürgersteigen herrschte Gedränge.

Es ärgerte mich ein bißchen, daß er ihn so hatte fortgehen lassen, doch verschob ich meine Strafpredigt. Wir hatten immerhin das Auftragsbuch. Ich fragte den Assistenten, ob er die Nummer der Quittung behalten habe, die ihm der Mann gezeigt hatte. Mein Mitarbeiter wußte sie nicht. Im Buch gab es eine ganze Anzahl von Eintragungen aus den letzten Tagen, sie waren nur mit den Anfangsbuchstaben der Kunden bezeichnet. Es sah also wenig günstig aus. Worauf man sich stützen konnte – das Verhalten des Kunden –, war nebulos wie ein Wölkchen. Er mußte Proque gut kennen, da er ihn mit dem Vornamen angeredet hatte. Am Ende schrieb ich mir, wenn auch ohne größere Hoffnung, die letzten Positionen aus dem Buch ab. Konnte die Quittung für eine Brille nicht auch ein bequemer Vorwand sein? Drogen konnten in einem Versteck untergebracht werden, das man nicht im Laufe eines Tages fand, wenn Fachleute es angelegt hatten. Die Nummer konnte fiktiv sein. Was ich damals über Proque dachte? Eigentlich weiß ich es selber nicht. Doch sogar wenn ich mich bisher hinsichtlich der Person des Optikers geirrt hatte und seine Werkstatt ein Dealertreff war, schien es ganz und gar unsinnig anzunehmen, Proque habe sich nach Empfang der Ware als erster bedient und dabei vergiftet. Die Ware konnte verfälscht sein, das kommt vor, aber es kommt nicht vor, daß Händler oder Vermittler selbst Drogen nehmen – sie kennen die Folgen zu gut, um der Versuchung zu erliegen. Ich wußte also nicht, was ich denken sollte, bis der Assistent mir half, weil ihm einfiel, daß der Kunde trotz des Regens draußen weder Schirm noch Hut gehabt hatte und daß sein Mantel, ein rauher Dufflecoat, fast trocken gewesen war. Mit dem Auto konnte er nicht gekommen sein, die Straße war wegen Bauarbeiten abgesperrt. Also wohnte der Mann höchstwahrscheinlich in der Nähe. Wir fanden ihn am fünften Tag. Wie? Ganz einfach. Nach den Angaben des Assistenten wurde eine Phantomzeichnung des Gesuchten angefertigt, und die Beamten liefen damit die Concierges in der Rue Amélie ab. Es war nicht irgendwer, sondern ein Wissenschaftler, Doktor der Chemie, mit Namen Dunant. Jérôme Dunant. Daraufhin sah ich das

Auftragsbuch durch und entdeckte etwas Seltsames. Die Initialen J. D. tauchten an den drei Tagen vor Proques Anfällen auf. Der Doktor wohnte ein paar Häuser weiter oben auf der anderen Straßenseite. Ich ging am frühen Nachmittag zu ihm. Er öffnete mir selbst die Tür. Ich erkannte ihn sofort nach der Skizze unserer Spezialisten.

›Aha‹, sagte er, ›treten Sie ein.‹

›Sie haben meinen Besuch erwartet?‹ fragte ich und folgte ihm.

›Ja. Lebt Proque?‹

›Entschuldigen Sie, aber *ich* wollte Ihnen ein paar Fragen stellen und nicht die ihren beantworten. Aus welchem Grund meinen Sie, Proque könne nicht mehr leben?‹

›Jetzt antworte ich Ihnen nicht. Das Wichtigste an der ganzen Sache, Herr Kommissar, ist, daß sie nicht publik wird. Hüten Sie sich bitte vor der Presse. Das könnte schlimm enden.‹

›Für Sie?‹

›Nein, für Frankreich.‹

Ich achtete auf diese Worte nicht. Aber ich bekam nichts aus ihm heraus.

›Leider‹, sagte er, ›wenn ich rede, dann nur mit Ihrem Chef in der Sûreté und nur, nachdem ich von meinen Vorgesetzten dazu ermächtigt bin.‹ Mehr sagte er nicht. Er fürchtete, ich gehörte zu den Polizisten, die die Presse mit Sensationen beliefern. Später begriff ich das. Wir hatten mit ihm viel Mühe. Am Ende geschah es so, wie er wollte. Mein Chef nahm Kontakt mit seinen Vorgesetzten auf, und die Zustimmung zu seinen Aussagen mußten zwei Ministerien erteilen.

Bekanntlich lieben alle Staaten den Frieden, und alle bereiten den Krieg vor. Frankreich ist da keine Ausnahme. Von den chemischen Waffen sprechen alle voller Empörung. Aber auch an ihnen arbeiten alle. Und ausgerechnet er, Dr. Dunant, beschäftigte sich mit der Suche nach Präparaten, psychotrope Depressiva genannt, die in Gas- und

Staubform die Moral und den Willen der feindlichen Soldaten lähmen. Was wir am Ende erfuhren? Unter dem Siegel der Verschwiegenheit erfuhren wir, Dr. Dunant arbeite seit über vier Jahren an der Synthese eines solchen Depressivums. Er sei von einer bestimmten chemischen Verbindung ausgegangen und habe eine erhebliche Anzahl von Derivaten erzielt. Eines dieser Derivate wies die gewünschte Wirkung auf das Gehirn auf. Aber erst in riesigen Dosen. Man mußte es löffelweise einnehmen, damit die typischen Symptome auftraten: zuerst eine Phase der Erregung und Aggressivität, dann die Depression, die in heftige Selbstmordmanie übergeht. Unter solchen Bedingungen führt manchmal der Zufall auf den richtigen Weg. Man substituiert verschiedene chemische Gruppen in der Ausgangsverbindung und untersucht die Eigenschaften der Derivate pharmakologisch. So kann man jahrelang arbeiten, aber manchmal findet man die Verbindung mit den erwünschten Eigenschaften auch auf Anhieb.

Die erste Eventualität ist natürlich erheblich wahrscheinlicher. Dr. Dunant, der wegen starker Kurzsichtigkeit ständig eine Brille trug, war im Laufe der letzten Jahre des öfteren Proques Kunde gewesen. Da er sich ohne Brille nicht rühren konnte, besaß er deren drei. Eine trug er auf der Nase, die zweite hatte er zur Reserve bei sich, und die dritte verwahrte er zu Hause. So umsichtig wurde er erst, als die Brille, die er trug, ihm einmal im Labor kaputtging und er die Arbeit unterbrechen mußte. Und vor kurzer Zeit, nämlich vor drei Wochen, stieß ihm wieder ein solches Mißgeschick zu. Dunant arbeitete in einem Institut mit der höchsten Isolationsstufe. Vor dem Eintritt in das Labor mußte er sich von Kopf bis Fuß umziehen, er hatte dort sogar besonderes Schuhzeug und Unterwäsche. Alle persönlichen Utensilien ließ er für die Arbeitszeit im Umkleideraum, der durch eine Druckkammer vom Arbeitsplatz getrennt war. Er arbeitete mit einer Art durchsichtigen Plastikkapuze auf dem Kopf. Die Luft wurde mit einer besonderen biegsamen Leitung zugeführt. Weder sein Körper noch die Brille kamen mit den Substanzen in Berührung, die er erforschte. Um sich den Ärger zu ersparen, den er schon einmal gehabt hatte, legte Dunant jetzt vor Arbeitsbeginn die Reservebrille auf ein recht hoch angebrachtes Brett mit Reaktionsmitteln. Als er dort hingriff, stieß er die Brille herunter. Eine Linse zersprang, außerdem beschädigte er die Fassung, weil er mit dem Fuß darauf trat. Darum brachte er diese Brille zu Proque. Als er zwei Tage später kam, um sie abzuholen, erkannte er den Optiker kaum wieder. Er sah elend und abgezehrt aus wie nach einer schweren Krankheit und erzählte Dunant, er habe sich wohl irgendwie vergiftet, es sei ihm nachts sehr schlecht gegangen, er habe einen merkwürdigen Anfall gehabt – noch jetzt sei ihm ohne erkennbaren Grund zum Weinen zumute, schloß er seine Erzählung. Dunant beachtete die Worte nicht weiter. Er war jedoch mit der Reparatur unzufrieden, ein Brillenbügel drückte ihn, die neu eingesetzte Linse wackelte in der Kunststoffassung und fiel nach ein paar Tagen heraus. Da das wieder in dem mit Fliesen ausgelegten Labor geschah, zersprang das Glas. Der Doktor brachte die Brille nochmals zum Optiker. Tags darauf holte er sie ab, und Proque sah wieder aus wie Lazarus, als wäre er binnen vierundzwanzig Stunden um Jahre gealtert. Dunant fragte ihn leichthin nach den Anzeichen des erneuten ›Anfalls‹. Die Beschreibung erinnerte an eine heftige Depression im Verlauf einer chemisch induzierten Psychose, die Symptome ähnelten stark denen, die das Präparat X hervorrief; und mit diesem gerade plagte sich Dunant seit langem herum. Derart starke Symptome jedoch erzeugte erst eine Dosis in der Größenordnung von zehn Gramm Trockensubstanz – was also konnte es für einen Zusammenhang geben zwischen diesem Faktum und der Abgabe der Brille zur Reparatur? Er hatte dem Optiker zweimal die Reservegläser gebracht, die gewöhnlich auf dem Brett lagen. Er vermutete also, die Substanz X könne verdampft, in der Luft aufgestiegen sein und sich in mikroskopisch kleinen Mengen auf der Reservebrille niedergeschlagen haben. Er beschloß, das zu untersuchen. Er analysierte die Brille chemisch und stellte fest, daß tatsächlich auf den Gläsern und den Metallgelenken der Fassung Spuren der Verbindung X zu finden waren. Doch waren es Mengen von einigen Gamma, das heißt von einigen Tausendstel Milligramm. Unter den Chemikern geht eine anekdotische Geschichte darüber um, wie es zur Entdeckung des LSD kam. Ein Chemiker, der mit dieser Substanz arbeitete, verdächtigte sie ebensowenig wie irgend jemand damals einer halluzinogenen Wirkung. Nach Hause zurückgekehrt, erlebte er einen typischen Trip mit Visionen und einer psychotischen Aura, obwohl er sich nach Verlassen des Labors wie üblich sorgsam die Hände gewaschen hatte. Unter den Fingernägeln war jedoch eine minimale Menge LSD haftengeblieben, die genügte, um eine Vergiftung hervorzurufen, als er sich sein Abendessen zubereitete.

Dr. Dunant begann zu überlegen, was eigentlich ein Optiker tat, wenn er neue Gläser einsetzte und die Bügel ausrichtete. Zur Ausrichtung der aus Kunststoff gefertigten Bügel bewegt er sie über einer Gasflamme schnell hin und her. Unterlag die Verbindung X bei Erhitzung womöglich Veränderungen, die ihre Wirkung millionenfach steigerten? Dunant erhitzte Proben dieser Verbindung mit allen denkbaren Methoden, mit Brennern, Spirituskochern, Kerzenflammen, doch ohne Ergebnis. Also beschloß er, ein sogenanntes Experimentum crucis durchzuführen. Er verbog mit Absicht noch einmal den Bügel seiner Brille und überzog ihn anschließend mit einer Lösung des Präparates X in so starker Verdünnung, daß nach dem Austrocknen des Lö-

sungsmittels auf der Fassung eine Menge von etwa einem Millionstel Gramm an Spuren übrigblieb. So brachte er die Brille zum dritten Mal zum Optiker. Als er sie abholen wollte, erblickte er hinter dem Ladentisch den Polizisten. Das ist die ganze Geschichte, Monsieur. Eine Geschichte ohne Lösung und somit auch ohne Schluß. Dr. Dunant vermutete, irgendein Faktor in der Werkstatt des Optikers habe die Veränderung des Präparates X bewirkt. Es sei zu einer katalytischen Reaktion gekommen, die die Wirkung des Präparates fast eine Million Mal verstärkt habe. Doch gelang es nicht, irgend etwas festzustellen. Wir ließen die Sache fallen, denn es gab keinen Grund, die Untersuchung fortzuführen, wenn man den Schuldigen nicht unter den Menschen, sondern unter den Atomen zu suchen hatte. Zu einem Verbrechen war es nicht gekommen, da die Menge der Verbindung X, mit der Dr. Dunant die Brille überzogen hatte, ehe er sie dem Optiker brachte, keine Fliege töten konnte. Soviel ich weiß, hat Dunant oder jemand in seinem Namen von Frau Proque den gesamten Inhalt der Dunkelkammer erworben und hat der Reihe nach die Wirkung aller dort vorhandenen Chemikalien auf das Präparat X untersucht, aber vergeblich.

Frau Proque starb noch vor Weihnachten desselben Jahres. Ich hörte von meinen Leuten, aber nur gerüchtweise, Dunant sei nach ihrem Tod für längere Zeit in die verlassene Werkstatt gezogen und habe den ganzen Winter über Proben aller Substanzen einschließlich des Sperrholzes der Trennwand, des Schleifsteins, des Lacks der Wände und des Staubs vom Fußboden entnommen, doch habe er nichts gefunden. Ich erzählte Ihnen das alles auf Wunsch von Inspektor Pingaud. Ich glaube, Ihr Fall gehört in dieselbe Gegend. Solche Dinge passieren eben auf unserer Welt, seit sie wissenschaftlich vervollkommnet wurde. Das ist alles.«

Zurück nach Garges brauchten wir wegen der Stauungen eine Stunde, wir redeten wenig. Den Wahnsinn, dem Proque erlegen war, hatte ich wiedererkannt wie ein vertrautes Gesicht. Es fehlte bei ihm die Phase der Halluzinationen, aber wer konnte wissen, was dem armen Kerl für Wahngebilde erschienen waren. Merkwürdig, in den anderen Opfern hatte ich Bestandteile eines Rätsels gesehen, Proque aber tat mir leid – wegen Dunant. Ich verstand, daß Mäuse ihm nicht genügt hatten. Mäuse konnte er nicht zum Selbstmord treiben. Er brauchte einen Menschen. Und er riskierte nichts – als er den Polizisten in der Tür sah, ging er hinter Frankreich in Deckung. Auch das konnte ich begreifen. Aber seine Worte: ›Wie geht es Ihnen heute, mein lieber Dieudonné?‹ machten mich wütend. Wenn der Japaner in Rom ein Verbrecher war, was war dann Dunant? Der Name mußte wohl geändert worden sein. Ich überlegte, warum Inspektor Pingaud mich diese Geschichte hören ließ, aus Sympathie gewiß nicht. Was verbarg sich dahinter? Der Schluß konnte auch fingiert sein. Wenn ja, konnte es sich um einen Versuch handeln, die Gelegenheit zu ergreifen, unter einem unschuldigen Vorwand dem Pentagon Informationen über eine neue chemische Waffe zu übermitteln. Als ich mir das in Gedanken betrachtete, kam mir die Sache ziemlich wahrscheinlich vor. Es war eine Trumpfkarte, so geschickt gezeigt, daß man im Bedarfsfalle ihre Vorweisung verleugnen konnte – ich hatte ja gehört, man hätte nichts gefunden, und konnte nicht sicher sein, daß es sich anders verhalte. Wäre ich ein gewöhnlicher Privatdetektiv gewesen, wäre mir diese Sitzung bestimmt nicht zuteil geworden, doch ein Astronaut, auch einer in zweitrangiger Position, wird mit der NASA in Verbindung gebracht und die NASA mit dem Pentagon. Falls man das hoch oben entschieden hatte, war Pingaud nur der Ausführer einer Anordnung gewesen, und die Verwirrung, in die Barth dadurch geriet, hatte keine Bedeutung. Barths Situation war delikater als meine. Zweifellos ahnte er den Hauch der großen Politik in diesem unerwarteten Akt der ›Hilfe‹, aber er wollte nicht mit mir darüber reden, zumal es auch ihn überrascht haben mußte. Ich war sicher, daß man ihn nicht vorgewarnt hatte, denn ich kenne so ungefähr die Spielregeln auf diesem Terrain. Man konnte ihn nicht beiseite nehmen und sagen: ›Wir zeigen diesem Ami aus der Entfernung eine wichtige Karte, er wird das weitergeben.‹ So etwas tut man einfach nicht. Wäre nur ich eingeweiht worden, hätte das eigenartig ausgesehen – sie konnten nicht so handeln, zumal sie wußten, daß Barth mir bereits die Hilfe seines Teams zugesagt hatte. Sie konnten ihn weder übergehen noch in die Hintergründe der Sache einführen, also hatten sie die vernünftigste Variante gewählt; er hatte dasselbe gehört wie ich und konnte sich nun mit der Frage herumquälen, was weiter geschehen solle. Vielleicht bedauerte er schon die Bereitwilligkeit, mit der er mir entgegengekommen war. Ich meinerseits überlegte mir die Folgen dieser Geschichte für unsere Untersuchung. Sie stellten sich nicht gerade rosig dar. Aus der italienischen Serie hatten wir nur folgende, zu einem Unfall prädestinierende Eigenschaften herausdestilliert: Schwefelbäder, Alter um die Fünfzig, schwerer Körperbau, Einsamkeit, Sonne und Allergie, hier aber hatten wir es mit einem hageren Menschen jenseits der Sechzig zu tun, einem Nicht-Allergiker, der mit seiner Mutter zusammenwohnte, keine Schwefelbäder nahm, die Sonne mied und sich nicht aus seinem Haus rührte. Schwerlich fänden sich noch mehr Unterschiede! In einer Anwandlung von Großmut sagte ich Barth, wir sollten wohl besser die angehörte Neuigkeit einzeln verdauen, um uns gegenseitig nicht etwas zu suggerieren, und die Schlüsse abends gegenüberstellen. Er war gern einverstanden. Um drei Uhr ging ich in den Garten, wo hinter der Altane der kleine Pierre auf mich wartete. Das war unser Geheimnis. Er zeigte mir das

Material zu seiner Rakete. Eine Waschwanne sollte die erste Stufe bilden. Kinder sind empfindlicher als alle anderen Menschen, ich sagte ihm also nicht, daß eine Waschwanne sich nicht als Booster eigne, aber ich zeichnete ihm die Stufen der Saturn V und IX in den Sand. Um fünf ging ich, wie mit Barth verabredet, in die Bibliothek. Er überraschte mich, als er einleitend sagte, wenn man in Frankreich am Faktor X arbeite, so geschehe das gewiß auch in anderen Ländern. Derartige Arbeiten liefen gewöhnlich parallel. Also könnten auch die Italiener ... Mag sein, man muß die Sache auf eine ganz neue Weise betrachten. Das Präparat muß nicht in Regierungslabors entstehen, sondern eventuell auch bei einer Privatfirma. Ein Chemiker, der im Kontakt mit Extremisten stand, konnte es gefunden haben, oder – noch wahrscheinlicher – eine gewisse Menge der Verbindung war einfach gestohlen worden. Die Leute, die darüber verfügen, wissen selbst nicht, wie sie es mit dem größtmöglichen Effekt anwenden können. Was also tun sie? Experimente ... Aber warum sind die Opfer Ausländer in einem bestimmten Alter, Rheumatiker und so weiter?

Auch darauf hatte er eine Antwort.

»Versetzen Sie sich in die Lage des Leiters einer solchen Gruppe. Sie haben gehört, das Präparat hätte eine ungeheure Wirkung, aber welche, wissen Sie nicht genau. Moralische Bedenken haben Sie nicht. Es muß an Menschen ausprobiert werden. Aber an was für welchen? Natürlich nicht an den eigenen. Also? An irgend jemandem? Der Irgendjemand ist Italiener, umgeben von einer zahlreichen Familie. Die ersten Symptome drängen sich der Familie als Wesensveränderung auf, ein Italiener also würde sich binnen kurzem beim Arzt oder in einer Klinik befinden. Ein einsamer Mensch hingegen kann Gott weiß was tun, ehe sich seine Umgebung dafür interessiert, ganz besonders aber im Hotel, dort werden die Sonderbarkeiten der Gäste voll respektiert.

Je besser das Hotel, desto größer die Isolierung. In einer Pension drit-

ten Grades steckt die Inhaberin ihre Nase in jede Bewegung der Mieter, im ›Hilton‹ dagegen kann man auf den Händen gehen und erregt keinerlei Aufmerksamkeit. Verwaltung und Bedienung zucken nicht mit der Wimper, solange es zu keiner kriminellen Handlung kommt. Fremdsprachigkeit ist ein zusätzlicher Isolierungsfaktor. Nicht wahr?«

»Und das Alter? Die Allergie? Der Rheumatismus? Der Schwefel?«

»Das Versuchsergebnis wird um so deutlicher, je größer der Unterschied zwischen dem Verhalten vor und nach Verabreichung des Präparats ist. Ein junger Mensch wird nicht warm, heute ist er in Neapel, morgen auf Sizilien, ein älterer Herr indessen ist ein geradezu ideales Objekt, und schon gar ein Kurgast, weil er sich genau nach der Uhr bewegen wird – vom Arzt zur Badeanstalt, vom Solarium zum Hotel. Darum wird sich die Folge der Vergiftung wie auf der flachen Hand präsentieren …«

»Und das Geschlecht?«

»Auch nicht zufällig. Warum ausschließlich Männer? Nicht vielleicht deshalb, weil man nur Männer mit dieser neuen Methode zu treffen beabsichtigt? Das scheint mir geradezu der Schlüssel zu sein, es würde auf einen par excellence politischen Hintergrund der Sache hinweisen. Wenn man hervorragende Politiker erreichen will – also Männer –, was meinen Sie?«

»Da ist etwas dran …«, gab ich verwundert zu. »Sie meinen also, da sie ihre Leute in den Hotels hatten, wäre ihre Wahl auf eine gewisse Kategorie Gäste gefallen, und diese Gäste hätten vielleicht sogar im Alter etwa den Politikern entsprochen, auf die sie es bei Ihren Umsturzplänen abgesehen hatten? Ja? Haben Sie das vermutet?«

»Ich möchte lieber kein vorschnelles Urteil fällen. Besser, man engt den Kreis der zu Beobachtenden nicht ein … Noch vor fünfzehn oder zwanzig Jahren hätte sogar dieses Konzept nach einer unsinnigen Sensation aus Romanen gerochen. Heute aber ... Sie verstehen ...«

Ich verstand und seufzte, weil mir die Aussicht auf eine Wiederaufnahme der Untersuchung gar nicht gefiel. Eine Weile überlegte ich jedes Pro und Contra.

»Zugegeben, ich bin baff. Aber da bleibt noch eine Menge Unverständliches. Warum nur Allergiker? Was ist mit dem Haarausfall? Nun, und die Jahreszeit, Ende Mai, Anfang Juni. Haben Sie auch dafür eine Erklärung?«

»Nein. Mindestens nicht sofort. Man muß, meine ich, das Ganze vom anderen Ende her betrachten, man muß die voraussichtlichen Opfer heraussuchen, nicht mehr die ›experimentellen‹, sondern die richtigen. Man muß sich also in der italienischen Elite umsehen, und zwar nicht nur in der politischen. Wenn sich herausstellen sollte, daß es sich in einigen wesentlichen Fällen um Allergiker handelt ...«

»Ach so! Ich verstehe. Mit einem Wort, Sie schicken mich nach Rom. Ich fürchte, ich werde hinfahren müssen, das kann wirklich eine heiße Spur sein ...«

»Sie wollen hinfahren? Aber doch nicht sofort ...«

»Morgen, spätestens übermorgen, denn das ist nichts, worüber man am Telefon berichten kann.«

Damit trennten wir uns. Als ich in meiner Mansarde Barths Konzept überdachte, fand ich es meisterhaft. Er hatte auf einen Schlag eine glaubwürdige Hypothese entwickelt und sich aus der Affäre gezogen, da der Fall auf ganz natürliche Weise nach Italien zurückkehrte und damit die Frage nach der französischen Geschichte des Faktors X gegenstandslos wurde. Ob Dunant ihn in der Dunkelkammer auf der Rue Amélie wiedergefunden hatte, wurde unwichtig. Je länger ich darüber nachdachte, desto mehr festigte sich in mir die Überzeugung, Barths

Schuß treffe ins Schwarze. Das Präparat X existierte und wirkte. Ich

durfte nicht daran zweifeln. Und ebensowenig daran, daß eine solche Methode der Ausschaltung politischer Schlüsselfiguren eine in ihren Folgen unberechenbare Erschütterung hervorrufen könne, vielleicht nicht nur in Italien. Die Wirkung wäre heftiger als bei einem ›klassischen‹ Staatsstreich. Gleichzeitig betrachtete ich den Fall der Elf mit einem an Ekel grenzenden Unwillen. Wo bislang ein unbegreifliches Rätsel gedämmert hatte, zeichneten sich nun die Konturen eines ebenso trivialen wie blutigen Machtkampfes ab. Der ungewöhnliche Anschein verdeckte gewöhnlichen politischen Mord.

Am nächsten Tag fuhr ich in die Rue Amélie. Ich weiß nicht, warum ich das tat. Ich sage, ich fuhr hin, und gegen elf Uhr ging ich dort den Bürgersteig entlang und blieb vor den Schaufenstern der Läden stehen, aber noch bei der Abfahrt aus Garges war ich nicht sicher gewesen, ob ich es mir nicht im letzten Augenblick anders überlegen und zum Eiffelturm fahren würde, um von Paris Abschied zu nehmen. Doch diese Chance erlosch, als ich auf die Boulevards gelangte. Es war etwas mühsam, die Rue Amélie zu finden, ich kannte das Viertel nicht und mußte länger nach einem Parkplatz suchen. Das Haus, in dem Dieudonné Proque gewohnt hatte, erkannte ich, noch bevor ich die Nummer lesen konnte. Es sah fast genauso aus, wie ich es mir vorgestellt hatte. Ein altes, zum Abbruch bestimmtes Mietshaus mit geschlossenen Fensterläden und mit dem altmodischen Giebelschmuck, durch den die Architekten des vorigen Jahrhunderts ihren Bauten Individualität verliehen. Die Optikerwerkstatt existierte nicht mehr, die heruntergelassene Jalousie war mit einem Vorhängeschloß gesichert. Auf dem Rückweg hielt ich vor dem Spielwarengeschäft an. Es war Zeit, Mitbringsel einzukaufen, denn ich beabsichtigte nicht, an der Wiederaufnahme der Untersuchung teilzunehmen. Ich hatte beschlossen, Randy die von

Barth stammende Information zu übermitteln und dann in die Staaten zurückzukehren. Also trat ich ein, um für die Söhne meiner Schwester etwas zu kaufen – der Einkauf wurde zur vernünftigen Rechtfertigung meiner Eskapade. In den Regalen glänzte verkleinert unsere bunte Zivilisation. Ich suchte nach Spielzeug, an das ich mich noch aus meiner eigenen Kindheit erinnerte, aber hier gab es nur Elektronik, Startrampen, kleine Supermen in Angriffspositionen von Judo und Karate. Du bist dumm, sagte ich mir, für wen kaufst du eigentlich Spielzeug? Ich entschloß mich zu Paradehelmen der französischen Garde mit Federbüschen und zu einer Marianne-Marionette, denn das gab es nicht in Detroit. Beladen steuerte ich auf das Auto zu und bemerkte an der Straßenecke eine kleine Konditorei mit weißen Gardinen. Im Schaufenster erhob sich braun ein aus gebrannten Mandeln aufgeschütteter Vesuv. Der Verkäufer am Weg vom Hotel zum Strand fiel mir ein. Ich war nicht sicher, ob die bitteren Mandeln den Jungen schmecken würden, trat aber ein und kaufte einige Tütchen. Seltsam, dachte ich, daß mich Neapel gerade hier verabschiedet. Zögernd ging ich zum Wagen, als hätte ich noch nicht verzichtet – worauf eigentlich? Ich weiß es selbst nicht, vielleicht auf die Sauberkeit, die ich bisher, ohne mir darüber klar zu sein, dem Rätsel zugeschrieben hatte. Ich warf die Päckchen auf den Rücksitz, stand mit der Hand auf der halbgeöffneten Tür und nahm Abschied von der Rue Amélie. Konnte ich noch zweifeln an Leclercs Worten, an Barths Theorie? Irgendwelche phantastischen, undeutlichen Kombinationen erloschen in meinem Gehirn, aber hatte ich auch nur einen Augenblick lang geglaubt, mir würde etwas Unerhörtes einfallen, ich würde Einzelheiten miteinander in Verbindung bringen, die zuvor niemand in Verbindung gebracht hatte, und eine allen anderen unbekannte Wahrheit aufleuchten sehen? Hier war noch ein bißchen vom alten Paris vorhanden, doch es sollte verschwinden, wegge-

wischt werden von solchen Molochen wie die Défense. Schon war mir auch die Lust vergangen, den Eiffelturm aufzusuchen. Um diese Zeit arbeitete Dr. Dunant zweifellos in seinen Labors aus Porzellan und Nickel. Ich sah ihn vor mir, eingepackt in eine Zellophantüte, mit blitzenden Augen über dem Glas der Destillatoren, hinter dem Plastikkokon eine Gummischlange herziehend, durch die ihm Luft zugeführt wird. Ich kannte das, wir hatten in Houston die herrlichsten Labors, sterile Kirchenschiffe der Raketendome.

Ich hatte keine Lust mehr, so herumzustehen und die Umgebung zu betrachten wie vor dem Start, wenn alles in einer Sekunde zu Boden stürzen soll. Mich packte ein solches Bedauern, daß ich mich schnell an das Steuer setzte, doch ehe ich den Motor anließ, kitzelte es mich in der Nase. Einen Augenblick lang hielt ich wütend den Atem an, dann mußte ich niesen. Über die Dächer rollte der Donner, es wurde dunkel, ein Sturzregen hing in der Luft, ich putzte mir die Nase und nieste und lachte bereits über mich selbst. Die in Italien zurückgelassene Grasblüte war mir nach Paris gefolgt, und vor einem Gewitter ist es immer am schlimmsten. Ich griff in das Handschuhfach, die Plimasin-Tablette blieb mir mit bitteren Krümeln im Hals stecken, in Ermangelung von etwas Besserem riß ich ein Tütchen Mandeln auf und kaute sie, während ich durch den Regenguß nach Garges fuhr. Ich beeilte mich nicht, ich mag solche Fahrten, auf der Autobahn dampfte der Regen schmutzig-silbrig im Scheinwerferlicht, es war ein heftiges, aber kurzes Gewitter. Als ich vor dem Haus ausstieg, regnete es nicht mehr. Es war mir nicht bestimmt, an diesem Tag abzureisen. Während ich ins Eßzimmer hinunterging, rutschte ich auf den vom spanischen Hausmädchen gebohnerten Stufen aus und fiel hinunter. Ich knickte zusammen und spürte mein Steißbein. Ich versuchte, den Zwischenfall bei Tisch zu bagatellisieren, und unterhielt mich mit der alten Dame. Sie be-

hauptete, das sei bestimmt die Bandscheibe und dagegen gebe es nichts
 Besseres als Schwefelblume, das Universalmittel bei Gelenkbeschwerden, man müsse das Pulver nur unter das Hemd schütten. Ich dankte für den Schwefel. Da ich einsah, daß ich in diesem Zustand nicht nach Rom fliegen konnte, nahm ich Barths Rat an, der mir vorschlug, mich zu einem berühmten Pariser Chiropraktiker zu fahren – sie heißen in Frankreich Wirbelrenker.

Vom allgemeinen Mitgefühl begleitet, schleppte ich mich nach oben und kroch ins Bett wie ein Krüppel. Als ich eine Lage gefunden hatte, in der der Schmerz nachließ, schlief ich ein, doch ein Niesen weckte mich. Ich sog eine Wolke beißenden Staub in die Nasenlöcher, er kam unter dem Kopfkissen hervor. Ich sprang aus dem Bett und stöhnte auf, weil ich mein Kreuz vergessen hatte. Zunächst dachte ich, es handle sich um ein Insektenmittel, das mir die Spanierin aus Übereifer ins Bettzeug geschüttet hätte, aber es war das unfehlbare Mittel gegen Gliederreißen, mit dem mich der brave Pierre heimlich bedacht hatte, während ich noch am Tisch saß. Ich schüttelte den gelben Staub aus der Bettwäsche, zog mir die Decke über den Kopf und schlief ein, während die Regentropfen monoton auf das Dach klopften. Zum Frühstück ließ ich mich die Treppe hinunter, als wäre sie das vereiste Fallreep eines mit arktischen Stürmen kämpfenden Walfängers – eine verspätete Vorsicht. Der Chiropraktiker, zu dem Barth mich brachte, entpuppte sich als amerikanischer Neger. Nachdem er mich durchleuchtet und die Aufnahmen in einen Ständer über dem Behandlungstisch gestellt hatte, machte er sich über mich her, und seine Hände waren groß wie Schaufeln. Ein durchdringender, aber kurzer Schmerz, und ich konnte mich aus eigener Kraft vom Tisch erheben und mich überzeugen, daß es mir wirklich sehr viel besser ging. Eine halbe Stunde mußte ich noch bei ihm liegen, dann kaufte ich in der nächsten Filiale der Air France ein Ticket für das Abendflugzeug. Ich versuchte, mit Randy Verbindung zu bekommen; da er nicht im Hotel war, hinterließ ich eine Nachricht für ihn. In Garges fiel mir ein, daß ich nichts für Pierre mitgebracht hatte, ich versprach ihm deshalb, ihm aus den Staaten meinen Helm zu schicken, nahm von der ganzen Familie Abschied und fuhr nach Orly. Dort ging ich zu Fleurop, um Blumen an Frau Barth senden zu lassen, und setzte mich dann, mit amerikanischen Zeitungen wohl versehen, in den Warteraum. Ich saß und saß, aber man rief die Passagiere nicht zum Einsteigen auf. Unsere Sache schien mir der Vergangenheit anzugehören. Ich wußte nicht, was ich machen sollte, und versuchte ohne rechten Erfolg, diesem Nichtwissen ein bißchen Glanz zu verleihen. Inzwischen war die Startzeit vorüber, aus dem Lautsprecher aber tönten nur irgendwelche unklaren entschuldigenden Worte. Schließlich kam eine Stewardeß aus dem Büro und teilte bedauernd mit, Rom nehme keine Maschinen an. Heftiges Hin- und Herlaufen und Telefonieren begann, bis sich zeigte, daß Rom zwar die amerikanischen Maschinen sowie die von Alitalia und BEA annahm, daß aber Swissair, SAS und meine Air France ihre Abflüge einstellten. Es handelte sich anscheinend um eine selektive Streikform des Bodenpersonals, doch kam es nicht darauf an, die Ursache des Streiks festzustellen. Alles stürzte vielmehr zum Umtausch der Tickets zu den Schaltern, um mit solchen Linien zu fliegen, deren Maschinen in Rom landen konnten. Ehe ich mich zu einem Fensterchen durchgedrängt hatte, waren alle Flugkarten von den besser Orientierten aufgekauft. Als nächster erreichbarer Flug wurde mir eine Maschine der British European Airways zu einer entsetzlichen Zeit angeboten, zwanzig Minuten vor sechs Uhr früh. Was sollte ich machen? Ich ließ mein Ticket auf diese Maschine umbuchen, packte meine Koffer auf einen Karren und schob ihn zum Hotel der Air France, wo ich nach meiner Ankunft aus Rom übernachtet hatte. Hier erwartete mich die nächste Überraschung. Das Hotel war bis zum letzten Bett mit Passagieren gefüllt, die genauso festsaßen wie ich. So zeichnete sich die Notwendigkeit ab, in Paris zu übernachten und vor vier Uhr aufzubrechen, um das Flugzeug zu erreichen. Eine Rückkehr nach Garges hätte nichts eingebracht, denn Garges liegt im Norden und Orly im Süden von Paris. Ich drängte mich durch die Menge der Enttäuschten zum Ausgang, um das Weitere zu überlegen. Gewiß, ich konnte meine Abreise um einen Tag verschieben, hatte aber ganz und gar keine Lust dazu. Es gibt nichts Schlimmeres als solch ein Hinauszögern. Ich rang noch in Gedanken, als der Mann vom Kiosk mit einem Packen Zeitschriften heraustrat, um sie auf dem Ständer davor anzubringen. Der neue ›Paris Match‹ fiel mir auf. Vom schwarzen Umschlag blickte mich ein Mann an, der in der Luft hing wie ein Turner bei der Flanke. Er trug Hosenträger, vor seiner Brust hielt er ein Kind, dessen Haare im Schwung wehten, während der Kopf zurückgebogen war, als machten sie zusammen einen Zirkussalto. Ich traute meinen Augen nicht und trat näher. Das waren Annabella und ich. Ich kaufte die Nummer, sie öffnete sich von selbst bei dem Exklusivbericht aus Rom. Quer über die Aufnahme der zerschmetterten Rolltreppe voller Menschenleiber lief über die ganze Seite die große Inschrift: WIR STERBEN LIEBER VON VORN. Ich überflog den Text. Sie hatten Annabella gefunden. Ich sah auf der nächsten Seite ein Bild von ihr und ihren Eltern, aber mein Name fehlte. Die Aufnahmen stammten von dem Magnetovid, das jede durch das Labyrinth fahrende Passagiergruppe registriert. Daran hatte ich nicht gedacht, außerdem hatte man mir Diskretion zugesichert. Noch einmal sah ich den Text durch. Dort war eine Zeichnung, die die Rolltreppe darstellte, die Explosionsstelle und den Detonationstrichter, Pfeile zeigten, von wo aus und wohin ich gesprungen

war. Dann gab es eine Vergrößerung des Titelbildes mit einem karierten Ärmel zwischen meinen Hosenbeinen und dem Geländer. Die Unterschrift besagte, es sei der abgerissene Arm des Attentäters. Ich hätte gern mit dem Journalisten gesprochen, der das geschrieben hatte. Was hat ihn gehindert, meinen Namen zu nennen? Man hatte mich identifiziert, da ich in der Reportage als amerikanischer Astronaut auftrat, man hatte Annabellas Namen genannt, der ›bezaubernde Teenager‹ warte auf einen Brief seines Retters. Es war zwar nicht direkt gesagt, doch konnte man zwischen den Zeilen eine Anspielung auf die aus der Tragödie entstandenen romantischen Gefühle lesen.
Kalte Wut packte mich. Ich kehrte auf der Stelle um, drängte mich brutal durch die Menge im Foyer, brach in das Direktionszimmer ein und überschrie die dort gleichzeitig redenden Menschen. Ich verwertete mein Heldentum und warf dem Direktor den ›Paris Match‹ auf den Tisch. Noch heute wird mir ganz heiß vor Scham, wenn ich an diese Szene denke. Ich erreichte mein Ziel. An dermaßen heldenhafte Astronauten nicht gewöhnt, gab der Direktor auf und stellte mir das einzige Zimmer zur Verfügung, das er noch hatte. Er schwor, das sei wirklich das letzte, denn die Anwesenden bedrängten ihn wie eine Meute Hunde, die man von der Leine gelassen hat. Ich wollte meine Koffer holen, aber man teilte mir mit, das Zimmer würde erst um elf Uhr frei, und jetzt war es acht. Ich ließ mein Gepäck in der Rezeption und war Herr über drei Stunden in Orly. Doch bald bedauerte ich meinen Schritt. Und da es Konsequenzen haben konnte, wenn sich unter den anderen Passagieren ein Journalist befand, beschloß ich, mich bis elf vom Hotel fernzuhalten. Ins Kino wollte ich nicht gehen, Abendbrot essen auch nicht, folglich machte ich eine Dummheit, wie ich sie schon einmal in Quebec vorgehabt hatte, als der Start wegen eines Blizzards verschoben wurde. Ich begab mich an das andere Ende des Terminals zum

Friseur und forderte alles, was er zu bieten hatte. Der Friseur war Gascogner, ich verstand wenig von dem, was er zu mir sagte, aber entsprechend meinem Beschluß beantwortete ich jeden seiner Vorschläge mit ›ja‹, denn sonst hätte er mich aus dem Sessel herauskomplimentiert. Haarschneiden und -waschen gingen noch einigermaßen normal vonstatten, aber danach kam er in Schwung. Er suchte in dem Transistor zwischen den Spiegeln einen Rock and Roll, schaltete auf volle Lautstärke, krempelte sich die Ärmel hoch, klopfte mit dem Fuß den Takt, als wollte er steppen, und machte sich an mir zu schaffen. Er schlug mich ins Gesicht, zupfte an meinen Backen, kniff mir ins Kinn, klatschte mir dampfende Kompressen auf die Augen, machte ab und zu in diesen scheußlich heißen Knebeln ein Loch, damit ich nicht vorzeitig erstickte, fragte etwas, das ich nicht verstand, weil er mir nach dem Haarschneiden die Watte nicht wieder aus den Ohren genommen hatte. Ich antwortete »ça va, bien«, da stürzte er zu seinen Schränkchen nach neuen Flakons und Cremes. Eine geschlagene Stunde saß ich bei ihm. Gegen Schluß kämmte er mir die Brauen, schnitt sie gerade, trat mit gerunzelter Stirn einen Schritt zurück, holte aus einem besonderen Fach einen goldenen Flakon, hielt ihn mir hin wie eine Flasche edlen Wein, schmierte sich ein grünes Gelee in die Hände und rieb es mir in den Skalp. Die ganze Zeit über redete er mit betäubender Geschwindigkeit und versicherte mir, von nun an könne ich beruhigt sein, ich würde bestimmt keine Glatze bekommen. Nachdem er mir mit energischen Bewegungen das Haar ausgebürstet hatte, riß er alle Handtücher und Kompressen an sich, nahm mir die Watte aus den Ohren, pustete auf zugleich zarte und intime Weise in jedes hinein, umgab mich mit einer Puderwolke, knallte mir mit der Serviette vor der Nase herum und verbeugte sich würdevoll. Er war mit sich selbst zufrieden. Die Haut schrumpfte mir auf dem Kopf, die Backen brannten, ich erhob mich betäubt, gab ihm zehn Francs Trinkgeld und ging. Es blieben noch anderthalb Stunden, bis ich mein Zimmer beziehen konnte.

Ich begab mich zur Besucherterrasse, um der Nachtarbeit auf dem Flugplatz zuzusehen, aber ich verfehlte den Weg. Im Terminal wurden irgendwelche Bauarbeiten verrichtet, ein Teil der Rolltreppen war mit Kordel abgesperrt, in den Schächten darunter trieben sich Monteure herum, ich verirrte mich und geriet in eine Menge, die zur Abfertigung eilte. Exotische Militärs, Nonnen in gestärkten Hauben, hochbeinige Neger, wahrscheinlich eine Basketballmannschaft. Am Ende dieses Zuges schob eine Stewardeß einen Rollstuhl, darin saß ein Greis mit dunkler Brille und einem zottigen Bündel, das von seinen Knien heruntersprang und auf mich zukroch. Es war ein Äffchen in grünem Jäckchen und mit einem Mützchen auf dem Kopf. Es blickte mich von unten mit flinken schwarzen Äuglein an, und ich schaute hinab, bis es in Sprüngen dem fortfahrenden Wagen nacheilte. Die Rock-and-Roll-Melodie aus dem Frisiersalon war so penetrant in mich eingedrungen, daß ich sie sogar im Geräusch der menschlichen Schritte und Stimmen vernahm. An der Wand unter den Neonröhren stand ein elektronischer Spielautomat, ich warf eine Münze ein und ließ für eine Weile den Lichtfleck wie einen Ball über die Mattscheibe springen, doch er blendete mir in die Augen, deshalb ging ich weg, ohne das Spiel zu beenden. Wieder eilten Passagiere zur Abfertigung, ich sah zwischen ihnen einen Pfau, er stand ruhig da und ließ seinen Schwanz herabhängen, obwohl die Leute ihn beinahe anstießen. Er legte den Kopf zur Seite und schien zu überlegen, wen er zuerst in den Fuß hacken sollte. Vorher der Affe, jetzt der Pfau. Ob ihn jemand verloren hatte? Ich konnte mich nicht durch das Gedränge arbeiten, umging also die Stelle, fand aber den Pfau nicht wieder. Die Terrasse fiel mir wieder ein, ich suchte den Weg, doch der Korridor, den ich wählte, führte hinunter in das Labyrinth der Goldschmiede und Kürschner, der kleinen Kontore und Läden, und als ich gedankenlos vor den Schaufenstern stehenblieb, hatte ich den Eindruck einer großen Tiefe unter den Platten, auf denen ich stand, so als stünde ich auf einem zugefrorenen See, als hätte das Terminal unter sich sein dumpfes, dunkles Negativ. Genauer gesagt, ich sah nichts und spürte nichts, obwohl ich um diese Tiefe wußte. Ich fuhr nach oben, doch in einen anderen Flügel, in eine Halle voller Fahrzeuge. In engen Reihen warteten hier auf ihre Verladung Golfkarren, Buggys, Strandautos, ich kroch durch die Zwischenräume in der Masse aufgetürmter Karosserien und spielte mit dem Schimmer, der wie fluoreszierend von dem gleißenden Blech herabfloß. Ich schrieb diesen Effekt der Beleuchtung und dem neuen Lack zu. Vor einem goldenen Buggy blieb ich stehen, das Gold war wie mit einer Glasschicht überzogen, ich gewahrte darin mein Spiegelbild. Dort zitterte ich, gelb wie ein Chinese, mein Gesicht zog sich in die Länge und dann wieder in die Breite, aber bei einer bestimmten Kopfhaltung verwandelten sich meine Augen in braune Gruben, aus denen metallene Skarabäen gekrochen kamen, und als ich mich vorneigte, dunkelte hinter meinem Spiegelbild ein anderes, größeres. Ich blickte mich um, da war niemand, aber im spiegelnden Gold entdeckte ich wieder die Gestalt, eine interessante optische Täuschung. Die Halle endete mit einem auf Rollen gleitenden Schiebetor, es war geschlossen, ich kehrte dorthin zurück, woher ich gekommen war, ringsum verhöhnt vom Schwarm der Abbilder jeder meiner Bewegungen, wie in einer Galerie von Zerrspiegeln. Die Vervielfachung war irgendwie beunruhigend. Ich verstand warum: Die Spiegelbilder wiederholten mich mit geringfügiger Verspätung, obwohl das nicht sein konnte. Um das in meinem Kopf herumirrende Rock-and-Roll-Motiv loszuwerden, pfiff ich John Browns

Body. Ich verfehlte wieder die Terrasse, statt dessen gelangte ich durch einen Seitenausgang ins Freie. Trotz der nicht besonders weit entfernten Lampen herrschte hier wahrhaft afrikanisches Dunkel von einer Konsistenz, daß man es in der Hand hätte pressen können. Der Gedanke schoß mir durch den Kopf, ob das nicht die Anfänge von Hühnerblindheit seien, ob mit meinem Sehpurpur etwas nicht stimmte, aber schon sah ich besser. Ich mußte einfach geblendet gewesen sein vom Marsch durch die vergoldete Galerie, meine alt werdenden Augen paßten sich nicht mehr wie früher den Beleuchtungsschwankungen an. Hinter dem Parkplatz erhob sich im Lichtschein ein großer Bau. Zwischen Flutlichtmasten krochen dort Bulldozer und schoben gelben Sand vor sich her, so gelb, daß er vor den Augen flimmerte. Über dieser nächtlichen Sahara hing wie eine Milchstraße eine flache Wolke von Quecksilberfeuern, und den schwarzen Raum dahinter durchzuckten von Zeit zu Zeit verlangsamte Blitze – die Scheinwerfer der Wagen, die von der Autobahn in Richtung Terminal herabfuhren. Dieser normale Anblick erschien mir geheimnisvoll verzaubernd. Dort wohl war es, wo die Wanderung durch das Terminal den Charakter des hoffenden Wartens annahm. Nicht auf das Zimmer, obwohl ich mich daran erinnerte, sondern auf etwas Wichtigeres, es war mir klargeworden, daß ein wesentlicher Augenblick nahte. Es war eigentlich eine Gewißheit, es erging mir nur wie einem Menschen, dem ein Name nicht einfällt, obgleich er ihn auf der Zunge hat, genauso fiel mir nicht ein, worauf ich wartete. Ich mischte mich unter die Menge am Haupteingang, er zog mich hinein. Wieder in der Halle, meinte ich, es sei Zeit, im Stehen etwas zu essen, doch die Würstchen waren fade wie Papier. Ich warf den Rest mit dem Teller in den Abfallkorb und ging in das Café unter dem aufgeplusterten Pfau. Er saß über dem Eingang, unnatürlich groß, konnte also nicht ausgestopft sein. Ich war schon einmal unter diesem Pfau gewesen, vor einer Woche mit Annabella, bevor uns ihr Vater gefunden hatte.

Drinnen saßen ein paar Menschen. Ich setzte mich mit meinem Kaffee in eine Ecke, den Rücken zur Wand, denn an der Bar hatte ich einen Blick von hinten gespürt, einen hartnäckigen Blick, der sich nun verbarg, jetzt sah niemand zu mir her. Das hatte etwas Ostentatives an sich. Wie aus einer wichtigeren, anderen Welt drang das ferne Brausen der Motoren hierher, während ich mit dem Löffel den harten Zucker am Boden meiner Tasse zerstückelte. Nebenan auf dem Tischchen lag eine Illustrierte mit einem roten Streifen über dem schwarzen Umschlag, ich nahm an, der ›Paris Match‹, aber die Frau, die dort neben ihrem schmutzigen Liebhaber saß, verdeckte den Namen der Zeitschrift mit ihrer Handtasche. Absichtlich? Wer hatte mich erkannt, ein Autogrammjäger oder ein zufällig anwesender Reporter? Wie aus Versehen warf ich den kupfernen Aschenbecher hinunter. Trotz des Lärms blickte niemand sich um. Das bestätigte meinen Verdacht. Um nicht angesprochen zu werden, trank ich den Kaffee in einem Zuge aus und verließ die Bar. Ich fühlte mich ziemlich schlecht. Meine Beine bewegten sich wie leere Röhren, und mein Steißbein erinnerte durch Stiche an seine kürzlich gemachten Erfahrungen. Ich hatte das Herumtreiben satt. An den glitzernden und gleißenden Schaufenstern entlang ging ich auf die Rolltreppe mit den großen hellblauen Buchstaben AIR FRANCE zu. Das war der kürzeste Weg zum Hotel. Ich hielt mich am Geländer fest, weil die Stahlkämme der Stufen glattgetreten waren und ich nichts riskieren wollte. Auf halbem Weg zum Oberstock bemerkte ich vor mir eine Frau mit einem Hund auf dem Arm. Ich zuckte zusammen, ihr offenes Haar war genauso blond wie neulich. Langsam drehte ich den Kopf über die Schulter, ich wußte schon, wer hinter mir stand. Das Gesicht wegen der Leuchtröhren bläulich, flach, mit schwarzen Gläsern. Fast

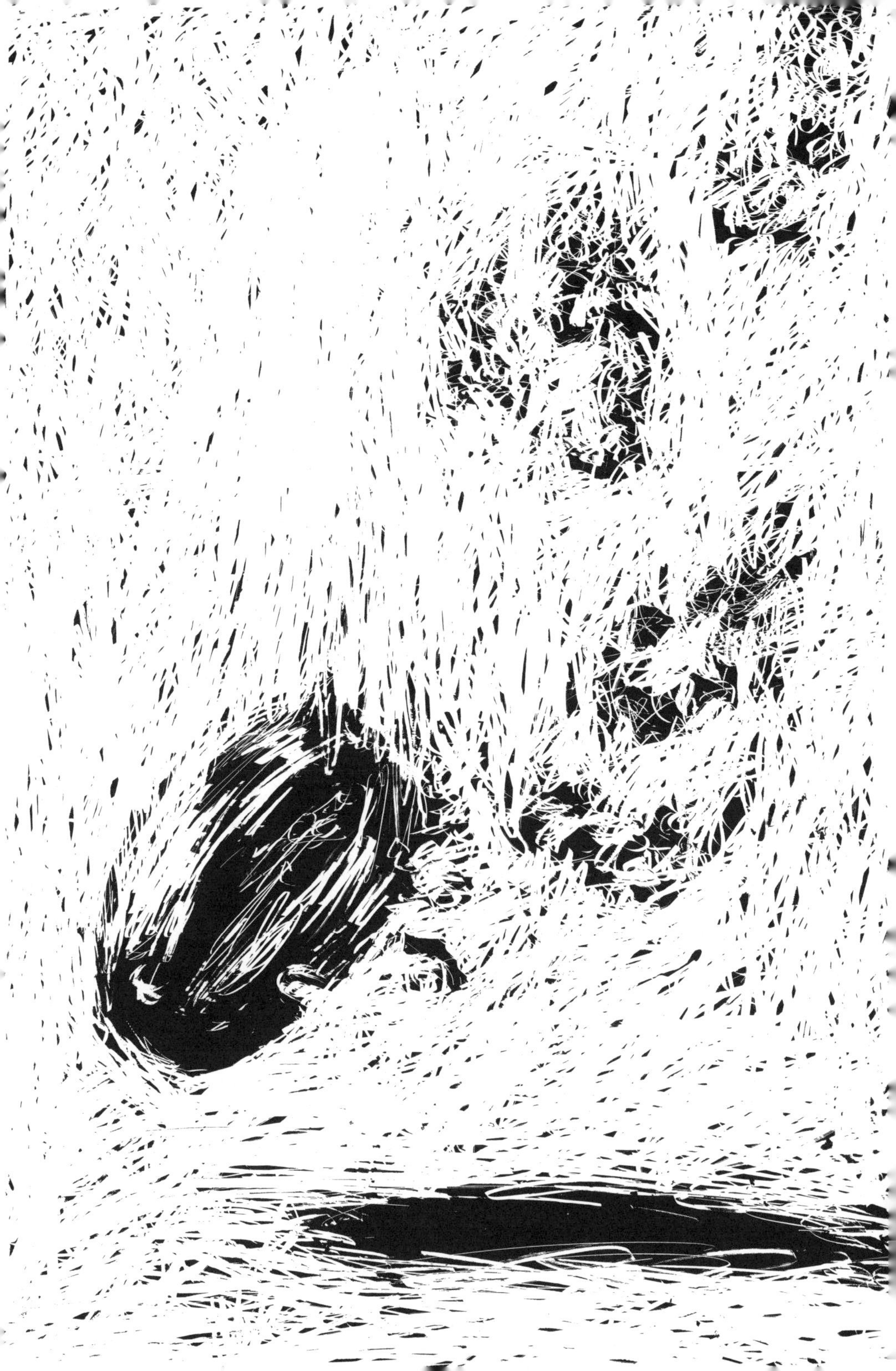

brutal drängte ich mich neben der Blonden die Treppe hinauf, doch konnte ich nicht einfach so entfliehen. Ich blieb am Geländer stehen und musterte die Fahrgäste, als die Rolltreppe sie der Reihe nach auf dem Podest absetzte. Die Blonde ließ ihren Blick über mich gleiten und ging vorbei. Auf dem Arm hatte sie einen zusammengelegten Schal mit Fransen. Diese Fransen hatte ich für einen Hundeschwanz gehalten. Der Mann war beleibt und blaß. Nichts Mongolisches. Esprit de l'escalier – dachte ich, aber mit einwöchiger Verspätung? Es steht schlecht um mich, höchste Zeit, schlafen zu gehen. Unterwegs kaufte ich mir einen Schweppes, ich steckte die Flasche in die Tasche und sah erleichtert auf die Uhr in der Rezeption. Mein Zimmer wartete schon. Der Garçon trug das Gepäck vor mir her, stellte im Vorraum den kleineren Koffer auf den größeren, nahm seine fünf Francs entgegen und ging. Im Hotel herrschte eine vertrauenerweckende Stille, in der das Rauschen der landenden Maschinen wie ein Irrtum erklang. Gut, daß ich an den Schweppes gedacht hatte, ich wollte trinken, besaß aber keinen Flaschenöffner, darum schaute ich auf den Korridor hinaus, irgendwo konnte ein Kühlschrank stehen und darin ein Öffner liegen. Die warme Farbigkeit des Läufers und der Korridorwände überraschten mich. Anerkennend dachte ich an den französischen Innenarchitekten. Ich fand einen Kühlschrank, öffnete den Schweppes und war bereits auf dem Rückweg in mein Zimmer, als Annabella um eine Korridorecke bog. Sie wirkte in ihrem dunklen Kleid größer, als ich sie in Erinnerung hatte, doch kam sie mir mit derselben weißen Schleife im Haar und demselben aufmerksamen Ausdruck der dunklen Augen entgegen, während ihre Handtasche am Arm leicht schaukelte. Auch die Handtasche kannte ich, aber als ich sie zum letzten Mal gesehen hatte, war sie aufgetrennt. Annabella verhielt an meiner halboffenen Zimmertür, ich hatte sie beim Fortgehen nicht geschlossen.

Annabella, was tust du hier, wollte ich überrascht und erfreut sagen, aber nur ein undeutliches »A« kam aus meinem Mund, denn sie be- trat mit einer so auffordernden Kopfbewegung und einem so eindeutigen Blick das Zimmer, daß ich wie angewurzelt stehenblieb. Die Innentür ließ sie offen. Konsterniert dachte ich, sie wolle mir vielleicht irgendein Geheimnis, eine Sorge anvertrauen, doch ehe ich die Schwelle überschritt, hörte ich zwei deutliche Laute – die Schuhe fielen zu Boden – dann das Quietschen des Bettes. Mit diesem Laut in den Ohren, voll von gerechter Empörung trat ich ein und erstarrte – das Zimmer war leer.

»Annabella!« rief ich. Das Bettzeug war unberührt. »Annabella!« Schweigen. Im Bad? Ich öffnete die Tür, es war dunkel, ich wartete auf der Schwelle, bis mit flackernder Verspätung die Leuchtröhren angingen. Die Wanne, das Bidet, die Handtücher, das Waschbecken, der Spiegel und darin mein Gesicht. Ich kehrte in das Zimmer zurück und wagte nicht mehr, etwas zu sagen. Obwohl sie keine Zeit gehabt haben konnte, sich im Schrank zu verstecken, öffnete ich ihn. Er war leer. Mit weichen Knien sank ich in den Sessel. Noch jetzt konnte ich mit größter Genauigkeit beschreiben, wie sie gegangen war, was sie angehabt hatte, ich machte mir klar, daß sie mir größer erschienen war, weil sie Halbschuhe mit hohen Absätzen getragen hatte, in Rom aber flache Sandalen. Ich erinnerte mich an ihren Augenausdruck, als sie die Schwelle überschritten hatte, wie sie mich angesehen hatte und wie ihr das Haar infolge der Kopfbewegung über die Schulter geglitten war. Ich hörte noch ihre impertinent abgestreiften Schuhe klappern und die Sprungfedern des Bettes quietschen – diese Geräusche wie heftige Stiche, und das alles war reine Einbildung? Eine Halluzination?

Nacheinander berührte ich meine eigenen Knie, meine Brust, mein

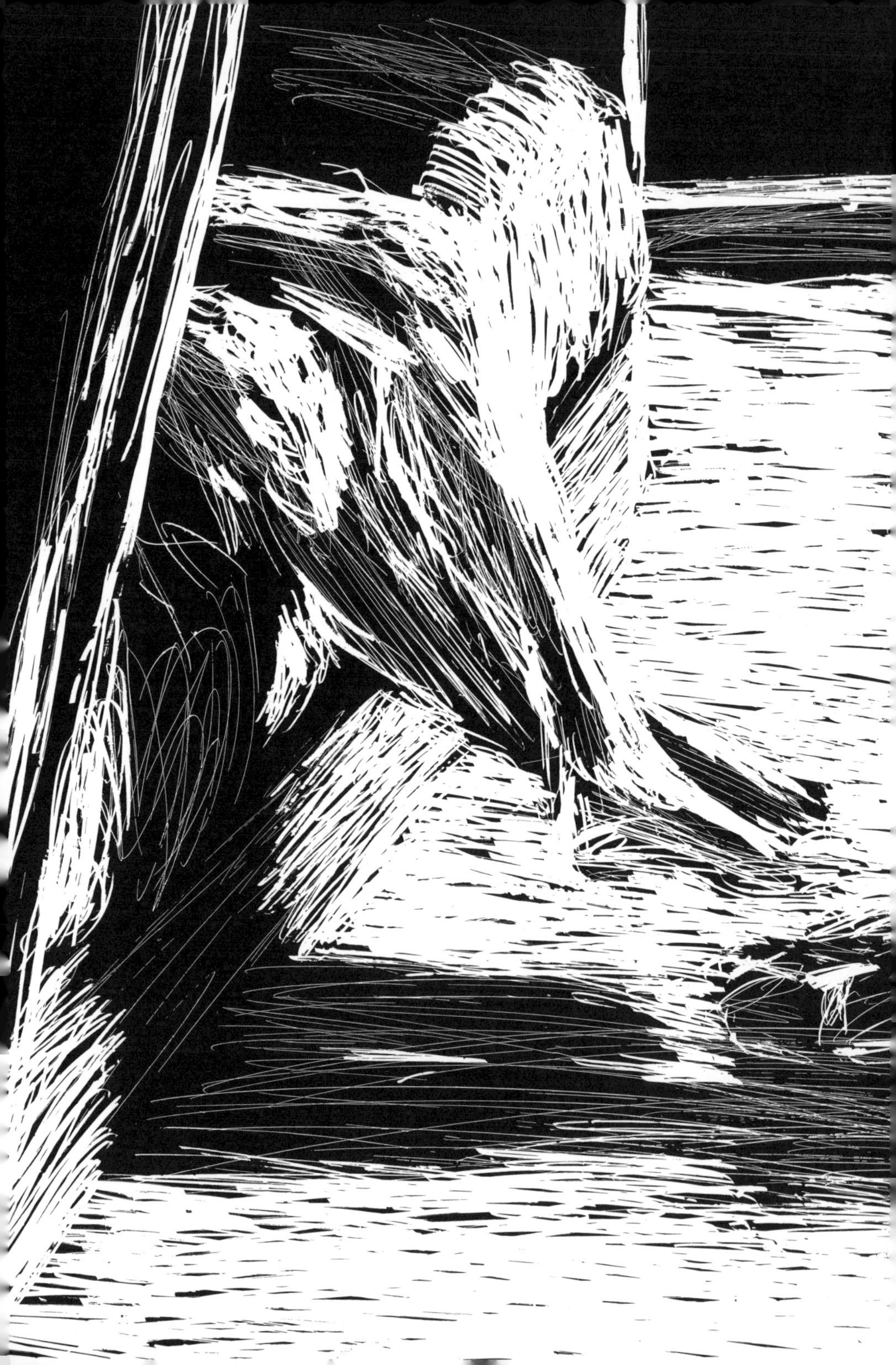

Gesicht, als müßte ich in dieser Reihenfolge die Nachforschungen betreiben, ich fuhr mit beiden Händen über den rauhen Sesselbezug, ich ging durch das Zimmer, schlug mit der Faust gegen die halboffene Schranktür, alles war solide, unbeweglich, tot, deutlich und dennoch ungewiß. Ich blieb vor dem Fernsehgerät stehen und erblickte in der gewölbten Mattscheibe die verkleinerte Widerspiegelung des Bettes und zweier Mädchenschuhe, die nachlässig auf den Teppich geworfen waren. Voller Grauen drehte ich mich um.

Dort war nichts. Neben dem Fernsehgerät stand ein weißes Telefon. Ich hob den Hörer ab, hörte das Signal, drehte aber keine einzige Ziffer. Was hätte ich Barth auch eigentlich sagen sollen? Daß mir im Hotel ein Mädchen erschienen sei und ich mich deshalb vor dem Alleinsein fürchtete? Ich legte den Hörer auf, nahm mein Necessaire aus dem Koffer und ging ins Bad, um plötzlich über dem Waschbecken zu erstarren. Alles, was ich tat, fand sogleich seine bekannte Entsprechung. Ich schüttete mir kaltes Wasser ins Gesicht wie Proque. Ich rieb mir die Schläfen mit Kölnisch Wasser ein wie Osborn. Ich kehrte ins Zimmer zurück und wußte nicht, was ich tun sollte. Nichts geschah mit mir. Das einzig Vernünftige war, sich so schnell wie möglich ins Bett zu legen und einzuschlafen. Gleichzeitig hatte ich Angst, mich auszuziehen, als wäre der Anzug die einzige Schutzschicht – das mindestens war klar. Ich bewegte mich lautlos, um das Böse nicht zu wecken, zog die Hose aus, die Schuhe, das Hemd und preßte, nachdem ich das große Licht gelöscht hatte, den Kopf in das Kissen. Die Unruhe kam jetzt aus der Umgebung, aus der verschwommenen Vermutbarkeit der Gegenstände im Dämmerlicht der Nachttischlampe. Ich schaltete sie aus. Erstarrung überfiel mich. Ich befahl mir langsame, gleichmäßige Atemzüge. Jemand klopfte an die Tür. Ich zuckte nicht einmal. Er klopfte von neuem, öffnete dann die Tür und trat in den Vorraum. Die

dunkle Silhouette hob sich vom Hintergrund des hellen Korridors ab
 und näherte sich dem Bett.

»Monsieur ...«

Ich gab keinen Laut von mir. Er stand neben mir, legte etwas auf den Tisch und ging hinaus. Das Schloß klickte, ich blieb allein. Ich schleppte mich aus dem Bett, eher zerschlagen als betäubt, und machte die Wandlampe an.

Auf dem Tisch lag ein Telegramm. Klopfenden Herzens, auf unsicheren Beinen nahm ich es in die Hand. Es war an mich adressiert, ins Hotel ›Air France‹. Ich warf einen Blick auf die Unterschrift und schauderte. Ich preßte die Lider zu, öffnete sie und las zum zweiten Mal den Namen des Menschen, der lange genug unter der Erde lag, um verfault zu sein.

WARTE ROM HILTON ZIMMER 303

ADAMS

Ich las den Text mindestens zehnmal, hob ihn an die Augen, drehte das Telegramm hin und her. Es war um 22.40 Uhr in Rom aufgegeben, also vor gut einer Stunde. Vielleicht ein ganz gewöhnlicher Fehler? Randy konnte ins ›Hilton‹ umgezogen sein, er war in dem kleinen Hotel an der Spanischen Treppe abgestiegen, weil er nichts anderes gefunden hatte, jetzt gab er mir Kenntnis davon, daß er umgezogen sei. Oder er hatte meine Nachricht erhalten, ich war nicht eingetroffen, er hatte von der Einstellung der Flüge gehört und ein Telegramm abgesandt. Warum aber hatte man den Namen ausgerechnet so verdreht? Ich setzte mich an die Wand und überlegte, ob ich das nicht nur träumte. Der Fenstervorhang, das Fernsehgerät, die umgeschlagene Ecke des Teppichs, der Umriß der Schatten wurden zur Ankündigung von etwas Unbegreiflichem. Zugleich wurde die ganze Umgebung von mir abhängig. Sie existierte ausschließlich infolge meines Willens. Ich beschloß, den Schrank daraus zu eliminieren. Der Glanz der Politur wurde matt, die Kontur der Tür dunkel, die Wand platzte, in der unregelmäßigen schwarzen Bresche verkroch sich etwas Glitschiges. Ich versuchte, den Schrank wiederherzustellen, vergeblich. Das Innere des Zimmers verschwamm von den halbdunklen Ecken her, ich konnte nur retten, was im Licht verblieb. Ich griff nach dem Telefon. Der zu spöttischer Form verbogene Hörer rutschte mir aus der Hand, das Telefon war ein grauer Stein mit rauher Oberfläche und einem Loch anstelle der Scheibe. Meine Finger durchstießen die Oberfläche und berührten etwas Kaltes. Auf dem Tisch lag ein Kugelschreiber. Unter Anspannung aller Kräfte, damit er wirklich existent blieb, schrieb ich quer über das Telegrammformular mit großen Krakeln:

Aber während ich das schrieb, gab ich der Umgebung die Zügel frei und konnte sie nicht mehr beherrschen. Ich wartete auf den Zerfall des Zimmers, statt dessen kam das Unerwartete. Ich bemerkte, daß etwas in der Nähe vorging. Die Nähe war, wie ich begriff, mein Körper. Er wurde größer. Hände und Füße entfernten sich von mir. Vor Angst, ich könnte mit dem Kopf an die Decke stoßen, warf ich mich auf das Bett. Ich lag auf dem Rücken, ich atmete mühsam, die Brust hob sich wie die Kuppel der Peterskirche, in jede Hand konnte ich ein paar Möbelstücke nehmen, ach was, das ganze Zimmer hätte darin Platz gehabt. Ein Alptraum! sagte ich mir. Ich darf ihn nicht beachten! Ich war schon so groß geworden, daß die Ränder des Körpers in der Dämmerung verschwanden. Sie irrten irgendwo herum, meilenweit entfernt. Ich verlor das Gefühl in ihnen. Nur das Innere blieb. Es war riesenhaft. Ein labyrinthischer Bereich, ein Abgrund zwischen meinem Denken und der Welt. Im übrigen gab es keine Welt mehr. Ich beugte mich atemlos über meinen Abgrund. Wo meine Lunge gewesen war, meine Eingeweide, meine Adern, ruhten jetzt nur die Gedanken. Sie waren riesig. Ich sah in ihnen mein Leben. Es war verästelt, zerdrückt, es glühte, verkohlte und wurde zu Asche. Es zerfiel in feurigen Staub, in eine schwarze Sahara. Sie war mein Leben. Das Zimmer, in dem ich lag wie ein Fisch auf dem Grund, schrumpfte auch zu einem Körnchen. Es war ebenfalls in mir. Und da das unablässige Wachstum außerhalb der Körpergrenzen andauerte, spürte ich Angst. Die schreckliche Macht meines gesprengten Raums, der alles in gierigem Anlauf verschlang, zerstörte mich. In die Tiefe gesogen, stöhnte ich vor Verzweiflung und begann, mich auf die Ellbogen zu heben. Sie stützten sich auf die Matratze irgendwo in der Mitte der Erde. Ich fürchtete, mit einer Handbewegung die Mauer einzustoßen. Zwar sagte ich mir, das sei unmöglich, zugleich aber spürte ich mit jeder Faser, jedem Nerv, daß es so war. In einem unvernünftigen Fluchtversuch wälzte ich mich vom Bett, ich fiel auf die Knie und gelangte an der Wand zum Schalter. Das Licht überflutete das Zimmer mit einer Bleichheit, die wie ein Messer schnitt. Ich sah den Tisch, von dem eine regenbogenfarbene Masse tropfte, das Telefon, das ausgelaugt war wie ein Knochen, fern im Spiegel mein schweißglänzendes Gesicht, ich erkannte es, aber nichts hatte sich geändert. Ich versuchte zu begreifen, was mit mir vorging, welche Macht mich sprengte und einen Ausweg suchte. War ich sie? Ja und nein. Die aufgedunsene Hand bleibt meine Hand. Aber wenn sie zu einem Berg Fleisch anwüchse und mich mit ihrem kochenden Massiv zuschüttete, könnte ich dann immer noch meinen, das sei meine Hand und nicht die Macht, die sie gesprengt hat? Sooft ich den Metamorphosen Widerstand zu leisten versuchte, kam ich zu spät, denn alles war schon verändert. Mein Blick hob jetzt die Zimmerdecke, schob sie fort, jede Stelle bog sich unter meinem Blick, sank ein, fiel zusammen, mit meinen Augen verbrannte und zerschmolz ich ein Gebäude aus Wachs. Hirngespinste! versuchte ich mir zu sagen. Die Worte erreichten mich wie ein Echo aus dem Brunnen. Ich stieß mich von der Wand ab, ich stand auf breit gegrätschten Beinen, die in die weiche Masse des Parketts einsanken, ich drehte den Kopf wie die Kuppel eines Riesenturms und bemerkte die Uhr auf dem Nachttisch. Das Zifferblatt war der Boden eines leuchtenden Trichters. Der Sekundenzeiger schob sich in unheimlich verlangsamter Bewegung darüber hin. Hinter dem Zeiger blieb eine Spur zurück, weißer als die Emaille des Zifferblatts, das sich zu einer von oben gesehenen Ebene mit Militärkolonnen ausweitete. Der kalkige Grund zwischen den Marschierenden wurde von Explosionen zerrissen, ihr Rauch verdrehte sich zu einem Gesicht, zu den weichen Masken einer lautlosen Agonie. Der Ameisenhaufen der Infanteristen erstarrte, das Blut, das von ihnen herabtropfte, bildete runde Flecken roten Sumpfs, sie gingen weiter bei gleichmäßigem Trommelschlag, bedeckt mit Staub und Blut. Die Schlacht schrumpfte, als ich die Uhr weglegte, aber sie hörte nicht auf. Das Zimmer schwankte. Es vollzog langsam eine Drehung und warf mich zur

Decke. Irgend etwas hielt mich im Fallen an. Ich glitt auf Knie und Hände. Ich lag neben dem Bett, und das Zimmer eilte immer langsamer, alles verband sich wieder, bis es stehenblieb. Mit dem Kopf wie ein Hund auf dem Fußboden warf ich einen Blick auf die Uhr, die an der Nachttischlampe lehnte. Es war ein Viertel vor eins.

Dort geschah nichts mehr, der Sekundenzeiger ging langsam wie eine Ameise. Ich setzte mich auf den Fußboden, ein wenig ernüchtert von seiner Kühle. Das Zimmer erschien mir im weißen Licht wie angefüllt mit massivem Kristall, voll eines schwingenden Klangs, mit leuchtend versenkten Gegenständen. Jedes Möbelstück, jede Falte des Fenstervorhangs, die Schatten des Tisches dauerten in diesem überhellen Milieu mit unsagbarer Vollkommenheit fort. Ich achtete nicht im mindesten auf diese Schönheit, ich war gespannt wie ein Feuerwehrmann, der eine Rauchsäule im Theater erwartet und die Schönheit der Szene nicht sieht. Schwach und leicht stand ich auf. Ich überwand die Fremdheit der Finger und fügte auf dem Formular hinzu:

00.50 Erleichterung
Morgens Plimasin
Orly – Friseur

Soviel wußte ich. Über den Tisch gebeugt, die schiefen Buchstaben betrachtend, spürte ich die nächste Verwandlung. Die Reflexe auf der Tischplatte fächelten mit Libellenflügeln, sie erhoben sich, der Tisch flatterte mir ins Gesicht mit graugerippten Fledermausflügeln, ihre Panik dämpfte das Milchglas der Nachttischlampe, der Tischrand erschlaffte, von den Händen erfaßt – ich konnte dem Andrang der Umgestaltungen weder entgehen noch ihn einholen, in der folgenden Stunde wurde die Schnelligkeit der Wesensverwandlungen schwindelerregend, widerlich, majestätisch, spöttisch wehten sie durch mich hindurch wie der Wind, auch bei geschlossenen Lidern – die Augen wurden überflüssig. Ich erinnere mich an die unbestimmte, unablässige Anstrengung, mit der ich dieses fremde Element aus mir hinauswarf, als wollte ich es erbrechen – es war vergeblich, doch ich wehrte mich, in mir war immer weniger vom Zuschauer, vom Beobachter, ich wurde zum Teil der ameisenhaft wimmelnden Gesichte, zu ihrem bebenden Makel. Nach ein Uhr tauchte ich noch einmal auf. Der Prozeß ging in Wellen vor sich wie die Peristaltik, aber jede Phase, die wie Endgültigkeit wirkte, nahm in der folgenden an Stärke zu. Die Trugbilder verließen mich zwischen zwei und drei Uhr, und das war das Schlimmste, denn die Umgebung gewann wieder ihr normales Aussehen zurück, aber in einer anderen Wachseinsstufe. Wie soll man das ausdrücken? Die Möbelstücke und Wände versteinerten, verharschten, verfestigten sich in entsetzlichem Übergang: Die Zeit hielt an, und deshalb blieb nur die Umgebung, die von allen Seiten als Lawine auf mich eindrang, wie ein langgezogener Magnesiumblitz stehen. Das ganze Zimmer entsprach der Atemlosigkeit zwischen zwei Schreien, das, worauf es hinzielte, erschien in unverschämter Bosheit auf den Übergängen des Tapetenmusters, auf dem Bild der Loireschlösser über dem Bett, auf den grünen Rasenflächen der Schlösser. Dieses Grün war mein Urteil, ich blickte

von den Knien auf und verstand, daß ich verlieren mußte. Da warf ich mich auf das Zimmer, ja, auf das Zimmer, ich riß die Schnüre von Gardinen und Vorhängen ab, ich trennte ihren Stoff von den Schienen, ich zog die Wäsche vom Bett und warf das ganze mörderische Bündel in die Wanne, ich schloß das Bad zu und brach den Schlüssel ab, als ich ihn in die Öffnung des Riegels an der Außentür trieb, doch während ich mich außer Atem an den Türrahmen lehnte und das Schlachtfeld musterte, begriff ich, es half alles nichts. Fenster und Mauern konnte ich nicht beseitigen. Ich warf den Inhalt der Koffer auf den Fußboden und wühlte mich bis zu den flachen Ringen mit dem kurzen Verbindungsstück durch – Randy hatte sie mir mit einem Lächeln in Neapel gegeben,

damit ich den Mörder fesseln könne, wenn ich ihn hätte. Ich hatte ihn.
 Zwischen den Hemden lagen dunkle Klümpchen verstreut, die Mandeln aus der aufgerissenen Tüte – ich konnte über sie nichts mehr aufschreiben, ich fürchtete, zu spät zu kommen, so warf ich nur eine Handvoll auf das Telegrammformular, schleppte den Sessel zum Heizkörper, setzte mich darin zurecht, lehnte den Rücken in das Polster, drückte die Füße auf den Boden, fesselte mich an das Heizungsrohr und wartete, bis zum Letzten gespannt, auf DAS wie auf den Start. Ich startete weder nach oben noch nach unten, sondern in die Tiefe – in heißem, rostrotem Nebel, inmitten tanzender Wände, in Fesseln geschlagen, zerrte ich wie ein Hund an der Kette und konnte nichts erreichen außer einem Bein des Bettes. Es gelang mir, es heranzuziehen, und als wollte ich Feuer ersticken, preßte ich das Gesicht in die Matratze, ich biß mich durch zur Schaumgummimasse, aber sie war porös und erstickte mich nicht, darum packte ich mich mit der freien Hand an der Kehle und drückte sie zusammen, ich stöhnte vor Verzweiflung, daß ich immer noch nicht mit mir Schluß machen konnte. Ich weiß noch, ehe ich das Bewußtsein verlor, spürte ich im Schädel Explosionen. Ich muß mit dem Kopf an die Röhren geschlagen haben. Ich erinnere mich an das kleine Aufblitzen der letzten Hoffnung, jetzt könnte es gelingen. Dann nichts mehr. Ich starb, und es kam mir gar nicht seltsam vor, daß ich darum wußte. Ich schwamm später in den schwarzen Wasserfällen unbekannter Grotten, in einem Dröhnen und Rauschen, als wäre nur mein Gehör nicht mit allem gestorben. Ich hörte Glocken läuten. Die Schwärze wurde rosa. Ich öffnete die Augen und sah ein großes, fremdes, blasses, übermenschlich ruhiges Gesicht über mich gebeugt. Es war Dr. Barths Gesicht. Ich erkannte ihn sogleich und wollte ihm das kundtun, aber ich wurde ganz banal ohnmächtig.

Man fand mich um vier Uhr früh an den Heizkörper gefesselt auf, die

Italiener im Nebenzimmer hatten das Personal alarmiert, und da ich aussah wie nach einem Tobsuchtsanfall, gab man mir eine Beruhigungsspritze, bevor man mich in ein Krankenhaus brachte. Als Barth am nächsten Tag von der Einstellung der Flüge hörte, telefonierte er mit Orly, erfuhr von meinem Los und begab sich in das Krankenhaus, wo ich immer noch bewußtlos lag. Erst nach dreißig Stunden erwachte ich richtig. Ich hatte angebrochene Rippen, eine zerbissene Zunge, einen an mehreren Stellen genähten Kopf, ein dick geschwollenes Handgelenk vom Zerren an den Handschellen. Zum Glück war der Heizkörper, an den ich mich gefesselt hatte, aus Eisen gewesen – einer aus Plastik wäre sicher zerbrochen, und dann wäre ich aus dem Fenster gesprungen. Nichts auf der Welt hatte ich mehr gewünscht als gerade das.

Ein bestimmter kanadischer Biologe hat festgestellt, daß Menschen, die nicht an Haarausfall leiden, in ihrem Hautgewebe dieselbe Nukleinverbindung besitzen wie die ebenfalls nicht an Haarausfall leidenden Schmalnasenaffen. Diese Substanz, Affenhormon genannt, erwies sich als wirksam bei der Bekämpfung von Haarausfall. In Europa nahm eine Schweizer Firma die Produktion dieser Hormonsalbe nach der amerikanischen Lizenz von Pfizer auf. Die Schweizer veränderten den Bau des Präparates so, daß es wirkungsvoller wurde, aber auch empfindlicher gegen Wärme, unter deren Einfluß es schnell zerfiel.
Während der Sonneneinstrahlung auf die Haut verändert das Hormon seinen chemischen Bau und kann sich dann unter Einfluß von Ritalin in Dr. Dunants Präparat X, in ein psychisches Depressivum umwandeln, doch ruft es eine Vergiftung nur dann hervor, wenn es in großen Mengen verabreicht wird. Das Ritalin befindet sich im Blut der Personen, die es einnehmen, das Hormon aber wird äußerlich angewandt, als Salbe, doch enthält es eine Beimischung von Hyaluronida-

se, die das Durchdringen des Heilmittels durch die Haut in die Blutgefäße erleichtert. Damit es aber zu einer Vergiftung mit psychotischem Effekt kommt, müßte man täglich 200 Gramm in die Haut einreiben und gleichzeitig mehr als die Maximaldosis Ritalin verabreichen. Katalysatoren, die die Wirkung des Depressivums millionenfach verstärken, sind die Verbindungen von Zyaniden mit Schwefel, die Rhodaniden. Drei Buchstaben, die chemischen Symbole CNS, bilden den Schlüssel des Rätsels. Spuren von Zyanid finden sich in bitteren Mandeln. Sie verleihen ihnen die charakteristische, brennende Bitterkeit. In einigen neapolitanischen Mandelbrennereien herrschte eine Schabenplage. Als Desinfektionsmittel verwandte man ein schwefelhaltiges Präparat. Spuren des Schwefels gelangten in die Emulsion, in der die Mandeln eingeweicht wurden, bevor sie in den Ofen kamen. Das hatte keinerlei Folgen, solange die Temperatur des Backofens niedrig blieb. Erst wenn die Temperatur so hoch wurde, daß der Zucker karamelisierte, verbanden sich die Zyanide der Mandeln mit dem Schwefel zu Rhodan. Doch auch das Rhodan, wird es allein in den Körper eingeführt, ist noch kein wirksamer Katalysator des Faktors X. In den reagierenden Körpern mußten sich freie Schwefelionen befinden. Diese Ionen stammten in Gestalt von Sulfaten und Sulfiten aus den Heilbädern. So also kam jemand um, der Hormonsalbe verwandte, Ritalin schluckte, Schwefelbäder nahm und Mandeln kostete, die auf neapolitanische Weise in Zucker gebrannt waren. Die Rhodanide katalysierten die Reaktion bei so geringfügigen Mengen, daß man diese nur durch die Chromatographie entdecken konnte. Voraussetzung unwissentlicher Selbstvernichtung war Naschhaftigkeit. Wer als Diabetiker keine Süßigkeiten essen durfte oder sie nicht mochte, kam heil davon. Die Schweizer Abart der Salbe wurde nur in Europa verkauft, und zwar seit zwei Jahren – darum wurden vorher auch keine Fälle notiert. In Amerika gab es sie nicht, weil dort Pfizer ausschließlich auf dem Markt war, und sein Hormon zerfiel außerhalb des Kühlschranks nicht so schnell wie das europäische. Frauen benutzten die für Männer bestimmte Salbe nicht, folglich konnte es unter ihnen keine Opfer geben.

Der unselige Proque war auf andere Weise in die Falle gegangen. Er litt nicht an Haarausfall, er benötigte kein Hormon, er ging nicht an den Strand, er nahm keine Schwefelbäder, doch Schwefelionen drangen ihm ins Blut, weil er in seiner Dunkelkammer die Dämpfe sulfithaltiger Entwickler einatmete, Ritalin nahm er gegen die Müdigkeit, und die Verbindung X reichte ihm Dr. Dunant, als er seine Brille zerschlagen hatte. Der gelehrte und geduldige Doktor, der jedes Fetzchen und jede Prise Staub in Proques Werkstatt zerrieb, der Proben aus dem Sperrholz der Trennwand und aus dem Schleifpulver entnahm, wußte nicht, daß die geheimnisvolle Substanz, die er suchte, sich vier Meter über seinem Kopf befand, daß sie als Tüte mit gezuckerten Mandeln in der Schublade einer alten Kommode lag.

Nicht wesentlich, aber recht amüsant ist eine anekdotische Einzelheit. Als ich bereits in den Staaten war, sagte mir ein Chemiker, die Schwefelblume, die der kleine Pierre mir ins Bett geschüttet hatte, könne bei der Vergiftung keine Rolle gespielt haben, weil sie als Schwefel in festem Zustand, durch Sublimierung in Staub verwandelt, nicht löslich ist. Dieser Chemiker stellte ad hoc folgende Hypothese auf: Die Spuren von Schwefelionen in meinem Blut stammten aus geschwefeltem Wein. Wie in Frankreich üblich, trank ich ihn zu jeder Mahlzeit, aber in Barths Haus, weil ich nirgendwo anders aß. Die Chemiker von CNRS, die das wußten, hatten diese Eventualität verschwiegen, um ihren Chef nicht durch die Vermutung konfus zu machen, er könne seinen Gästen einen schlechten Wein gereicht haben.

Man hat mich später gefragt, ob die Mandeln mein Heureka-Erlebnis gewesen seien. Es wäre sehr leicht, zuzustimmen oder zu verneinen, aber ich weiß es einfach nicht. Schon vorher, als ich vernichtete, was in meine Hände fiel, als ich alles in die Wanne warf, was mir tödlich und bedrohlich erschien, handelte ich wahnsinnig, aber in diesem Wahnsinn war ein Fünkchen Selbsterhaltungstrieb, also konnte es mit den Mandeln ähnlich sein. Ich wollte sie – das weiß ich – meinen Notizen beifügen, und diese Geste war womöglich nichts anderes als die Folge langjähriger Routine. Ich war daran gewöhnt, Vorgänge auch unter maximalem Streß zu protokollieren, denn man hatte von mir Berichte verlangt, ganz unabhängig von meiner Meinung, ob eine Tatsache wesentlich sei oder nicht. Das konnte der intuitive Einfall sein, der das Gewitter am Vormittag, den Anfall von Niesen, die im Hals steckengebliebene Tablette, die Mandeln, die ich danach aß, und das Bild Proques miteinander in Verbindung brachte, als er zum letzten Mal die Konditorei an der Ecke der Rue Amélie betrat. So eine Heldentat erscheint mir zu schön, um wahr zu sein. Ich habe die Mandeln mit der neapolitanischen Angelegenheit wohl deshalb in Verbindung gebracht, weil im Schaufenster des Konditors ein Abbild des Vesuvs aufgeschüttet war. Da der Vesuv damit nichts zu tun hatte, wurde er zum magischen Verbindungsglied und brachte mich dem Kern näher. Allerdings, wer meinen Bericht genau liest, wird bemerken, wie oft es während der Untersuchung zu derartigen Annäherungen kam, ohne daß sich etwas daraus ergab. Auch Barth war dem Kern nahe gekommen, obgleich er sich geirrt hatte, als er einen politischen Hintergrund der Fälle annahm, aber er hatte richtig die Auswahl der ›Elfergruppe‹ in Frage gestellt und zutreffend erkannt, warum nur Ausländer die Opfer waren, und dazu noch einsame, von der italienischen Umgebung doppelt isolierte, durch Unkenntnis der Sprache und durch Mangel an

Angehörigen. Vorboten der Vergiftung waren Wesensänderungen, die nur ein Vertrauter aus nächster Nähe zeitig genug wahrnehmen konnte. Später gelang es, zu einigen ›abortiven Fällen‹ durchzudringen, wo Italiener vergiftet wurden oder Ausländer, die sich mit ihren Frauen in Neapel aufhielten. Der Verlauf stimmte in der Regel überein. Durch die seltsamen Handlungen ihres Mannes beunruhigt, beobachtete die Frau ihn immer genauer, und als die Wahngebilde auftraten, veranlaßte sie ihn mit aller Kraft zur Abreise. Die Flucht nach Hause schien die natürliche Reaktion auf die unverständliche Bedrohung zu sein. Die Italiener dagegen gelangten schon in der Einleitungsphase der Vergiftung in psychiatrische Behandlung – meistens unter dem Druck der Familie –, also kam es auch da zu einem vollständigen Wechsel der Lebensweise, der Mann fuhr nicht mehr Auto, nahm kein Plimasin mehr, er unterbrach die Badekur, und so verschwanden die Symptome bald. Die Untersuchung war durch einen banalen Umstand nicht zu diesen ›abortiven Fällen‹ vorgedrungen. Immer hatte sich jemand aus der Umgebung des Vergifteten gefunden, der den Restbetrag des Abonnements abholte, und die Bücher hatten nur die finanziellen Saldi festgehalten, nicht aber die Tatsache des Abbruchs einer Kur an sich, so war von diesen möglichen Opfern keine Spur geblieben.

Außerdem gab es noch mehr Faktoren, die der Untersuchung Hindernisse in den Weg legten. Niemand brüstet sich damit, daß er eine Salbe gegen Haarausfall benützt. Wer sich überhaupt nicht um seine Glatze kümmerte oder lieber eine Perücke verwandte als ein Medikament, entging der Bedrohung, aber wie sollte man das feststellen? Wer kein Hormon benutzte, hatte, weil er gesund und heil war, nichts auszusagen, und wer es benutzte, kam um. Packungen mit der Schweizer Salbe fanden sich nicht in den Kleidungsstücken der Opfer, weil man sie im Kühlschrank aufbewahren mußte. Das ist daheim einfach, nicht aber im Hotel, folglich führten die gewissenhaften alten Herren das Präparat nicht bei sich, sondern suchten die örtlichen Friseure auf. Die Salbe mußte alle zehn Tage eingerieben werden, also unterzog sich jedes Opfer dieser Prozedur in Neapel nur einmal, und niemandem war es bei der Untersuchung eingefallen, in den Friseurläden nachzufragen, was man dort bestimmten Kunden in die Kopfhaut einreibt. Schließlich zeichneten sich die Opfer durch eine physische Ähnlichkeit aus, wie ihnen auch bestimmte psychische Züge gemein waren. Es handelte sich um Männer an der Schwelle des Verblühens, noch mit Ansprüchen, die gegen das nahende Alter ankämpften, aber das zugleich verbargen. Wer die Schattenlinie bereits überschritten hatte und – kahl wie ein Knie, jenseits der Sechzig – die Versuche aufgab, ein jugendliches Aussehen wiederzugewinnen, der suchte keine wundertätigen Heilmittel. Und wer bereits vorzeitig kahl geworden war, um die Dreißig, der hatte keine so weit fortgeschrittenen rheumatischen Veränderungen, daß eine Badekur erforderlich wurde. Die Drohung hing also nur über denen, die in den Schattenstreifen eingetreten waren und in ihm verharrten. Je genauer man jetzt die Tatsachen betrachtete, desto offensichtlicher wurde ihre Zusammengehörigkeit. Die Vergiftungen traten nicht außerhalb des Zeitraums der Grasblüte auf, denn die Fahrer nahmen sonst kein Plimasin, und wer schweres, zum Liegen zwingendes Asthma hatte, saß nicht am Steuer, brauchte also seinerseits kein Präparat, das für Fahrer bestimmt ist.

Barth besuchte mich im Krankenhaus und bewies mir so viel Herzlichkeit, daß ich mich vor der Abreise in die Staaten zu einem Abschiedsbesuch bei ihm aufmachte. Pierre lauerte an der Treppe, versteckte sich aber sofort bei meinem Anblick. Ich verstand, worum es ging, und versicherte ihm, daß ich an den Helm dächte. Bei Barth war Dr. Saussure, nicht im Gehrock, aber in einem Hemd mit jabotartigen Manschetten. Statt des Taschenrechners trug er eine Uhr um den Hals. Er sah die Bücher in der Bibliothek durch, und Barth erzählte mir etwas sehr Lustiges: Der Versuch, den Computer bei einer Untersuchung anzuwenden, sei geradezu vollkommen gelungen, obwohl der Computer, nicht programmiert und nicht in Gang gesetzt, nichts bewirkt hätte. Doch wäre ich nicht gerade mit diesem Plan nach Paris gekommen, so hätte ich nicht in seinem Haus gewohnt, hätte nicht die Sympathie seiner Großmutter erworben, der kleine Pierre hätte mir nicht nach dem Fall von der Treppe mit Schwefelblume geholfen – mit einem Wort, der Anteil des Computers an der Lösung des Rätsels ist unbezweifelbar, wenn auch rein ideell. Lachend bemerkte ich, das Zusammentreffen zufälliger Geschehnisse, das mich mitten in das Zentrum des Geheimnisses gelenkt hatte, komme mir jetzt erstaunlicher vor als das Geheimnis selbst.

»Sie begehen den Fehler, egozentrisch zu sein!« sagte Saussure und wandte sich am Bücherschrank um. »Diese Serie ist nicht so sehr ein Kennzeichen der Gegenwart als vielmehr ein Vorzeichen der Zukunft. Ihre Ankündigung, heute noch unverständlich …«

»Aber Sie verstehen sie?«

»Ich ahne ihre Hinweise. Die Menschheit hat sich so vermehrt und verdichtet, daß atomare Gesetze sie zu lenken beginnen. Jedes Gasatom bewegt sich chaotisch, aber ebendieses Chaos gebiert die Ordnung als Stabilität des Drucks, der Temperatur, des spezifischen Gewichts und so weiter. Ihr Zufallserfolg wirkt paradox – in einer langen Reihe ungewöhnlicher Koinzidenzen. Aber das kommt nur Ihnen so vor. Sie werden sagen: Es hat noch nicht genügt, bei Barth die Treppe hinunterzufallen, Schwefel statt Tabak zu schnupfen, nötig war auch noch Ihre durch Proques Geschichte veranlaßte Erkundung auf der Rue Amélie,

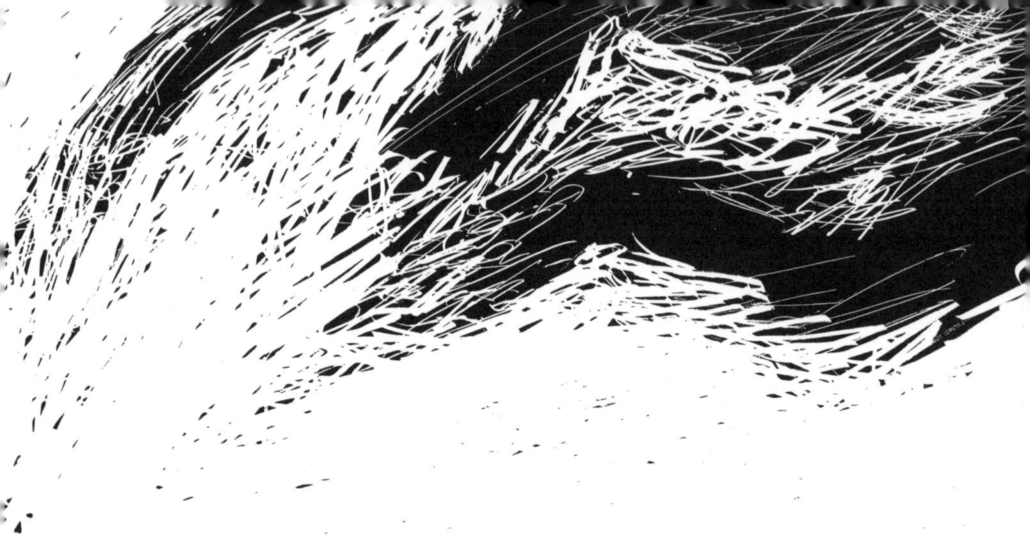

das Niesen vor dem Gewitter, der Mandelkauf für die Kinder, die Einstellung der Flüge nach Rom, das überfüllte Hotel, der Friseur und wohl auch die Tatsache, daß er Gascogner war – damit die Kettenreaktion in Gang kam.«

»Ach, schlimmer noch«, warf ich ein. »Hätte mein Anteil an der Befreiung Frankreichs sich nicht auf den Bruch meines Steißbeins beschränkt, hätte sich diese Verletzung auf der Treppe in Rom wohl kaum erneuert, dann wäre ich auch hier heil davongekommen. Wäre ich nicht unmittelbar vor diesem Attentäter auf die Treppe in Rom gelangt, so wäre mein Bild nicht im ›Paris Match‹ erschienen, und ohne diesen Antrieb wäre ich, anstatt um ein Zimmer im Hotel der Air France zu kämpfen, zur Übernachtung nach Paris gefahren, und wieder wäre alles vorbei gewesen. Aber schon die Wahrscheinlichkeit meiner Anwesenheit bei dem Attentat war von vornherein astronomisch gering. Ich hätte mit einer anderen Maschine fliegen, ich hätte auf einer anderen Stufe stehen können … Und was erst, da ja alles davor und danach ebenfalls aus solchen astronomischen Unwahrscheinlichkeiten besteht! Hätte ich vom Fall Proque nicht erfahren, so hätte ich

mich doch nicht nach Rom aufgemacht, ausgerechnet als die Flüge eingestellt wurden, und auch das war ja das reinste Zusammentreffen von Zufällen.«

»Daß Sie den Fall Proque kennenlernten? Das glaube ich nicht. Wir sprachen gerade darüber, ehe Sie kamen. Sie haben den Fall kennengelernt dank den Intrigen zwischen Sûreté und Défense, und dazu ist es durch politische Streitigkeiten gekommen. Jemand wünschte die Kompromittierung eines bestimmten Militärs, der sich in die Politik einmischte und Dr. Dunant patronisierte. Das ist so ein Billard, wissen Sie.«

»Sollte ich Kugel oder Stock sein?«

»Sie sollten, nehmen wir an, mitwirken beim Wiederausgraben der Akten Proques und mittelbar Dunant schaden ...«

»Und wenn es so war, was besteht dann für ein Zusammenhang zwischen dem Ziel meines Eintreffens in Paris und den politischen Intrigen in Frankreich?«

»Keiner natürlich. Ebendeshalb erscheint Ihnen die große Menge von Treffern, die mit solcher Präzision genau auf das Zentrum des Rätsels zielen, als Widerspruch zum gesunden Menschenverstand. Ich sage Ihnen: Fort mit der Gesundheit! In der Tat, für sich genommen ist jeder Abschnitt Ihrer Erlebnisse noch einigermaßen wahrscheinlich, aber die aus der Zusammensetzung dieser Abschnitte resultierende Trajektorie grenzt an ein Wunder. So denken Sie, nicht wahr?«

»Gewiß ...«

»Mittlerweile ist geschehen, was ich Ihnen hier unten vor drei Wochen gesagt habe, mein lieber Herr. Bitte stellen Sie sich einen Schießstand vor, in dem statt einer Scheibe eine Briefmarke aufgestellt wird – eine halbe Meile vom Standort der Schützen. Es ist die Zehn-Centimes-Marke mit der Marianne. Auf ihrer Stirn hat eine Fliege einen Punkt hinterlassen. Und jetzt machen sich ein paar ausgewählte Schützen ans Schießen. Sie werden den Punkt bestimmt nicht treffen, weil sie ihn nicht ausmachen können. Wenn nun hundert mäßige Schützen sich ans Schießen machen und wochenlang schießen, ist es völlig sicher, daß schließlich irgendeiner von ihnen den Punkt trifft. Der Schütze trifft nicht, weil er phänomenal war, sondern weil so dicht geschossen wurde. Sind Sie einverstanden?«

»Ja, aber das erklärt nicht …«

»Ich bin nicht zu Ende. Es ist Sommer, und auf dem Schießstand mangelt es nicht an Fliegen. Die Wahrscheinlichkeit, gleichzeitig den Punkt zu treffen und eine Fliege, die sich vor den Lauf begeben hat, ist noch kleiner. Die Wahrscheinlichkeit, den Punkt zu treffen und mit derselben Kugel noch drei Fliegen, ist astronomisch gering, wie Sie sich ausgedrückt haben, und doch versichere ich Ihnen, daß auch eine solche Koinzidenz sich ereignet, wenn das Schießen nur lange genug anhält!«

»Entschuldigen Sie, Sie reden von einer ganzen Sintflut von Schüssen, aber ich war ein einzelner …«

»Das kommt Ihnen nur so vor. Im gegebenen Zeitabschnitt wird die Kugel, die den Punkt durch die drei Fliegen trifft, auch eine einzelne sein. Der Schütze, dem das passiert, wird sich mit seinem Erstaunen genauso brüsten wie Sie. Daß gerade *er* getroffen hat, ist weder wunderbar noch seltsam, weil *jemand treffen mußte*. Begreifen Sie? Der gesunde Menschenverstand nützt hier nichts. Es ist geschehen, was ich Ihnen vorausgesagt habe. Ein Lotteriemechanismus hat das Rätsel von Neapel geboren, und genau so ein Mechanismus hat es gelöst. In beiden Gliedern der Aufgabe wirkte das Gesetz der großen Zahl. Natürlich, hätten Sie eine einzige Bedingung aus ihrer notwendigen Menge nicht erfüllt, so hätten Sie sich nicht vergiftet, doch früher oder später hätte jemand anderes die Bedingungen erfüllt. In einem Jahr, in drei Jahren, in fünf Jahren. Es wäre dazu gekommen, denn wir leben nun einmal in einer solchen schicksalhaft verdichteten Welt. In einem molekularen Menschen-Gas, das chaotisch ist und mit seinen Unwahrscheinlichkeiten nur die einzelnen Atome, die Individuen in Erstaunen versetzt. Das ist eine Welt, in der das Ungewöhnliche von gestern zum Banalen von heute wird und das Extrem von heute zur Norm von morgen.«

»Ja, aber ich …«

Er ließ mich nicht zu Wort kommen. Barth, der ihn kannte, sah uns zu und zwinkerte, als müßte er sich das Lachen verbeißen.

»Bitte um Entschuldigung, aber hier geht es nicht um Sie.«

»Wenn nicht ich, wer dann? Ein Detektiv?«

»Ich weiß nicht wer, und es interessiert mich auch gar nicht. Irgend jemand. Ich habe gehört, Sie trügen sich mit der Absicht, über diese Sache ein Buch zu schreiben?«

»Barth hat es Ihnen gesagt? Stimmt, ich habe schon einen Verleger … aber warum sprechen Sie davon?«

»Ich spreche davon, weil es zur Sache gehört. Irgendeine Kugel muß auf diesem Schießstand treffen, und irgendein Mensch muß den Kern der Sache treffen. Wenn es aber so ist, dann war das Erscheinen dieses Buches ohne Rücksicht auf den Autor und den Verleger ebenfalls eine mathematische Gewißheit.«

] Ende [November 1975

Zu diesem Titel erscheint eine limitierte Vorzugsausgabe in einer Auflage von 120 Exemplaren mit einer Radierung von Mandy Schlundt. Die Vorzugsausgabe trägt die ISBN 3 7632 5502 8.

Die Originalausgabe dieses Romans erschien 1975 unter dem Titel *Katar*. Autorisierte Übersetzung aus dem Polnischen von Klaus Staemmler. Mit 29 Schabezeichnungen von Mandy Schlundt, Worms.

 Gestaltung und Herstellung: Anke Rosenlöcher, Frankfurt am Main. Gesetzt aus der Excelsior und der Frutiger von Greiner & Reichel, Köln. Lithoarbeiten: RGD, Langen. Druck und Bindung: Friedrich Pustet KG, Regensburg. Papier: Munken Pure 13 von Munken, Munkedal. Printed in Germany 2006. ISBN 3 7632 5501 X.

] www.buechergilde.de [